René Müller-Ferchland

Weiße Hunde

W0464791

RENÉ MÜLLER-FERCHLAND wurde 1984 in Magdeburg geboren und studierte Neuere deutsche Literaturwissenschaft in Erfurt. Er hat für Kultur-, Wirtschafts- und Jugendmagazine gearbeitet und ist heute Vorstandsmitglied im Verband der Schriftstellerinnen und Schriftsteller Thüringen. Bisher erschienen von ihm die Romane *Alle Wasser Stein* (2019) und *Niemanns Kinder* (2021).

René Müller-Ferchland

Weiße Hunde

Roman

Jaron Verlag

1. Auflage 2024
Jaron Verlag GmbH, Berlin
www.jaron-verlag.de
© 2024 Jaron Verlag GmbH, Berlin
Alle Rechte vorbehalten. Jede Verwertung des Werks und aller seiner Teile ist nur mit Zustimmung des Verlags erlaubt. Das gilt insbesondere für Vervielfältigungen, Übersetzungen, Mikroverfilmungen und die Einspeicherung und Verarbeitung in elektronischen Medien.
Umschlaggestaltung: typografie.berlin, Berlin
Satz: Prill Partners | producing, Barcelona
Lithografie: Bild1Druck GmbH, Berlin
Druck und Bindung: CPI books GmbH, Leck

ISBN 978-3-89773-405-0

Für Tatjana Bleich
Du fehlst mir

Rattenfutter

Endlich hat alles wieder seine Ordnung! Das fast deckenhohe und mehrere Meter breite Regal ist nun wieder von einem Ende bis zum anderen und von oben bis unten mit Tiernahrung gefüllt. Um für einen Moment diesen Anblick zu genießen, tritt Annerose ein paar Schritte zurück, stemmt ihre Hände in die Hüften und nickt.

Oben im Regal stehen fein säuberlich geordnet Nager- und Vogelfutter, darunter das Katzenfutter, sortiert nach Geschmacksrichtungen und Marken, und ganz unten das Hundefutter, das den meisten Platz im Regal beansprucht. Warum eigentlich? Abgesehen davon, dass die Futterdosen für Hunde ohnehin um einiges größer und schwerer sind als die für die anderen Tiere, liegt es wohl an der Nachfrage. Die meisten Leute halten eben einen Hund. Annerose mag Hunde nicht, aber Ekel lösen sie bei ihr nun auch nicht gerade aus, jedenfalls nicht so wie Ratten. Ihr Blick wandert noch einmal hoch zur obersten Regalebene, sie schüttelt den Kopf. Heute hat sie zum ersten Mal in vier Jahrzehnten, seit sie im Einzelhandel arbeitet, Rattenfutter einräumen müssen. Wer kommt denn nur auf die Idee, sich Ratten zu halten?

Sie lässt die Vielzahl der gespiegelten Dosen und Packungen auf sich wirken. ›Spiegeln‹, das hat sie vor gar nicht langer Zeit lernen müssen, nennt man das Nach-vorne-Drehen der Packungen, Dosen oder Gläser, das Dem-Kunden-das-Gesicht-Zuwenden der Ware. Damals hatte es so einen Begriff nicht gebraucht – Hauptsache, die Waren standen im Regal. Damals, das war im Konsum in der Dahlienstraße.

»Sag mal, ist was mit dem Regal?«

Da steht eine junge Frau und duzt sie einfach, obwohl sie sich erst vor einer halben Stunde kennengelernt haben. »Nein, es ist nichts mit dem Regal.«

»Weißt du, was du als Nächstes machen kannst?«

Annerose zieht ihre Augenbrauen zusammen. »Ja, weiß ich.«

Die blond gefärbte Mittzwanzigerin mit der ausgeprägten Kieferpartie, die nicht zu ihren eigentlich zarten Zügen, der kleinen Nase und der feinen Haut passen will, bleibt stehen, als würde sie abwarten, was Annerose als Nächstes tun wird. Für einen kurzen Augenblick scheint es, als wolle sie Annerose einfach nur ansehen. Annerose wendet sich irritiert ab und geht zum Verkaufstresen hinüber, greift nach einem Stapel Preisschilder. Sie erwischt ihn nicht richtig, sodass er herunterfällt und sich auf den ganzen Boden verteilt.

»Warte, ich helfe dir.«

»Nicht nötig.«

Die junge Frau steht immer noch neben ihr. Wie hieß die nochmal? Annerose will der Name partout nicht einfallen, dabei muss sie ihn erst vor fünfunddreißig Minuten, zu Beginn der abendlichen Schicht, gehört haben. Als die Neue neben ihr in die Hocke geht, würde sie sie am liebsten wegbeißen. »Ich hab doch gesagt: Nicht nötig! Ich mach das schon!« Annerose will nicht geschont werden. Sie will keine Hilfe von anderen bekommen. Es nagt noch immer an ihr, dass sie neuerdings zu denen gehört, die einen Teil der Schicht damit verbringen, Preisschilder zu stecken. Das tun nur die faulen Vorgesetzten oder die alten und langsamen Kollegen, die die anderen bei der richtigen Arbeit behindern.

Celine – so heißt ihre neue Vorgesetzte, die noch keine dreißig sein kann. Celine, welch ein bekloppter Name. Hat sie sich nicht einmal die Hände mit einer Seife gewaschen, die ›Celine‹ hieß?

Alle sollen schnell und gleichzeitig fehlerfrei arbeiten. Der Druck auf diejenigen, denen ohnehin nicht mehr die volle

Leistungsfähigkeit zugetraut wird, ist noch größer. Annerose überprüft nicht nur deshalb mehr als gründlich die Übereinstimmung der Angaben auf den Produkten mit denen auf den jeweiligen Etiketten. Sie prüft einmal und ein zweites Mal. *Ich habe immer akkurat und zügig gearbeitet. Immer. Also was wollen die von mir?* Sie hofft, dass sie nicht durcheinanderkommt und nicht wieder alles herunterfällt. Und obgleich sie so viel wie möglich schaffen will, gleitet ihr Blick immer wieder unauffällig über ihre Armbanduhr. Der Minutenzeiger scheint stillzustehen, und der Stundenzeiger ist noch nicht einmal bei der Neun angelangt.

Damals, als sie mit ihrer Kollegin Heidrun im Konsum in der Dahlienstraße zusammengearbeitet hat, sind die Stunden einfach so vorbeigeflogen, erinnert sie sich, während der Stapel mit den Preisschildern nur unmerklich kleiner wird. Heute gibt es eine größere Auswahl an Tierfutter als seinerzeit an Konserven für die Menschen. Annerose schüttelt darüber schon nicht mal mehr den Kopf. Und Ratten hat man totgehauen.

Auch in der Babyartikel-Abteilung soll sie Preise stecken, was ihr überhaupt nicht gefällt. Immerhin muss sie in dieser Abteilung nicht einräumen, dann würde sie noch viel mehr Zeit verbringen müssen zwischen all den Windeln und Brei-Gläschen. Obwohl die Arbeit weniger beschwerlich wäre als in der Tiernahrungsabteilung, hat sie sich bisher immer davor drücken können.

Irgendwann ist es endlich so weit, und sie kann sich mit den ungeliebten Kollegen aus dem engen Personaleingang der Drogerie quetschen. Die anderen bleiben noch zusammen stehen und rauchen eine Zigarette – ein Ritual, bei dem Annerose nur selten mitmacht. Sie geht. Mit jedem Schritt, der sie von ihrer Arbeitsstelle und den anderen wegführt, wird sie ruhiger. Sie sieht sich noch einmal um und muss feststellen, dass die Neue mit dem bekloppten Namen zu ihr herüberschaut. Schnell dreht sich Annerose wieder weg und zündet sich im Gehen eine Zigarette an.

Es ist längst dunkel, als sich Annerose eine Stunde vor Mitternacht auf den Heimweg macht. Ein rauer, herbstlicher Wind schlägt ihr entgegen. Auf ihr Fertiggericht, das sie nur kurz aufzuwärmen braucht, freut sie sich nicht. Vor langer Zeit hat sie einmal ausgerechnet, dass es billiger ist als frisch zu kochen, wozu sie ohnehin nur selten Lust hat. Der Fernseher, der ihr heute wieder nur die langweilige Fortsetzung des Gestrigen präsentieren wird, ist auch keine Verlockung. Sie hebt den Blick kaum von der Straße. Überall wuchert Unkraut am Wegesrand.

Bis vor Kurzem erschien ihr die Zeit bis zur Rente noch unendlich. Sie sehnte sich so sehr danach, nicht mehr arbeiten gehen zu müssen. Da war auch die Hoffnung, dass nach dem Ende ihres Arbeitslebens noch irgendetwas Neues kommen könne. Nun, da ihr achtundfünfzigster Geburtstag bevorsteht, ändern sich ihre Gedanken langsam, und sie fragt sich beinahe ängstlich: Kann da wirklich noch etwas kommen?

Dass die Nachbarn über ihr schon wieder Gäste haben, schwant ihr schon, kurz nachdem sie den unansehnlichen Neubaublock betreten hat. Wie oft die Gäste haben! Wie kann man so oft Gäste haben? Es ist Annerose alles zu laut und zu viel, und sie denkt wie so oft daran, wie schön es wäre, ein kleines Häuschen irgendwo weitab von der Stadt zu haben. Sie steckt den Schlüssel in die Wohnungstür. In diesem Häuschen gäbe es nicht viel, nur sie und ein paar Möbel und Tiere. Während sie ihren Anorak auszieht, verharrt ihre Hand kurz an ihrem Schlüsselbein – an der Stelle, an die sich Leyka immer gekuschelt hat, wenn sie getragen wurde. Leyka, ihre geliebte getigerte Kätzin, die sich an sie geschmiegt hat, Leyka, die ihr vor vier Jahren und acht Monaten davongelaufen ist. Annerose hatte damals gerade erst begonnen, sie mit hinaus auf ihre Spaziergänge zu nehmen, und es war auch immer gut gegangen. Nie hätte sie gedacht, dass Leyka sich von ihr abwenden würde. Sie versucht, die schmerzvolle Erinnerung abzuschütteln und atmet tief ein. *Wie ist die Luft hier doch abgestanden.*

Jetzt hat sie aber doch Hunger. Heute Abend entscheidet sie sich für Roulade mit Rotkohl und Kartoffeln. In der Küche zieht sie die Folie von der Assiette ab und stellt sie in die Mikrowelle. In einer Zeitschrift wurde davon abgeraten, sich vor dem laufenden Gerät aufzuhalten, wegen der Strahlung. Annerose geht mit ihrem Gesicht ganz nah heran und betrachtet den sich drehenden Teller. Die gleichförmige Rotation fasziniert sie, lenkt sie ab für diese fünf Minuten, nach denen sie den Teller auf dieselbe Stelle stellt wie gestern und sich selbst auf die immer selbe Stelle auf ihrer Couch fallen lässt. *Man richtet sich ein, ich habe es doch gut.* Doch der Gleichförmigkeit, die sie oftmals beruhigt, kann sie heute nichts abgewinnen.

Sie lässt den Nachrichtensprecher ohne Ton reden, hält diesem Ausbruch aus dem ewig Gleichen aber nur kurz stand, denn es rumpelt über ihr. Wie kann man so oft Gäste haben? Annerose schaltet um und bleibt bei einem Spielfilm hängen. Wie immer wird sie sich, nachdem ein solcher Film ihren Kopf entleert hat, die Zähne putzen, sich in ihr ruhig gelegenes Schlafzimmer begeben und sich mit der Gewissheit ins Bett legen, dass sie doch noch einmal aufstehen wird. Zurück im Wohnzimmer wird sie sich eine Zigarette anzünden und nach oben lauschen, sich fragen, was die Nachbarn wohl reden. Irgendwann wird sie lachen müssen bei der Vorstellung, dass ihr jemand dabei zusieht, wie sie sich in ihr Bett legt, nur um Minuten später wieder aufzustehen und sich an derselben Stelle sitzend eine Zigarette anzuzünden. Beim zweiten Mal wird sie sich einen Obstler einschenken. Über ihr wird es dann hoffentlich leiser sein.

Anneroses Tage ziehen sich hin. Eigentlich könnte sie lange schlafen. Doch fast immer steht sie früh auf, deckt aufwendig ihren Frühstückstisch, isst kaum etwas und stellt dann alles wieder in den Kühlschrank zurück. Um die Mittagszeit sitzt sie oft in ihrem schlicht gehaltenen Wohnzimmer mit den weißen Wänden, den hellen Möbeln, die Fenster geschlossen, der Fernseher läuft. Manchmal ist er auch ausgeschaltet und Annerose starrt vor sich hin. *Wenn ich jetzt noch meine Augen schließen würde, könnte man meinen, ich meditiere.* Heute ist es ihr aber irgendwann zu still, sie steht entschlossen auf und beginnt, etwas zu putzen.

Am nächsten Abend, an dem sie wieder arbeiten muss, beachtet Annerose das Unkraut am Wegesrand kaum. Im Kopf ist sie schon bei der Arbeit. Zwar hält man sie im Drogeriemarkt für alt und langsam, aber sie hat bisher zumindest ihre Bastion, die Tiernahrungsabteilung, erfolgreich behaupten können. Dass diese Celine am Ende selbst nur Preise stecken und nicht richtig mit anpacken will, glaubt sie nicht. Im Gegensatz zu ihren Kolleginnen übrigens. Aber das sind dumme Puten, die die ganze Zeit über vollkommen belangloses Zeug reden und sich über alles und jeden ihr Maul zerreißen. Vielleicht halten sie auch nur diese Stille nicht aus, die sich trotz der seichten Einkaufsmusik nach und nach zwischen den endlosen Regalen ausbreitet. Es ist in jenen Stunden, wenn keine Kunden mehr da sind, so, als hätte man die Fische aus einem Aquarium herausgenommen: Das Wasser wird ganz ruhig, und alles, was bleibt, ist ein wunderschönes Geräusch. Sie mag es, wenn das kalte Ladenlicht von all den glänzenden Produkten widerstrahlt.

So, das Plansoll ist erfüllt. Richtig viel geschafft! Gerade als Annerose ihre Sachen aus dem Spind gegriffen hat und sich aufmachen will, nach Hause zu gehen, hält die Neue sie überraschend auf.

»Annerose, was ist mit *dir?*«
»Was soll sein mit mir?«
»Ich hab eben gefragt, ob alle am Ersten können!«
»Was ist am Ersten?«
»Na die Betriebsfeier!«
Annerose erinnert sich, dass sich die Mitarbeiter der Drogerie jedes Jahr noch weit vor Weihnachten für einen Umtrunk, vielleicht auch für ein Essen treffen. Zumindest hat sie davon gehört, hingegangen ist sie nie. Mit ihren Kollegen von der Spätschicht verbindet sie rein gar nichts. Und die Tagesbesetzung bleibt ohnehin lieber unter sich, vor allem die Verkäuferinnen und Verkäufer.
»Die kommt nicht, brauchst du gar nicht erst zu versuchen!«, ruft eine der Kolleginnen.
Damals hatte sie mit Heidrun und der anderen Kollegin auch eine kleine Weihnachtsfeier veranstaltet. Sie selbst hatte ein Schildchen mit der Aufschrift »Vorübergehend geschlossen« an die Tür gehängt und war dann mit den anderen beiden ausgegangen. Heute ist so etwas nicht mehr möglich – kein Geschäft ist bereit, Umsatzeinbußen in Kauf zu nehmen, nur weil die Mitarbeiter sich vergnügen wollen. Und die Kunden von heute haben dafür erst recht kein Verständnis. In manchen Betrieben kommen nie alle Mitarbeiter zusammen, weil immer irgendeine Schicht gearbeitet werden muss.
Annerose schüttelt den Kopf.
»Kommst du noch eine rauchen, Celine?«, schallt es vom Ausgang.
»Ja, gleich, geht schon mal.« Celine bleibt noch einen Moment stehen und legt Annerose ihre Hand auf die Schulter.
Annerose versucht nicht zusammenzuzucken. Sie geht neben Celine her, mit deren Hand auf ihrer Schulter, bis zum Personaleingang.
»Also, ich würd mich sehr freuen, wenn du kämst«, sagt

Celine leise, als sei ihr gerade geäußerter Wunsch ein Geheimnis.

»Ich überleg's mir«, antwortet Annerose und ist von sich selbst überrascht.

Dann ist er da, der erste Dezember. Die Feier wurde auf einen Tag gelegt, an dem die Regalauffüller regulär nicht arbeiten, um ihnen nicht freigeben zu müssen. Denn anders als Celine, die in Vollzeit arbeitet, sind die Auffüller nur an ein paar Abenden in der Woche in der Drogerie beschäftigt.

Annerose stellt auch an diesem Morgen alles fast genauso in den Kühlschrank zurück, wie sie es herausgeholt hat. Gegen Mittag sitzt sie da, schaut an die Wand, an der kein einziges Bild hängt. Es gibt durchaus Bilder in ihrer kleinen Wohnung, aber etwas in ihr weigert sich, eines an diese Wand zu hängen. Sie will sich endlich entscheiden, ob sie heute Abend zur Weihnachtsfeier gehen soll oder nicht. Dabei weiß sie genau, dass sie sich das bis zum letzten Moment offenhalten wird. Sie krallt ihre Finger ineinander. Diese Neue mit ihrer Idee, dass sie – Annerose – dahin kommen könnte ... Es bringt einfach alles durcheinander. Sie versucht sich zu entspannen, zündet sich eine Zigarette an.

Sie hat heute noch keinen einzigen Menschen gesehen oder gesprochen. So vergehen meist ihre freien Tage, und so hat sie sogar schon einmal eine ganze Urlaubswoche verlebt: Sie redete mit niemandem ein einziges Wort. Ihre innere Stimme sagt ihr zwar, dass es so nicht sein sollte, dass dies kein Leben ist, doch sie hat sich längst daran gewöhnt und auch Gefallen daran gefunden. Sie stört niemanden und wird nicht gestört. Heutzutage kann man es sogar vermeiden, bei einem Menschen seinen Einkauf zu bezahlen. Damals im Konsum hat sich Annerose nicht vorstellen können, dass es mal so etwas wie Selbstscanner in Geschäften geben könnte, aber noch weniger, dass sie die selbst nutzen würde, obwohl ein paar Meter weiter ein leibhaftiger Kassierer sitzt.

Wie in ihren kontaktarmen Urlauben entscheidet sie sich auch heute dafür, ihr eigener Frisör zu sein, denn sie sieht nicht ein, nur wegen so einer Feier ihr ganzes Wochenbudget herzugeben. Sie trägt die dunkelbraune Tönung auf ihre grauen Haaransätze auf und macht sich daran, passende Kleidung auszusuchen, was ihr gar nicht so leicht fällt. Es soll so aussehen, als sei sie es gewohnt, abends auszugehen, als sei dieser Abend nichts Besonderes für sie – aber auch so, als sei die abends ausgehende Annerose von der arbeitenden Annerose verschieden, als hätten sie, die dummen Puten, nicht die leiseste Ahnung von ihr. Annerose überlegt. Wenn sie denn zur Feier ginge, wäre das hochgeschlossene Wollkleid in gedeckten Braun- und Rottönen, das sie sich Anfang des Jahres im Schlussverkauf gegönnt, aber noch nie getragen hat, eine gute Wahl.

Wie lange schon hat sie sich nicht mehr geschminkt? Wimperntusche und Lippenstift sind angetrocknet und nicht mehr brauchbar. Annerose verwirft diesen Einfall schnell. Sie hat sich immer schon wie ein Clown gefühlt, wenn sie versucht hat sich selbst zu schminken.

Der Abend rückt näher, Annerose sitzt im Wohnzimmer und raucht, der Fernseher ist aus, ihr Herz pocht. Im Restaurant würde ihr sicher ein außergewöhnliches, frisch gekochtes Essen – vielleicht etwas Italienisches oder etwas Vietnamesisches – serviert werden. Welch eine willkommene Abwechslung zu ihren Fertiggerichten! Aber würde sie vor Aufregung und Anspannung überhaupt einen Bissen herunterbekommen? Sie würde ein Assiettenessen aufsparen, aber dennoch würde alles durcheinanderkommen. Sie würde bis in die frühen Morgenstunden wachliegen, unbekannte Gerüche in der Nase, verstörende Gespräche im Ohr. *Ich will da nicht hingehen. Was soll ich da?* Sie hängt das Wollkleid wieder in den Schrank, wäscht ihr Haar aus, föhnt es trocken. Beim Blick in den Spiegel meint sie einen Moment lang, eine Hand auf ihrer Schulter zu sehen. Und schüttelt den Kopf. *Was will die denn bloß von mir? Will die sich lustig machen?*

Aber als sie vor der bescheidenen Auswahl an Fertiggerichten steht, kann sie sich nicht entscheiden. Nein, sie will sich nicht entscheiden. *Das schmeckt doch alles gleich!* In einem spontanen Anflug von Abenteuerlust, gemischt mit Trotz, zieht sie sich ihren Anorak über, greift nach der Einladung, auf der die Adresse des Restaurants geschrieben steht, und macht sich dann doch auf den Weg.

Vorsichtig nähert sich Annerose dem Stadtviertel, in dem sie schon lange nicht mehr gewesen ist. Alles mutet hier so mittelalterlich an. Bald biegt sie in die Straße mit dem Restaurant ein. *Was verspreche ich mir eigentlich davon? Die Kolleginnen werden mich blöd anglotzen und …* Ihre Überlegungen werden jäh unterbrochen, als sie den Namen des Restaurants liest: Schmor-Kontor. Sie sieht von dem Schild hinunter in die Fenster, die mit Gardinen verhängt sind. Sie sehen aus wie DDR-Gardinen. *Das gibt's doch nicht …*

Am Eingang wird Annerose, wie vermutlich alle Mitarbeiter, überschwänglich vom Filialleiter begrüßt. Seit Jahren arbeitet sie nun in diesem Laden. Seit Jahren hat dieser Mann kein einziges Wort mit ihr gesprochen.

»Annerose! Wir sind hier!«, ruft Celine aus einer der holzverkleideten Ecken, in der unbequeme Bänke und Stühle aus hellem Buchenfurnier stehen. So eine ockerfarbene Tischdecke hatte ich doch auch, erinnert sich Annerose, als sie sich dem Tisch nähert.

»Schön, dass du da bist«, sagt Celine und berührt Annerose am Arm, ganz so, als wären sie alte Freundinnen. Obwohl Annerose sich immer noch fragt, was Celine von ihr will, erkennt sie in ihrem Blick etwas Ehrliches, Vertrauenswürdiges. Die anderen lächeln derweil bemüht.

»Jetzt setz dich doch!«

»Ich glaub, ihr hat's die Sprache verschlagen«, lacht eine Kollegin.

Annerose nickt: »Das stimmt.«

»Gefällt es dir hier?«

Annerose setzt sich neben Celine, ihre Frage beantwortet sie nicht. Die anderen haben sich bereits Getränke bestellt, Limonade, manche schon Cocktails. Die bunt verzierten Gläser stammen aus DDR-Zeiten, ebenso die angegilbten Lampen und die geblümten Sitzkissen.

»›Grüne Wiese‹ heißt der – ziemlich süß!«, sagt eine der Kolleginnen.

»Alles okay?«, fragt Celine leise.

Annerose versucht zu lächeln und ist froh, als die Kellnerin kommt. »Ich nehm das auch.« Sie zeigt auf die Bowle, an der Celine nippt.

»Ist doch urig hier, oder? Das war eine meiner ersten Aufgaben vom Chef. Er sagte: ›Du suchst uns mal 'nen schönen Laden für unsere Betriebsfeier aus.‹«

Annerose sieht sich um. »Und wie bist du auf das hier gekommen?«

»Ich fand das originell. Und der Chef auch.«

»Na, weil ihr ausm Westen kommt!«, ruft eine der Frauen, und Annerose pflichtet ihr innerlich bei, dabei kann auch diese Kollegin die DDR nur als Kleinkind erlebt haben.

Die Frucht-Bowle schmeckt nicht wie früher, die Soljanka, die allen als Vorspeise serviert wird, schon eher. Als Hauptgang gibt es Falschen Hasen mit Leipziger Allerlei an Salzkartoffeln. Annerose will nur probieren, sich weder auf das Essen noch auf all die laut lachenden Kolleginnen einlassen. Langsam schneidet sie ein kleines Stück Braten ab und führt es zum Mund. Schmeckt das gut. Annerose vergisst alles um sich herum, sogar Celine, mit der sie sich vielleicht ganz gut unterhalten könnte. Sie sieht und hört sie nicht mehr. Stück für Stück des Fleisches, der Kartoffeln, des Gemüses, Happen für Happen verschlingt Annerose Erinnerungen – Erinnerungen ohne Bild, bis der Teller leer ist.

Als sie wieder zu sich kommt, blickt sie in viele amüsierte Gesichter. Das Blut schießt ihr ins Gesicht, sie schwitzt, ohne etwas dagegen tun zu können. »Entschuldigt mich!«, sagt sie leise, um rasch auf die Toilette zu verschwinden. *Wie habe ich nur so die Kontrolle verlieren können?* Sie steht unruhig vor dem Spiegel, durch ihren Groll auf sich selbst wird ihr noch wärmer, bis sich das Schwitzen gar nicht mehr abstellen lässt. Annerose atmet mehrfach tief durch, dann lässt sie kaltes Wasser über ihre Pulsadern rinnen.

Als sie zurück an den Tisch kommt, ist ihr immer noch warm, aber sie hat sich etwas beruhigt. Sie fürchtet, die anderen lachen sie aus, aber nein, sie lachen über etwas anderes. Eine der Kolleginnen prustet laut los: »Ja stimmt, das sieht hier genauso aus wie in dem Film!«

Annerose setzt sich und schaut auf die Uhr. Schnell bekommt sie mit, um welchen Film es geht. Den hat sie sogar gesehen, sie erinnert sich gut an den Abend, an die Nacht, in der sie häufiger als sonst wieder aus dem Bett aufgestanden war.

»Kennst du den auch?«

Annerose nickt.

Eine der Frauen lehnt sich nach vorne, starrt sie herausfordernd an und fragt: »Und, war es so?«

»Stimmt«, ruft eine andere. »Annerose war ja dabei.«

Sie hebt die Schultern. Was soll sie denen denn erzählen? Sie will denen nichts erzählen!

»Ich glaube, es war genau so.« Celine deutet mit ihrem Finger auf den sie umgebenden Raum.

Noch größeres Gelächter bricht am Tisch aus, als der Kalte

Hund gebracht wird. »Absolut original, dieser Laden!«, sagt jemand und hält sich das Dessert vor die Augen, als wolle er dessen Echtheit prüfen.

Annerose erschrickt beim Anblick des Kuchens, so lange hat sie diese Süßspeise nicht mehr gesehen. *Davon werde ich auf keinen Fall essen.*

Auch die anderen Filme, über die die Kolleginnen sich auslassen, kennt sie. Ihr wird wieder sehr warm, als diese sich über die Mangelwirtschaft und die Überwachung in der DDR lustig machen. Einige schütteln sich sogar.

»Die Wände warn mit Zeitung tapeziert.«

»Na wir hatten doch nüscht!«

»Doch, hinter der Zeitung hatten wir Wanzen.«

»Und Bananen gab's nur über Kontakte.«

»Kontakte nach drüben aber besser nich.«

Annerose, die ihre feucht gewordenen Handflächen an der Serviette abwischt, überlegt, ob sie jetzt schon wieder gehen kann. *Ich war da, alle haben mich gesehen, ich hab am Essen teilgenommen und brauch mir jetzt nur irgendwas Belangloses auszudenken, um verschwinden zu können.* Da spürt sie eine Hand auf ihrem Unterarm, es ist Celines Hand, ganz warm.

»Und, Annerose, war das wirklich so mit den ... na ja, du weißt schon ...« Und lachend raunt sie weiter: »... mit den Stasi-Leuten?«

Die dunkle Schokolade noch auf den Zähnen fragt eine Kollegin: »Standen die wirklich hinter jeder Ecke, grau in grau, und haben Notizen gemacht?«

Die Kellnerin schleicht sich an und imitiert einen Spitzel – woraufhin der ganze Tisch jault. Annerose tritt der Schweiß auf die Stirn. Sie will am liebsten ihre Hand so kräftig auf den Tisch schlagen, dass den dummen Puten und den Wessis der Kalte Hund im Hals stecken bleibt, doch sie ballt sie lediglich zu einer Faust. »Was nehmt ihr euch überhaupt raus?« Sie sieht in verwirrte Gesichter und will nichts weiter sagen, doch der Falsche Hase rumort in ihrem Bauch. »Es ist sowas von furchtbar hier!«

»Hey, du hättest doch nicht kommen müssen!«, faucht eine der Frauen.

»Wenn es Ihnen bei uns nicht gefällt ...« Die Kellnerin zeigt zur Tür.

Annerose steht auf, zieht sich ihren Anorak an und läuft grußlos an den irritierten Kolleginnen und am Filialleiter vorbei, hinaus in den dunkelnden Herbstabend.

Kalte Schnauze

Annerose sieht sich selbst, von außen, von oben, als flöge sie wie eine dieser Drohnen über sich selbst. Sie beobachtet sich auf ihrer unverständlichen Flucht fort von der Betriebsfeier. Sie sieht, dass sie schnell läuft, dass sie ihren Anorak nicht geschlossen hat, dass sie noch nicht einmal die richtige Richtung – die nach Hause – einschlägt.

Aus dem Augenwinkel bemerkt sie jetzt, dass ihr jemand ein Stück weit folgt. Wahrscheinlich Celine, aber sie dreht sich nicht um, weil sie in diesem Moment mit niemandem sein will, noch nicht einmal mit sich selbst. Als sie ein Straßenschild streift, verliert sie beinahe das Gleichgewicht. Bald ist sie weit weg vom Schmor-Kontor.

Ich hätte da niemals hingehen dürfen. Wieder nur eine grässliche Erinnerung mehr. Da Annerose der Meinung ist, ohnehin kaum über positive Erinnerungen zu verfügen, möchte sie sich gleich da vorne auf die Straße legen, sich an den Bordstein schmiegen und einfach liegen bleiben. Doch plötzlich spürt sie wieder diese Berührung an der Schulter. *Warum ist das passiert?* Annerose macht ihren Anorak zu, sie möchte sich schützen vor all den Leuten um sie herum. *Wie warm ihre Hand war. Wie kalt ich bin.*

Die Straßen sind voller kaufwütiger Grimassen, an denen sie sich vorbeidrängen muss, bis sie endlich dem engen Gedränge entkommen ist und tief Luft holen kann. Es ist ein langer Weg nach Hause, auf dem sie immerzu innerlich flucht. *Am liebsten würde ich ohne jede Erinnerung leben.*

Zwei Tage später sitzt Annerose in der Mitte ihres kleinen Wohnzimmers und schaut an die leere Wand, noch länger als sonst. Sie versucht über den Abend in diesem Restaurant nachzudenken, denn da war ja noch etwas, das weiß sie, da war etwas, worüber sie weiter nachdenken müsste, doch es will ihr nicht mehr einfallen. Der Anblick der leeren Wand lässt ihre Gedanken angenehm abdriften. *Wenn das Nichts in mir ein Etwas wäre, ein formloses Etwas, dann glitte es widerstandslos und angenehm über weiße, saubere, leichte, wie Fahnen dahinwehende Bahnen, die sich nie kreuzten, einfach dahin, solange ich wollte. Bis das Etwas, das eigentlich ein Nichts ist, irgendwo lautlos verschwände.*

Die Türklingel reißt sie aus ihren Träumereien. Es ist nicht auszumachen, ob unten an der Haustür oder oben an der Wohnungstür jemand etwas von ihr will. Da sie niemals Pakete bekommt und sich auch kein Handwerker oder Hausmeister angemeldet hat, bleibt sie einfach reglos auf ihrem Stuhl sitzen. Doch es klingelt erneut und dann noch einmal. Endlich überwindet sie sich und schleicht zur Tür. Als sie durch den Spion niemanden sehen kann, atmet sie auf. Bis es ein viertes Mal klingelt.

»Ja?«, fragt sie so unwirsch wie möglich in die Gegensprechanlage.

»Hallo Annerose! Hier ist Celine!« Und nach einigen Sekunden: »Annerose? Bist du da?«

Was will die denn jetzt hier? Will sie etwa hinaufkommen? Annerose sieht sich nervös um. Es fällt ihr schwer einzuschätzen, wie ihre Wohnung auf jemand anderen wirken könnte.

»Annerose?«

»Ja.«

»Du, ich … hab deine Adresse aus der Personalabteilung bekommen. Ich weiß, das hätte ich nicht … Es war nur, weil ich dir sagen wollte, dass es mir leidtut, wie die Feier neulich für dich geendet hat. Ich hab da wohl doch ein doofes Restaurant ausgesucht, die Bedienung war sehr unfreundlich und ... Ich bin jedenfalls auch bald gegangen.«

»Aha.« Annerose lehnt sich an die Tür.

»Aber das Essen war doch nicht schlecht.«

»Nein, war es nicht.«

»Das Beste hast du aber verpasst!«

»Celine, ich ...«

»Diesen Kalten Hund ... Der hat so gut geschmeckt!«

Und mit einem Mal riecht es in Anneroses kleinem Flur nach erloschener Kerze und abgestandener Atemluft. »Die Fenster müssen zu bleiben«, sagt eine lange nicht mehr gehörte Stimme zu ihr, »sonst kriegen wir das Zimmer nicht wieder warm.« Im Ofen glimmt wahrscheinlich das letzte Kehrblech Kohle, ahnt sie. Der Kuchen soll über Nacht in diesem Zimmer bleiben, das trotz der Heizversuche einem Kühlhaus gleicht, aber sie will nicht, dass er in ihrer Nähe steht, denn sie hat Zahnschmerzen und wird doch nichts davon essen können. *Hätte ich mich doch nur auf die Straße gelegt, mich an den Bordstein geschmiegt.* Sie hört wieder Celines Stimme aus der Gegensprechanlage, sie plappert und plappert, ihr muss kalt sein, da unten.

»... der hat mir so gut geschmeckt, dass ich mir das Rezept hab geben lassen, und dann habe ich ihn gleich selbst gemacht. Es hat mir leidgetan, dass du gar nichts mehr davon hast essen können im Restaurant, und deshalb hab ich ihn dabei, also einen Kalten Hund, und na ja ... ich kann ihn hier abstellen, bei den Briefkästen, dann kannst du ...«

Da summt es.

»Fünfter Stock.« Annerose stellt sich vor den Spiegel und kann sich die Frage, wann sie das letzte Mal Besuch hatte, auf die Schnelle nicht beantworten. *Warum ist die denn so verlegen?*

Celine steht rotbäckig vor ihr und hält ihr ein quaderförmiges Aluminiumbehältnis hin. Ihre Kieferpartie wirkt nicht mehr so auffällig wie vorgestern. Sie sieht hübsch aus in ihrem hellbraunen Poncho.

»Hallo!«, sagt Annerose trockener, als ihr lieb ist, und bittet Celine herein.

»Ich will dich gar nicht lange aufhalten«, antwortet die und geht, ohne abzulegen, durch den kurzen Flur ins Wohnzimmer.

Der Stuhl steht noch in der Mitte des Zimmers. Annerose ärgert sich sofort, dass sie ihn nicht weggestellt hat – als hätte sie ihn eben gar nicht gesehen, als sie noch einmal durchs Zimmer gegangen ist. So stehen sie für einen Moment wortlos da.

»Schön hast du's hier.«

Annerose sieht sich um, während Celine umständlich ihren Poncho über den Kopf zieht.

»Wollen wir ein Stück essen?«

In der Küche überlegt Annerose krampfhaft, was sie tun oder sagen kann, um nicht von dem Kuchen essen zu müssen, aber es will ihr nichts einfallen, was nicht wie eine Beleidigung wirken würde. Celine hat sich auf den Stuhl mitten im Zimmer gesetzt. Als Annerose sie dort sieht, wünscht sie sich, sie wäre nie bei ihr aufgetaucht. Celine scheint etwas zu spüren. Sie steht so schnell auf, dass der Stuhl fast umkippt.

»Willst du eine Tasse Kaffee? Malzkaffee oder normalen? Tee hab ich auch ...«

Dann sitzen sie da, trinken frisch aufgebrühten Kaffee, Celine zelebriert das Kuchenessen regelrecht, genießt ihr Stück in vollen Zügen, während Annerose nur hin und wieder ein Stück von der Schokolade abschabt. »Ich kenn das als Kalte Schnauze.«

»Kalte *Schnauze*?«

Annerose zuckt mit den Schultern und versucht ein Lächeln. Über den Namen hat sie sich nie Gedanken gemacht, so wie sie sich auch nie über die Bezeichnung *Tote Oma* für das Blutwurstgericht gewundert hat.

Dann schweigen sie wieder. Celine isst nun hastig. Als sie aufschaut, sieht Annerose sie mit großen Augen an. Den Moment, in dem sie hätte erklären können, dass sie den Kuchen aus bestimmten Gründen nicht essen kann, hat sie längst verpasst. Es hilft nichts, dieses junge Ding hat diesen Schokoladen-Keks-Brocken zusammengeklebt und hierhergeschleppt, sie kann ihn nicht unberührt stehen lassen. Also bricht sie ein Stück heraus und führt es zum Mund. Es schmeckt vollkommen fremd, stellt sie fast erleichtert fest. Vorsichtig dreht sie das Stück in ihrem Mund, befühlt es. Ist ihre Zunge etwa zu kalt? Die Schokolade will nicht zergehen.

»Und, schmeckt sie wie früher – die Kalte Schnauze?«

»Nein«, sagt Annerose ohne zu zögern und dreht das Stück noch einmal auf ihrer Zunge.

»Schade, das hatte ich so gehofft.«

Für einen kurzen Moment fragt sich Annerose, ob sich ein kleiner Teil von ihr nicht auch gewünscht hat, dass es so schmecken würde wie damals. Wie oft hatte sie sich auf die Kalte Schnauze gefreut, aber immer hieß es: »Du musst warten, bis sie ganz kalt ist.« Und wenn es dann endlich so weit war – meist erst am nächsten Tag, wenn nicht gerade Winter war und man den Kuchen nur für wenige Stunden in die Diele zu stellen brauchte –, verschlang sie zwar ihr Stück, aber es war nicht dasselbe, als wenn sie es unmittelbar nach der Zubereitung hätte essen dürfen. Annerose zerbeißt den Keks und denkt an die Kalte Schnauze, die sie für Durs gebacken hatte. Deshalb kann sie nichts sagen. Und während sie mühevoll ein mehr als dreißig Jahre altes Stück hinunterwürgt, weiß sie, dass sie Celine durch ihr Schweigen das Gefühl gibt, sie habe mit dem Kuchen irgendwas falsch gemacht.

»Schade, dass es nicht so schmeckt wie damals ...«, wiederholt Celine, und Annerose wird wieder unbegreiflich heiß.

Warum reitet sie darauf so herum? *Warum betonst du noch einmal, dass es schade ist?* Es bahnt sich ein Aufruhr in ihr an, der sich schwer zurückhalten lässt. Und da stürzt auch schon die Gegenfrage harsch aus ihrem Mund: »Wieso? Wieso soll es mir denn unbedingt so schmecken wie damals?«

Celine sieht sie erschrocken an: »Ich dachte ...«

»Nichts schmeckt mehr wie damals. Und weißt du was? Es soll auch nicht schmecken wie damals! Was denkst du dir bloß?«

Celine steht hastig auf. »Ich hab's nur gut gemeint.« Sie zieht unvermittelt ihren Poncho über, und Annerose, die sich schnell wieder beruhigt hat, sieht ihr nur wortlos zu. Dabei hatte sie ihr doch sagen wollen, dass er ihr gut steht, dass sie in dem Poncho hübsch aussieht.

»Auf Wiedersehen, Annerose.«

»Ja, bis morgen«, sagt sie leise.

Dann fällt die Tür ins Schloss.

In der Nacht liegt Annerose wieder lange wach. *Warum ist mir das Gespräch nur so derart entglitten? Wie konnte ich Celine nur so verprellen?* Annerose findet keine Antworten.

Was wollte sie hier, ihre Chefin? Vielleicht sieht Annerose jemandem ähnlich, und Celine hat ihre Nähe gesucht, weil sie sie wie ein Museumsstück an etwas Vergangenes erinnert? Aber Annerose hat ebenso wenig mit der Person zu tun, an die sie Celine möglicherweise erinnert, wie auch der Kuchen heute nicht mehr wie früher schmeckt – nie wieder so schmecken kann! Das muss Celine doch begreifen!

Nach einer Weile des Grübelns ergreift Annerose wie aus dem Nichts ein Jieper – nicht auf eine Zigarette, sondern auf Celines Kuchen. Im Dunkeln eilt sie in die Küche, wo sie die abgedeckte Backform vor sich hinstellt. Im fahlen Licht der Straßenlaternen, das in die kleine Küche fällt, entfernt sie vorsichtig die Alufolie, um zunächst die Schokoladendecke zu betrachten. Dann dreht sie die Form so zum Licht, dass sie den Querschnitt sehen und die Schichten zählen kann. Sonderbar, dieser Kuchen. Mit einem stumpfen Messer arbeitet sie umständlich und mit zittriger Hand ein neues, schmales Stück heraus und legt es vor sich auf den Teller. Sie bricht ein Stück ab, führt es zum Mund, befühlt es wieder vorsichtig mit der Zunge. Nichts! Sie schluckt das Stück, schneller als am Nachmittag, in der Hoffnung, es würde dann doch wieder so schmecken wie damals. Ein weiteres Stück – wieder eine Enttäuschung. Bald schlingt sie Happen für Happen in sich hinein, in der Erwartung, vielleicht doch eine Ecke zu erwischen, die so schmeckt wie damals. Sie denkt wieder an diese eine Kalte Schnauze, die letzte, die sie gebacken hat, und welche Mühe es gewesen war, diesen Kuchen zusammenzubekommen, nicht nur, was die Zutaten betraf. Für das Kokosfett hatte sie schon Tage zuvor durch die ganze Stadt fahren müssen. Sie hatte an jenem Tag sogar länger arbeiten müssen und war am Feierabend nach Hause gehetzt, damit der Kuchen bis zum Abend auch noch lange genug kühl stehen würde. Sie hatte sich so angestrengt, so geschwitzt und dem Abend so entgegengefiebert. Und dann war das Ganze, als Durs – auch noch viel zu spät – in die Küche trat, so ein Reinfall geworden. Er hatte den Kuchen auf dem Tisch gesehen, die Nase gerümpft und ihn nicht angerührt.

Annerose schüttelt den Kopf, sieht vor sich auf den Tisch und erblickt ein Schlachtfeld aus verschmierter Schokolade und Kekskrümeln. Ihre ganze Mundhöhle klebt von der süßen Masse, sie fährt mit der Zungenspitze bis zum Gaumen. *Wie wohl die Kalte Schnauze geschmeckt hat, die ich für Durs gebacken habe?*

Der Kuchen liegt Annerose schwer im Magen. Wieder im Bett überlegt sie, wie es morgen Abend auf der Arbeit sein würde, zwischen ihr und Celine. ›Was denkst du dir bloß?‹ Hätte sie sich diese Frage doch nur verkniffen. Schließlich dämmert sie doch irgendwann weg und schläft über der wohligen Vorstellung ein, dass sie Celine ihrerseits einmal am Arm berühren und ihr damit zeigen will, dass sie sich doch gefreut hat.

Aber es kommt anders, als sie es sich ausgemalt hat. Es passiert nichts außer der normalen Routine. Keine der Kolleginnen spielt auf ihren aufsehenerregenden Abgang von der Betriebsfeier an, und Celine spricht nicht vom gestrigen Nachmittag, nicht von der Kalten Schnauze und nicht von dem Kaffee bei ihr. Celine spricht gar nicht mit ihr. Für einen Moment, als sie in Sichtweite steht, während sie das Damenhygieneregal bestückt und zu ihr herüberblickt, ohne etwas zu sagen, überlegt Annerose, ob das gestern alles vielleicht gar nicht passiert ist. Noch einmal geht sie in Gedanken den Nachmittag durch, versucht die Situation mit Celines Augen zu sehen, und sofort überkommen sie Verwirrung und Enttäuschung – über das späte Hereingelassenwerden, den eigenartig mitten im Zimmer stehenden Stuhl und den verhängnisvollen Wortwechsel. Die Stille im Aquarium ist heute nur schwer erträglich, und doch muss sie sie aushalten. Beim Spiegeln der Ware stellt sie fest, dass eine Packung Rattenfutter gekauft worden ist.

Und irgendwann ist die Schicht, die heute noch zäher dahinfließt als sonst, vorbei, und alle drängen wie gewohnt aus dem engen Eingang. Annerose bleibt stehen, zögert für einen Moment, geht dann aber doch weiter. Nach ein paar Schritten zwingt sie sich noch einmal zum Stehenbleiben. *Wenn ich mich umdrehe und sie noch immer dasteht, gehe ich hin und sage ihr, dass es mir leidtut.* Doch Annerose schafft es nicht, sich umzudrehen. Da hört sie plötzlich Schritte.

»Ich habe alles genau nach Rezept gemacht.«

Noch bevor Annerose überhaupt die Bedeutung des Satzes versteht, ist sie einfach nur erleichtert. Dann antwortet sie:

»Das glaub ich dir. Es ist der Kakao, das Kokosfett – das sind ja heute ganz andere Produkte. Auch die Kekse.«

»Ach so?«

»Natürlich. Es hat … auf seine Weise ... gut geschmeckt, sehr gut sogar. Aber eben nicht wie vor dreißig, vierzig Jahren ...«

»Vielleicht hat sich dein Geschmackssinn auch verändert.« Celine zwinkert ihr zu.

Annerose lacht befreit. »Ich mochte das Rum-Aroma. Das war wirklich nah dran«, sagt sie und fragt sich: Was denkst du über mich?

Was wird sie jetzt sagen, diese Celine? Annerose spürt einen Aufbruch in sich. Plötzlich ist da ein Widerwillen, einfach nach Hause zu gehen wie immer, und zugleich eine große Angst vor dem Ungewohnten.

»Hast du Lust, noch was trinken zu gehen?«

Annerose sieht sich um. Sie fürchtet, dass die anderen mitkommen könnten und sie wieder den dümmlichen Gesprächen der Kolleginnen ausgesetzt wäre. Aber die sind längst weg, Celine meint wirklich nur sie – sie beide. »Ja«, bringt sie fast fröhlich hervor und fügt noch an: »Aber bitte nicht ins Schmor-Kontor.«

Celine lächelt und hakt sich bei ihr unter, als wären sie alte Freundinnen.

Anneroses Arm versteift sich unwillkürlich.

»Was meinst du, ob vielleicht noch ein Glühweinstand geöffnet hat?«

Annerose zuckt die Schultern und schlägt den Weg zum nahe gelegenen Weihnachtsmarkt ein.

»Entschuldige, dass ich dich gestern zu Hause so überfallen habe.«

Es war schön, dass du mich besucht hast. Es war schön, dass du den Kuchen gebacken hast. Das macht doch so viel Mühe.

»Du brauchst dich nicht zu entschuldigen.«

Es hat tatsächlich noch ein Glühweinstand geöffnet. Der junge, kräftige Wirt schenkt ihnen freundlich zwei Becher ein und stößt sogar mit ihnen an. Celine sieht immer wieder zu ihm herüber. So stehen sie da und schauen den Markthändlern zu, die gerade dabei sind, ihre Stände zu schließen.

Sie schweigen. Dann beginnen sie im gleichen Augenblick zu reden. Celine setzt an, sich über den heutigen Arbeitstag zu beklagen, als Annerose fragt: »Warum hast du eigentlich den Kuchen gebacken?«

Celine scheint peinlich berührt und antwortet erst nach einigen Augenblicken: »Ich dachte, es wäre meine Schuld.«

»Deine Schuld?«

»Ja. Ich hab doch das Restaurant ausgesucht. Und alle sollten sich wohlfühlen.«

»Ich hab mich ja nicht unwohl gefühlt ...«

Celine hebt eine Augenbraue.

Annerose atmet tief ein und gibt sich einen Ruck. »Du hast recht. Es war furchtbar dort. Aber deswegen musst du mir doch keinen Kuchen backen!«

Celine kann es also nicht ertragen, wenn man nicht mit ihr einverstanden ist. Annerose ist perplex, dieses Verhalten passt so gar nicht zu einer Chefin.

»Scher dich doch nicht um so etwas«, sagt sie. »Wie viele Kuchen willst du denn da backen? Dass ich mich nicht wohl gefühlt habe, hat vor allem mit mir selbst zu tun. Da ist was mit mir und der Kalten Schnauze ...«

Sie sind beide gleichermaßen überrascht.

Celine schaut sie erwartungsvoll an.

Annerose schlürft ihren Glühwein. »Kennst du das, wenn du etwas mochtest ... sehr mochtest, und dir genau das irgendwann verleidet wurde?«

»Wie meinst du das?«

»Stell dir vor, du magst diesen Glühwein sehr ...«

»Ich mag ihn sehr!«

»Ja, du magst ihn sehr, aber irgendwie bekommst du ihn bald nicht mehr runter, weil man dich einmal vor eine Tasse Glühwein gesetzt hat, die du nicht trinken durftest. Man hat dir auch schon einmal einen solchen Glühwein zum Beispiel ... ins Gesicht geschüttet. Verstehst du? Wenn du deshalb irgendwann nur noch Negatives mit Glühwein verbindest ...« Sie schiebt den Becher vor sich hin und her, dann schaut sie Celine an.

»Dass dir der Laden für die Weihnachtsfeier nicht gefallen hat, das hatte was mit der DDR zu tun, oder? Deine Reaktion, bevor du gegangen bist ...«

Annerose tritt einen kleinen Schritt zurück. »Mit der DDR? Nein ... Ich hab doch gesagt, mit mir und der Kalten Schnauze ist etwas ...« Plötzlich drängt es sie, Celine von damals zu erzählen, von den Entbehrungen ihrer Kindheit und der Zeit mit Durs. »Warum bist du zu mir gekommen? Und bist du jetzt hier – mit mir?«

Celine wirkt überrumpelt von Anneroses Direktheit und sucht für einen Moment nach Worten. »Ich weiß nicht. Ich mag dich eben.«

Annerose weiß für einen Moment nicht, was sie sagen soll. »Obwohl ich dich so angeraunzt habe?«

»Vielleicht ja genau deshalb.« Sie zwinkert Annerose zu. »Seit dem ersten Moment schiebst du mich weg – und alle anderen auch. Ich hab mich gefragt: Was ist denn nur mit dieser Frau los?«

Doch bevor Annerose anfangen kann zu erzählen, tritt der Wirt zu ihnen und fragt sie mit einem undefinierbaren Akzent, ob sie noch einen Becher wollen. Celine sieht ihn an, errötet und nickt hastig. Sie beginnt ein furchtbar belangloses Gespräch mit ihm, sieht ihn verliebt an und trinkt, als würde ihn ein schnell geleerter Becher beeindrucken können.

Die Worte ziehen sich wieder in Annerose zurück, und während sie noch an ihrem zweiten Becher nippt, wird Celine bereits ein weiteres Mal nachgeschenkt. Der junge Mann, den Annerose nicht mal besonders attraktiv findet, flirtet inzwischen ganz unverhohlen mit ihr, obwohl sie doch eigentlich in Begleitung ist. Unfassbar!

»Ich muss jetzt aber wirklich schließen, meine Damen«,

sagt er und zwinkert Celine zu. »Hast du nicht vielleicht Lust, mir meinen Feierabend zu versüßen?«

Als Annerose ihren Becher abgeben und gehen will, wacht Celine endlich auf. »Lass mal gut sein«, antwortet sie und lässt sich beide Becher für den Weg noch einmal auffüllen.

»Die Becher bringst du mir aber zurück.«

»Verlass dich nicht drauf!« Dann hakt sie sich wieder bei Annerose unter.

Anneroses Arm ist immer noch steif. Sie fühlt sich dem jungen Wirt nicht wirklich vorgezogen.

»Du hast ganz schön viel getrunken.«

»Der hat mit mir rumgeschäkert.«

Annerose grummelt etwas Unverständliches.

»Ach, nun sei nicht beleidigt, der Nächste gehört dir.«

»Wie bitte?«

»Ja, na klar!« Celine hebt den Becher und verschluckt sich beinahe. »Vielleicht bring ich ihm morgen wirklich die Becher zurück. Der war schon süß.«

»Süß?«

Celine stellt sich vor Annerose. »Was ist denn mit dir los? Guckst du nie nach Männern?«

»Ich? Ich …«

»Du bist doch auch Single! Mensch, Annerose, das passt doch genau mit uns – wir zwei Single-Ladys müssen unbedingt mal richtig auf die Pirsch gehen!« Und dann zieht sie Annerose am Ärmel, will mit ihr weitergehen.

Aber Annerose lässt sich nicht mitziehen. »Woher weißt du, dass ich alleine bin?«

Celine muss offensichtlich überlegen. »Ich hab's an deiner Wohnung gesehen.«

»Ach ja?«

»Na klar! Nun komm schon. Also: Was ist dein Typ?«

»Mein Typ? Na ja, ich weiß nicht, das ist nichts mehr für mich.«

»Aber du bist so eine Hübsche! Na gut, vielleicht machen wir mal was mit deinen Haaren oder so, aber da gibt's bestimmt jemanden für dich.«

Annerose passt ihren Schritt dem von Celine an. »Für mich gibt's niemanden mehr.«

»Es muss ja nicht der Mann fürs Leben sein.« Sie legt ihren Arm um Annerose und leert ihren Becher im Gehen. Dann bleibt sie so plötzlich stehen, dass Annerose schon denkt, sie müsse sich übergeben. »Der Mann fürs Leben ... die große Liebe ... Ach, ich würd's ja schon mal ausprobieren wollen«, sagt Celine. Sie kann ohne Anneroses Halt kaum noch gerade laufen.

»Ausprobieren.«

»Ach, du weißt schon, einfach mal gucken, wie das so ist. Hat ...« Sie muss aufstoßen. »Hattest du die denn überhaupt? Die große Liebe?«

Annerose widerstrebt es, ihrer betrunkenen jungen Chefin auf der Straße und unter diesen Umständen etwas so Persönliches von sich zu erzählen. Doch etwas reizt sie auch, gerade jetzt mit der Wahrheit zu antworten. Warum auch nicht? »Ja. Ich hatte eine große Liebe.«

»Und, wie ist es? Wie ist sie, die große Liebe?«

»Brutal«, entfährt es Annerose unvermittelt.

»Was?« Celine bleibt stehen.

»Na ja, schön, sehr schön sogar, einmalig, intensiv ...«

»Aber warum brutal?«

»Brutal ist das Ende. Das war es bei mir.«

»Du meinst die Scheidung?«

»Woher weißt du das denn schon wieder?«

Celine legt ihre Hand auf Anneroses Schulter, doch die Berührung hat ihren Zauber verloren.

»Woher weißt du das? Woher weißt du, dass ich alleine lebe, dass ich geschieden bin?«

»Na gut«, lallt Celine. »Ich hab noch einen Blick in deine Personalakte geworfen.«

Was bildet die sich ein? Annerose fühlt sich mit einem Mal schwer und spürt, wie sich ihre Hände zu Fäusten ballen. Und doch kann sie nur Mitleid empfinden für Celine, wie sie da so betrunken an der Mauer lehnt, um Halt zu finden, den sie ihr nicht mehr geben will. Und wie sie jetzt vergeblich versucht, sich eine Zigarette anzuzünden. *Und du machst dich lustig über Stasileute, ja?* Annerose gibt ihr Feuer. »Ich bring dich jetzt nach Hause.«

»Oh, das ist lieb, Annerose.« Und dann schmiegt sich Celine an sie. »Du bist mir doch nicht böse?« Fast kindlich klingt Celines Frage.

Eigentlich schon, denkt Annerose, doch sie schluckt die Antwort herunter. Sie kann sie hier nicht stehen lassen. Auf schmalen Gehwegen und durch dunkle Gassen verlassen sie die Innenstadt. Während des etwa halbstündigen Fußmarsches kann sie schon die Wohnscheibe sehen, in der sie selbst zu Hause ist. Irgendwann kommen sie in eine feinere Gegend mit sanierten Mehrfamilienhäusern und gepflegten Vorgärten. Annerose kennt die Gegend von früher, aber den würfelartigen Neubau, den sie nun erreichen, in dem Celine wohnt, hat sie noch nie gesehen. So viele, so große Glasfenster! Celine versucht vergeblich aufzuschließen, bis Annerose ihr hilft. Sie begleitet sie hoch zur Wohnung, weil sich das Problem, das Schlüsselloch zu treffen, wiederholen könnte. Als die Wohnungstür einen Spalt aufgeht, erschrickt Annerose, denn den beiden streckt sich eine braune Schnauze entgegen.

»Na, wer bist denn du?«

»Oh Mann! Sita! Dich hab ich ja ganz vergessen … Du musst ja noch raus!« Celine torkelt in die Wohnung, stützt sich an einer Wand ab, damit sie nicht fällt. »Warte, gleich!« Als sie sich zu ihrer Hündin hinunterbeugt, setzt plötzlich ihr Würgereiz ein.

»Celine! Du setzt dich jetzt erst mal hin.« Annerose führt sie in den nächsten Raum, der sich als das Wohnzimmer herausstellt, und bringt sie zur Couch. »Leg dich hin. Und Beine hoch!«

»Aber ich muss doch noch mit Sita raus.«

»Du bleibst jetzt schön hier, ich mach das mit Sita.« Annerose dreht sich um und sieht gegen das Flurlicht die Silhouette der breiten, imposanten, scharrenden Hündin. Gerade kann sie Celine noch eine Antwort auf die Frage, wo sich denn die Leine befindet, abringen, da schläft die auch schon ein.

Beim Anlegen der Leine spürt Annerose den kräftigen Hals, die muskulösen Schultern. Es muss sich um eine Art Kampfhund handeln. Das Tier ist das absolute Gegenteil ihrer zarten Leyka, deren Pfoten sie immer mal wieder an ihrem Körper zu spüren glaubt. Jedes Mal ist das so ein behagliches Gefühl. Annerose schüttelt den Kopf. Nun muss sie diesen Hund ausführen, sie muss ihre Angst verdrängen.

Unter dem Laternenlicht senkt Sita ihr Hinterteil, während Annerose unwillkürlich beginnt, Rückschlüsse auf Celines Sozialleben zu ziehen. Die unter ihren Nachbarn, die solche Tiere halten, gehören einer ganz bestimmten Gruppe von Menschen an. Sind das nicht Leute, die zusätzlichen Schutz haben wollen, womöglich sogar eine Art Waffe? Trifft das auch auf Celine zu? Da reißt Sita sie aus ihren Gedanken. »He! Nicht so schnell!«

Der Hund hat enorme Kraft, er will wieder hinauf zu seinem Frauchen, und Annerose lässt sich gern zur Haustür zerren. Als sie die Tür zu Celines Wohnung aufschließt und der Hund hineinstürzt, überkommt sie mit einem Mal das Gefühl, eine Grenze überschritten zu haben, die sie nie hatte überschreiten wollen. Dabei denkt sie gar nicht so sehr daran, dass Celine ihre Chefin ist, nein, sie ist einfach sehr tief in die Privatsphäre eines anderen Menschen vorgedrungen. Sie hofft, als sie die Leine vom Halsband löst, Celine möge wieder bei sich sein und dieser Abend endlich ein Ende nehmen. Doch da hört sie die junge Frau würgen und findet sie im Badezimmer neben der Toilette. Annerose greift einen Waschlappen aus dem Regal, tränkt ihn in kaltem Wasser, wringt ihn aus und legt ihn Celine auf die Stirn.

»Danke. Es tut mir so leid. Das war doch nur Glühwein.«

»Du hast zu viel und zu schnell getrunken. Komm, ich helfe dir hoch.«

Dann führt sie Celine zur Couch, lässt sie sich langsam niedersetzen, geht in die offene Küche, um ihr ein Glas Wasser zu holen. »Wird es denn gehen heute Nacht?« Celine murmelt etwas vor sich hin. Nachdem sie sich auf den Sessel neben der Couch gesetzt hat, verspürt Annerose kurz das Bedürfnis, Celine an der Schulter zu streicheln. »Leg dich hin, trink das Wasser. Ich wechsele gleich noch einmal den Waschlappen.«

Als sich Sita vor ihr auf den Boden legt, zieht Annerose reflexartig ihre Beine an. Was finden die Leute nur an diesen Tieren? Sie erinnert sich wieder an Leyka, die immer nur duftete, nach innerer Ordnung, Rückzug und Selbstgenügsamkeit.

Nachdem sie den Lappen noch einmal unter kaltes Wasser gehalten hat, legt sie ihn Celine auf die Stirn.

»Tut mir leid mit deiner großen Liebe … und der brutalen Scheidung …«

Nun muss Annerose lächeln. »Die, nein, die Scheidung war nicht brutal. Die war eine Erlösung.« Und dann ist sie froh, dass Celine nichts mehr sagt. »Celine, wird heut Nacht jemand nach dir schauen?« Ist Celines Schweigen ihrem Zustand geschuldet? Auch wenn sie inzwischen ruhiger atmet, kann Annerose sie noch nicht allein lassen. Sie will warten, bis Celine fest eingeschlafen ist.

Sie schenkt sich ein Glas Wasser ein und bemerkt, dass sich der Glühweingeschmack in ihrem Mund allmählich verflüchtigt. Scheidung, Erlösung. Die Worte hallen in ihr nach. Es kommt ihr unpassend vor, dass sie so viel von sich preisgegeben hat. Da liegt eine junge, betrunkene Frau neben ihr, die mit all dem doch gar nichts anfangen kann, die weder eine Ahnung von dem hat, was einer Scheidung vorausgeht, noch davon, was eine Scheidung wirklich bedeuten kann. »Vielleicht hast du es gut«, flüstert sie.

Celine gibt einen kurzen Ton von sich, öffnet aber nicht einmal mehr ihre Augen.

»Sei froh, dass du nicht erleben musstest, was ich erlebt habe. Das kann nur besser sein.« Sita schnarcht. Draußen flackert das Licht einer Straßenlaterne. »Ich habe diesen dummen, einfachen Kuchen geliebt, weißt du?« Als Celine sich nicht regt, ist Annerose sicher, dass sie eingeschlafen ist. »Jetzt kann ich ihn nicht mehr ertragen, den Kuchen nicht und einen Mann auch nicht. Durs hat mir den Kuchen endgültig verleidet. Durs hieß er, mein Ehemann. Die Kalte Schnauze und ich – ich glaube, wir waren dasselbe für ihn: belanglos, ordinär, fad. Alles, was er an diesem Land längst verabscheut hat. Und ich – hab ich ihn nicht auch längst verabscheut und das nur nicht sehen wollen? Ich habe mich danach tatsächlich gefragt, wie er so einfach gehen konnte – aber nur im ersten Augenblick. Bald schon hat's mich nicht mehr gewundert. Ich konnte ihn sogar verstehen. Der Schmerz, den ich erwartet hatte, den gab es gar nicht – das war der eigentliche Schmerz«, sagt Annerose leise und spräche wohl weiter, wenn sich der Hund nicht plötzlich aufrappeln würde und versuchte, sich mit dem Hinterlauf am Nacken zu kratzen. Annerose zögert. Es wäre für sie ein Leichtes, sich etwas vorzubeugen und die Hündin da zu kraulen, wo es sie juckt. Doch der Moment vergeht, und der Hund kommt auch ohne ihre Hilfe wieder zur Ruhe. Sie will jetzt endlich gehen, warum soll sie das Rausch-Ausschlafen einer Fremden, noch dazu ihrer Chefin, überwachen? Vorher aber will sie noch einmal den Lappen befeuchten, bevor sie ihn Celine ein letztes Mal auf die Stirn legt. Sie schleicht ins Badezimmer, auch weil sie die Toilette benutzen muss. Beim Händewaschen schaut sie in den Spiegel und wundert sich darüber, dass jeder Mensch doch eigentlich das gleiche Bild in der Wohnung hängen hat. Sie blickt in erstaunlich wache Augen, aber auch auf alte Haut und wischt das ungeliebte Bild weg. Dann hält sie den quietschbunten Lappen unter den Wasserhahn.

»Danke, Annerose ...«, haucht Celine, nachdem der kalte Lappen sie geweckt hat.

»Ich gehe jetzt.«

»Ja ... ja. Sita ist ja hier.«

Annerose sieht zur schlafenden Hündin. »Schlaf gut und bis morgen!« Für einen Moment hält sie ihre Hand über Celines Arm.

Als sie das Haus verlässt, will sie erleichtert sein. Die Straßen sind leer und kalt. Mit jedem weiteren Schritt entfernt sie sich aus einer ihr fremden Welt, von der Wohnung einer Frau, die sie kaum kennt. Mit jedem Schritt, dem sie ihrer Wohnscheibe näherkommt, beschleicht sie das Gefühl, irgendetwas nicht zu Ende gebracht zu haben. Das Reden auf dem Weihnachtsmarkt, bevor dieser blöde Wirt sie unterbrochen hat, und eben in Celines Wohnung – das hat sich gut angefühlt. Aber sollte sie nicht eher froh sein, dass sie nicht mehr erzählt hat? Denn da ist die bittere Wahrheit, dass Celine in ihrer Personalakte herumgeschnüffelt hat. *Du hast dir einfach das Recht genommen, Dinge über mich zu erfahren, die ich dir noch nicht selbst erzählt habe ... Bist du so? Bist du so ein Mensch?*

Der Weg ist länger, als sie gedacht hat. Es ist nicht die Kälte, die ihr den Weg beschwerlich macht. Es ist die Ernüchterung. Und morgen wird auch Celine ernüchtert sein: Mit diesem Typen hätte sie einen viel schöneren Abend verbringen können als mit Annerose. Zu Hause angekommen bleibt Annerose kurz stehen, um kräftig auszuatmen.

»Soll ich mir jetzt noch ein Essen warm machen?«, fragt sie in den langen Flur hinein, in dem sich ihre Schritte verlieren. Dabei kann sie nicht mal sagen, ob sie überhaupt Hunger hat. Als Annerose in ihre Wohnung kommt, ist es bereits Nacht. Sie schaltet das Licht an, betrachtet den Stuhl, der so allein und eigenartig zur Wand gerichtet im Wohnzimmer steht, und lauscht nach oben. Nichts ist zu hören. Ist denn keiner da? Sie weiß schon jetzt, dass sie lange brauchen wird, um einzuschlafen.

Junkies

Am nächsten Tag wird die mittägliche Stille in Anneroses Wohnzimmer von einem ungewohnten, klirrenden Ton unterbrochen. Aufgeregt sucht sie ihr Handy. Celine hat geschrieben. Sie möchte in ihrer Pause einen Kaffee mit ihr trinken gehen. Ob Celine der Ausgang des vergangenen Abends unangenehm ist? Will sie vermeiden, dass es am kommenden Tag unter den Kolleginnen die Runde macht? Hat sie etwa nicht verstanden, dass Annerose eines am allerwenigsten ist: eine Klatschbase? Obwohl sie schlecht geschlafen hat und sich am Nachmittag lieber noch einmal hinlegen würde, sagt Annerose zu.

Auf dem Weg zum Treffpunkt nimmt sie sich vor, Celine noch einmal auf das Ausforschen ihrer Personalakte anzusprechen und ihr klarzumachen, dass sie sich so etwas nicht noch einmal erlauben darf. Aber sie möchte sie auch beruhigen. Celine braucht sich wegen ihres Absturzes gestern keine Sorgen zu machen, Geheimnisse sind bei Annerose gut aufgehoben. Der Gedanke, durch das gemeinsame Erlebnis in so etwas wie eine exklusive Schwesternschaft mit Celine geraten zu sein, macht sie glücklich. In der Spiegelung eines Schaufensters bemerkt sie, dass ihr Gang ganz beschwingt ist. Als sie fast schon beim Café angekommen ist, hört sie plötzlich kreischenden Lärm und das Geräusch eines dumpfen Aufpralls.

Annerose kann nicht sofort einordnen, was passiert ist, doch formt der Schreck bereits ein winziges Ding in ihr, ein Ding, das sie von nun an vielleicht jedes Mal beim Schlucken spüren wird. Nein, der Schreck reißt vielmehr irgendwo in ihr eine kleine Ader auf und verursacht eine Verletzung, die sie begleiten und erinnern wird.

Die ausgebremste Straßenbahn ist mit irgendetwas kollidiert. Annerose kann es nicht genau erkennen. Sie fürchtet einen Moment lang, Celine könnte in den Unfall verwickelt sein. Doch da taucht sie neben ihr auf und starrt ebenfalls entsetzt zum Ort des Geschehens hinüber. Annerose möchte am liebsten ihre Hand berühren.

Die beiden Frauen stehen, wie dutzende andere Menschen, minutenlang da, starren auf die Spitze der Straßenbahn, wo sich längst Helfer eingefunden haben. Alle wirken wir eingefroren, bis endlich Sirenen zu hören sind. Der Unglücksort wird abgeschirmt, die Eile der Einsatzkräfte wandelt sich schnell in eine schwer erträgliche, sachliche Geschäftigkeit. Bei dem Zusammenprall muss ein Mensch gestorben sein.

»Ich bin da einfach drauf zugelaufen.«

»Ja, ich auch«, hört sie Celine antworten. Sie hält sich schockiert die Hand vor den Mund.

Annerose wendet sich ab. »Mir ist jetzt nicht nach Kaffee.«

»Nee, mir auch nicht.« Es wirkt, als wollte sie sich bei Annerose unterhaken, lässt es dann aber bleiben. »So schnell kann's gehen.«

»So schnell kann's gehen. Solange es dann auch so schnell geht …«, antwortet Annerose und schlägt irgendeinen Weg ein.

Celine hat Mühe, hinterherzukommen. Als sie wieder auf gleicher Höhe ist, sieht sie irritiert zu Annerose herüber. »›Solange es dann auch so schnell geht‹? Das meinst du nicht ernst. Wie furchtbar! Von einem Moment auf den anderen nicht mehr sein …«

Annerose antwortet nicht.

»Hast du keine Angst davor, dass es einfach so vorbei sein kann? Ist das so?«

Sie bleiben auf einem kleinen, menschenleeren Platz stehen, in dessen Mitte ein alter, ausgetrockneter Brunnen steht. Hier kann Annerose tief durchatmen, nach einer Antwort muss sie nicht lange suchen. Sie ist beinahe froh, Celine sagen zu können: »Nein, ich habe keine Angst vor dem Tod. Und hatte sie auch nie. Noch nicht einmal als Kind habe ich gebibbert wie die anderen, wenn wir beim Wandertag über eine hohe Brücke gehen mussten. Die anderen haben versucht, nicht hinunterzuschauen, während ich meine Augen gar nicht abwenden konnte von der Tiefe.«

»Na ja, du warst ein Kind.« Celine steckt sich eine Zigarette an.

»Es ist noch immer so.«

»Willst du sagen, dass es dir egal ist, ob du lebst oder tot bist? Annerose!«

Annerose denkt an den kleinen Riss, der eben bei dem Unfall in ihr entstanden ist, und fährt unbewusst mit ihren Fingernägeln über ihre Lippen. »Sagen wir mal so: Es hat, ehrlich gesagt, nur wenige Momente gegeben, da hätte ich nicht lange überlegen müssen. Da wollte ich leben, komme da, was wolle. Aber das ist lange her, da war ich noch jung.«

»Nur wenige Momente ... schon lange her ...?« Celine hält einen Moment inne und sagt dann: »Das tut mir leid für dich.«

Annerose atmet noch einmal tief durch. »Ich glaub, ich will doch noch einen Kaffee trinken.«

Und dann sitzen sie in dem Café, von dem der Unglücksort gut zu sehen ist. Inzwischen ist eine Absperrung aufgebaut, viele Menschen laufen hin und her. Die Straßenbahn wird so bald wohl nicht mehr weiterfahren.

Ein junger, schmaler Kellner, vielleicht ein Student, kommt an ihren Tisch geeilt. »Was kann ich Ihnen bringen?« Auch er sieht immer wieder hinaus.

Der würde doch gut zu Celine passen, besser als der aufdringliche Wirt vom Weihnachtsmarkt.

»Annerose! Du musst auch was bestellen.«

»Einen Kaffee, schwarz.« Und dann sieht sie dem Kellner hinterher.

»Mein Gott. Vielleicht war es ein Kind. Und jemand muss es den Eltern sagen.« Celine hält sich die Hand vor den Mund.

Annerose ist überrascht von Celines Erschütterung, weiß aber nicht wirklich, warum. »Vielleicht war es kein Kind. Und vielleicht gibt es überhaupt niemanden, dem man Bescheid sagen muss.«

»Meinst du etwa, da hat sich jemand umgebracht?«

»Nachmittags, mitten in der Stadt? Das glaube ich nicht.«

Der Kaffee steht vor ihnen auf dem Tisch. Noch mit keinem Wort haben sie über den gestrigen Abend gesprochen.

»In der Schule, in der Pause, da hat sich mal ein Kind erhängt«, sagt Celine.

Annerose weiß nicht, was sie antworten soll.

»Es ist mit seinem Kapuzenband am Klettergerüst hängen geblieben. Es ist wohl abgerutscht und hat sich durch sein Gewicht selbst erdrosselt. Wir standen drum herum, ich weiß nicht mehr, was ich in dem Moment dachte. Es lief blau an, das weiß ich noch. Ich weiß nicht, wie lange das gedauert hat. Ich war keines der Kinder, die die Lehrer holten. Ich stand einfach nur neben mir.« Wieder hält sie sich die Hand vor den Mund. »Ich hab mir das nie verziehen.«

»Du standest unter Schock. Und es sind ja offenbar andere Kinder losgelaufen.«

»Na und? Ich werde nie über diesen Anblick hinwegkommen. Seitdem habe ich das Gefühl, der Tod ist Etwas.«

Während Celine ihren Blick vom Unfallgeschehen immer noch nicht abwenden kann, grübelt Annerose darüber nach, ob der Tod auch für sie mehr bedeutet, als dass ein Mensch aus dem Leben verschwindet. Sie hatte bislang eher angenommen, dass der Tod ein unmittelbar einsetzendes Nichts sei.

Dann verschluckt sich Celine fast am Kaffee, ganz so, als sei sie gerade nicht in der Lage, die Dinge zu tun, die sonst automatisch ablaufen – und hustet eine weitere Geschichte heraus: »Und das Schlimmste ist: Das ist mir noch einmal passiert.«

Annerose sieht sie ungläubig an. Sie hat Angst, dass Celine die Fassung verliert. Sie wüsste nicht, wie sie darauf reagieren soll, hier in diesem Café. Sie wünscht sich, sie hätten ihren Kaffee bereits ausgetrunken und könnten aufstehen und gehen. Dann aber möchte sie doch, dass Celine weitererzählt.

»Das ist noch gar nicht so lange her. Ich habe in Berlin eine Abteilung in einem richtig großen Drogerie-Store geleitet, viel größer als unserer hier.« Sie sieht immer noch hinaus, während sie spricht. »Ich war gerade im Büro, habe Dienstpläne geschrieben, da wurde ich angerufen. Es gäbe einen Notfall auf der Kundentoilette. Eine der Kolleginnen stand vor der Herrentoilette, ich weiß nicht, ob sie sich nicht reingetraut hat, ob es das war. Ich dachte gar nicht nach, ging rein – zum ersten Mal auf ein Männerklo – und da lag wirklich einer. Ein Junkie, ich hab's gleich gesehen. Der war so zusammengesackt in der Kabine, im Grunde saß er eingeklemmt zwischen der Schüssel und der Tür, ganz komisch. Ich sah, dass sein Kopf schon blau war. Und da war es gleich wieder, dieses Etwas. Die Erinnerung an das Klettergerüst kam schlagartig zurück, und ich konnte mich nicht mehr darauf konzentrieren, was nun zu tun war … Diese Sekunden waren es, glaube ich …« Celine dreht ihre Tasse. »Diese Sekunden, in denen ich wieder neben mir stand, wie auf dem Spielplatz, die haben diesen Menschen wahrscheinlich das Leben gekostet.«

Annerose lässt Celines Worte einen Augenblick lang auf dem Tisch liegen. »Vielleicht war er schon tot.«

»Aber vielleicht auch nicht. Was bleibt, ist: Ich habe nichts gemacht. Ich habe gesehen, wie sie ihn dann rausgezogen haben. Sie mussten richtig an ihm zerren. Die Spritze steckte noch in seiner Leiste. Sie haben sie nicht mal abgezogen, bevor sie das Tuch über ihn gelegt haben. Keiner hat gefragt, wie lange ich so blöd dagestanden und nichts gemacht habe. Aber die Kollegin hat's wohl gesehen, wie ich die ganze Zeit nur dastand, mit offenem Mund.«

»Die ist doch aber auch nicht reingegangen.«

»Na und? Sie hat gesehen, wie ich wie bedeppert nur dagestanden und ihm beim Sterben zugeguckt habe.« Und dann sagt sie eine Weile nichts mehr, und Annerose hofft, dass sie das Thema wechseln können.

»Ich bin dann erst mal weiter arbeiten gegangen, vielleicht eine Woche noch oder so. Jedenfalls hat mir niemand Vorwürfe gemacht – bestimmt weil es ein Junkie war. Dabei hätte ich doch ... ich hätte was tun müssen! Es wurde für mich immer schwerer, zur Arbeit zu gehen und mit der Kollegin, die auch nur dagestanden hat, über Belangloses zu sprechen. Ich musste immer dran denken, spätestens wenn ich an diesem Männerklo vorbeikam. Ich konnte da nicht mehr sein. Die Chefetage hat es gleich mitgekriegt. Nicht, dass es mir nicht gut ging, sondern dass ich nicht mehr funktioniert habe. Ich wurde sofort heimgeschickt und ersetzt. Es kam direkt jemand Neues, so wie beim Hai eine Zahnreihe nachrutscht. Die haben mich nach Hause geschickt und mich mit dem Vorfall ... alleingelassen. Ich hab eine Therapie gemacht – stell dir das mal vor. Die Psychologin meinte, bei dem Unfall auf dem Spielplatz wäre ich ... wie hat sie sich ausgedrückt? Ich wäre wie eingefroren gewesen – eine Stressreaktion. Kann schon sein. Aber ich glaube, dass vielleicht meine Eltern was damit zu tun haben.«

»Ach ja?«

»Ja. ›Rühr dies nicht an‹, ›Rühr das nicht an‹, ›Du machst

immer alles kaputt‹ … Das hab ich ständig zu hören bekommen, ganz früh schon, lange vor dem Klettergerüst. Das kann sich schon in so einem Kinderkopf festsetzen.«

Celines Offenbarungen werden Annerose schon fast zu viel. Doch ihre letzten Worte über ihre früheste Kindheit, über ihre Eltern, berühren sie. Gerne wüsste sie mehr darüber. Gerade will sie ansetzen etwas zu fragen, da sieht Celine sie wieder an.

»Der Job ist eine Nummer zu groß, hab ich dann lange gedacht und eine Weile nicht mehr in leitender Position gearbeitet. Hab mich sowieso immer gefragt, wie ich da reingeraten bin. Weißt du, das bin ich eigentlich gar nicht. Ich bin keine Chefin. Aber dann haben sie hier in Erfurt jemanden gesucht, die haben mich richtig bequatscht.«

»Ich finde, du bist eine gute Chefin.«

Celine blickt starr vor sich hin. »Jedenfalls … der oder die da vorhin unter die Straßenbahn gekommen ist … könnte trotz allem jemand gewesen sein, der sich umbringen wollte. Genauso könnte es auch der Junkie gewollt haben. Der hat mit dem Tod gespielt.«

»Ja, schon möglich.«

»Was ist denn eigentlich, wenn in uns allen so ein Junkie steckt?«

Annerose versteht nicht recht, wie Celine auf diesen Gedanken kommt. Dieser Unfall scheint sie vollkommen aus der Bahn zu werfen.

Es fällt Celine sichtlich schwer, sich vom Stuhl zu erheben und zur Arbeit zurückzugehen. Obwohl Annerose das alles zu viel ist, was Celine erzählt, ist sie beeindruckt davon, was diese junge Frau, die am Anfang so unbeschwert wirkte, schon alles mit sich herumschleppt. Wie wäre ihr Treffen nur ohne den Unfall verlaufen? Celine wollte sie sicher nicht nur darum bitten, den Kollegen nichts von ihrem Absturz zu erzählen. Vielleicht wollte sie ihr sagen, dass sie es schön findet, nun ihre Freundin zu sein? Die Sache mit der Personalakte kommt Annerose auf einmal nebensächlich vor, Celine wollte einfach nur wissen, mit wem sie es zu tun hat. Dabei hat sie nicht bedacht, dass davon, wer Annerose wirklich ist, rein gar nichts in der Personalakte steht.

In einer der Spiegelwände im Café beobachtet Annerose, wie Celine für einen Moment zu ihr hinübersieht. Was sieht sie in ihr – was sieht Celine mehr als ihre aus der Mode gekommenen Kleider, ihre langweilige Frisur, ihren resignierten Blick? *Ich hatte schon lange keine Freundin mehr.*

Die Spätschicht ist schneller vorbei als sonst, Celine ruft alle Mitarbeiterinnen auf, ihre Arbeit zu beenden. Endlich können sie ihr Gespräch fortführen, endlich kann Annerose sie fragen, was sie damit meinte, dass in allen womöglich so ein Junkie stecke.

Es ist besonders kalt an diesem späten Abend, und sie will Celine zu sich einladen, mit ihr im Warmen sitzen und reden, vielleicht auch ihr ein Essen in der Mikrowelle aufwärmen.

Vor dem Personaleingang bilden die Kolleginnen wieder einen schwer zu durchdringenden, dampfenden Kreis.

»Celine«, sagt sie, als diese die Personaltür zugeschlossen hat und ein paar Schritte auf sie zugekommen ist.

»Ich hab heute Abend keine Zeit«, stößt Celine hervor.

»Oh …«

»Nimm's mir nicht übel.«

»Ist es wegen vorhin?«

Sie sieht traurig, verwirrt aus. »Nein. Ich hab für heute einfach genug«, sagt sie, während sie schon im Begriff ist, fortzugehen.

»Dann … bis …«

»Ja, bis dann«, sagt sie teilnahmslos.

Annerose sieht ihr hinterher und vergisst, sich die obligatorische Zigarette nach der Arbeit anzuzünden.

Als sie es dann doch tut, fühlt sie bei dem Gedanken, wie sonst nach Hause zu gehen und den Abend auf die immer gleiche Weise zu verbringen, eine sonderbare Leere. Mit jedem Schritt wächst ihre Verunsicherung, was wirklich mit Celine los ist, und ob sie, Annerose, sich in irgendeinem Moment falsch verhalten hat. Sie geht ganz in Gedanken versunken und bemerkt erst, als sie stehen bleibt, dass ihre Füße sie unbewusst zum Unfallort von heute Nachmittag getragen haben. Die Straßenbahn ist weg, auch die Absperrung wurde abgebaut – nichts zeugt mehr davon, dass hier etwas passiert ist. Sie könnte morgen in der Zeitung nachschauen, ob etwas über den Unfall berichtet wird.

Es hat ihr gefallen, mit Celine zu sprechen, gern würde sie noch mehr von ihr erfahren. Annerose geht weiter durch die Straßen, auf denen sie niemandem mehr begegnet, und zieht den Reißverschluss ihres Anoraks bis zum Hals hinauf. Ihre Schritte hallen auf dem Asphalt.

Das Weihnachtsgeschäft läuft inzwischen auf Hochtouren, immer mehr Ware wird geliefert, Annerose und ihre Kolleginnen kommen nicht mehr nach mit dem Einräumen, sollen Zusatzschichten arbeiten – das fordert zumindest jemand von ihnen, der sonst in der Tagesschicht arbeitet. Warum nur wird Celine vertreten?

Annerose kann sich über die Zusatzschichten nicht freuen, auch wenn sie ihr am Ende des nächsten Monats endlich etwas mehr Geld bringen. Die zusätzliche Arbeitszeit ist ihr egal – es ist ihr vollkommen gleich, ob sie abends in ihrem Wohnzimmer sitzt oder das Aquarium mit Waren befüllt. Aber dass Celine nicht erschienen ist, lässt sie grübeln. Und als Annerose Celines Vertretung beobachtet, muss sie an die nachrutschende Haifischzahnreihe denken. Immerhin wurde jemand aus der Kollegenschaft abkommandiert und nicht jemand Fremdes, so schöpft Annerose Hoffnung, dass Celine nur krank ist.

Immer wieder vertut sie sich beim Einräumen, sortiert eine ganze Palette Dosen ins Katzenfutterregal und stellt am Ende fest, dass es sich um Futter für Hundewelpen handelt.

»Augen auf beim Eierkauf!«, wird sie von Celines Ersatz angefahren. »Wir haben keine Zeit für solche Sperenzchen.«

Annerose knirscht mit den Zähnen, sie will es sich mit dem Vorgesetzten nicht verscherzen und ringt sich eine halbherzige Entschuldigung ab, damit sie mit ihm ins Gespräch kommt. »Was ist denn eigentlich mit der Chefin? Sie wissen das doch bestimmt.«

Celines Vertretung hebt nur die Schultern und macht sich auf in die nächste Abteilung.

Möchte mal wissen, warum gerade der einen Job an der Kasse hat. Bestimmt leckt er den Kunden die Stiefel und bläst sich uns gegenüber auf. Dann schüttelt sie unmerklich den Kopf. Was ist nur mit Celine? Von nun an lauscht sie den Gesprächen der Kolleginnen aufmerksamer als sonst, und tatsächlich, sie erzählen sich, dass Celine krankgeschrieben sei. Woher die das nur schon wieder wissen! Annerose ist froh, nun Gewissheit zu haben, und heckt während ihrer restlichen Schicht einen Plan für den nächsten Tag aus.

Nach einer langen, unruhigen Nacht wird der Frühstückstisch erst gar nicht gedeckt, Annerose trinkt ihren Kaffee und sieht eine Weile auf den Wandkalender. Dann zieht sie den Reißverschluss ihres Anoraks bis zu seinem Ende hinauf, streicht ihre Haare glatt, steckt den Einkaufszettel in die Tasche und geht zügig los. So früh war sie lange nicht mehr vor der Tür.

»Wo haben Sie Tiefkühlerbsen?«, fragt sie den jungen Supermarktmitarbeiter, der eben erst in den Gang gestolpert ist. Für Begrüßungs- oder Höflichkeitsfloskeln fehlt ihr heute die Zeit. Der junge Mann deutet wortlos auf die Tiefkühlabteilung hinter ihr, woraufhin sie einen Schritt auf ihn zugeht. »Wollen Sie mich auf den Arm nehmen? Geht es auch etwas genauer?« Bald erwischt sie einen anderen Mitarbeiter, der sie sogar bis zum betreffenden Tiefkühlschrank begleitet. Alle anderen Zutaten für die Hühnersuppe findet Annerose ohne Probleme, bezahlt ihren Einkauf bei einer jungen, freundlichen Kassiererin und macht sich eilig auf den Weg nach Hause, wo sie mit demselben Tempo beginnt, die noch in der Hühnerhaut verbliebenen Federkiele des kochfertigen Huhns zu entfernen. Sie gibt es in ihren größten Kochtopf und vertieft sich ins Gemüseschneiden. Ihre Gedanken kreisen immer wieder um die gleichen Bilder: Celine, die auf der Couch liegt, fiebert, um die sich niemand kümmert, die sich –

schweißgebadet – in dicke Kleidung einpackt, um mit den letzten Kräften Sita auszuführen. Annerose bemüht sich umso mehr, eine wohlschmeckende, bekömmliche Hühnersuppe zu kochen, schneidet das Fleisch in mundgerechte Stücke, filtert den Sud sorgfältig, damit die Suppe nicht trüb wird.

Als sie am frühen Nachmittag fertig ist, lässt sie sich auf den Stuhl im Wohnzimmer fallen und muss unwillkürlich an die Grippeerkrankungen denken, die sie in den letzten Jahren alleine durchgestanden hat. Wie sehr hätte sie sich gefreut, wäre eine gute Freundin bei ihr aufgetaucht, um ihr eine Hühnersuppe zu bringen. Euphorisch macht sich Annerose mit der warmen Suppe in ihrem Korb auf den Weg zu Celine, die vermutlich kaum Kraft hat, ihre Wohnungstür zu öffnen, die sich so freuen wird über die Suppe, über Anneroses Gesellschaft, ihre Fürsorglichkeit. Von diesen Gefühlen getragen, klingelt Annerose unten an der Haustür, lächelt und wartet. Doch Celine öffnet nicht.

»Du meine Güte …«, flüstert sie, klingelt noch einmal, wartet.

Nach ein paar Minuten tritt eine ältere Frau zu ihr und blickt Annerose freundlich an. »Na, Sie wollen wohl Ihre Tochter besuchen?«

»Mei… meine Tochter?«

»Sie haben doch letztens den Hund von der jungen Frau ausgeführt, da habe ich gedacht, sie wären ihre Mutter.«

»Ja, ich war mit Sita Gassi. Aber ich bin nur eine Freundin.«

»Ach, eine Freundin! Ja, die Sita, so eine Liebe, auch wenn sie so aussieht wie … na ja, Sie wissen schon.«

»Jaja. Hören Sie, ich wollte gerade klingeln, aber wenn Sie so freundlich wären und mich einfach mit hineinlassen?«

»Aber natürlich, kommen Sie. Und grüßen Sie die junge Frau schön.«

Annerose nickt und strebt so schnell sie kann zu Celines

Wohnung. Je näher sie kommt, desto lauter wird es im Hausflur. Sie hört Musik, aus Celines Wohnung! Als sie direkt vor der Tür steht, spürt sie die Bässe vom Boden in ihren Körper hinaufsteigen. Sie klingelt. Wieder nichts. Kein Wunder, bei der Lautstärke. *Was ist denn nur los – was ist mit dir?* Sie klingelt wieder, und noch einmal. Erst als das Stück zu Ende ist, kann sie sich offenbar Gehör verschaffen. Die Musik wird leiser gedreht, durch die Wohnungstür sind Stimmen zu hören, bevor die Tür sich öffnet und eine etwas zerzauste, aber quicklebendige Celine erscheint. Ihr Morgenmantel ist von ihrer rechten Schulter gerutscht, der Gürtel hält ihn kaum zusammen. Ihre Augen sind dunkel geschminkt.

»Annerose!« Celine schließt die Tür wieder ein Stück.

»Ich wollt nur mal nach dir sehen … wie es dir geht.«

»Wie es mir geht?«

Annerose ist verwirrt, fast enttäuscht, Celine gesund anzutreffen. Sie sieht an ihr vorbei, weil sie noch eine andere Stimme gehört hat, und da, im dunkel verhangenen Wohnzimmer ist jemand, die Umrisse eines Mannes werden sichtbar. Annerose tritt sofort einen Schritt zurück. *Und ich habe gedacht, dich hätte vorgestern etwas so berührt, dass du einfach etwas Zeit bräuchtest, wieder zu dir zu kommen, aus deinen schweren Erinnerungen wieder aufzutauchen.*

»Das ist sehr lieb von dir, Annerose, aber mir geht es gut.«

»Ja, das sehe ich. Bist du nicht krankgeschrieben?«

Einen Moment lang stehen sie wortlos da, und noch bevor sich Annerose zurückziehen kann, bemerkt sie, wie der Mann im Hintergrund zur Tür kommt. Es ist der Wirt vom Weihnachtsmarkt. Er knöpft sich sein Hemd zu, lächelt.

»Ich muss jetzt los!«, sagt er zu Celine und gibt ihr einen Kuss auf die Wange.

Es ist ihr erster Abschiedskuss dieser Art, glaubt Annerose zu erkennen und wartet. Sie will auf keinen Fall mit diesem

Typen, der es jetzt offenbar eilig hat, gemeinsam aus dem Haus gehen.

»Tschüss.« Mehr sagt Celine nicht. Sie ist mit der Situation vollkommen überfordert, auch weil sie Sita am Halsband festhalten muss, als er ihre Wohnung verlässt. Für Annerose hat er nur einen kurzen Gruß übrig und verschwindet.

»Ich geh dann mal wieder«, sagt sie rasch und dreht sich schon weg.

»Warte! Annerose! Hast du … magst du …« Sie druckst herum, als könne sie sie nicht in die Wohnung bitten, aber gleichzeitig so, als wolle sie sie nicht ohne ein Gespräch gehen lassen. »Ich muss mit Sita raus. Willst du nicht mitkommen? Warte, ich zieh mir nur schnell etwas an.«

Sita schnüffelt interessiert an Anneroses Korb und versucht immer wieder, die Schnauze hineinzustecken. Annerose beugt sich zu ihr herunter und streichelt sie. »Das ist nicht für dich gedacht, meine Kleine, nicht für dich.«

»Was ist denn da drin?« Celine nimmt ihr den schweren Korb ab und stellt ihn im Flur der Wohnung ab.

»Das geht dich nichts an«, antwortet Annerose mit einem Augenzwinkern.

Beide sehen zu, wie Sita in die Hocke geht und pinkelt – nur ein paar Tropfen – auf die herbstfeuchte Wiese.

»Warst du in der Nähe? Bist du deshalb …«

»Jaja, ich war in der Nähe.«

»Lieb, dass du vorbeischaust.«

»Bist du denn krank?«

Celine zögert kurz, dann schüttelt sie den Kopf und geht weiter.

Annerose fühlt sich ernüchtert. Diese junge Frau ist eine andere, als sie gedacht hat.

Sie spazieren in dem parkähnlichen Carrée, das in diese Wohnanlage eingepasst wurde und sehr künstlich wirkt.

Annerose muss an ihren kurzen, nächtlichen Ausflug mit Sita denken, bei dem sie diesen akkurat geschnittenen Garten kaum wahrgenommen hat.

»Dann gehst du wegen ihm nicht zur Arbeit?«

»Nein, nein, nicht wegen ihm. Ich weiß nicht, ich war so down nach diesem Unfall und unserem Gespräch.«

Annerose hebt eine Augenbraue. »Ja?«

»Aber ja!«

»Entschuldige. Mach es so, wie du denkst.« Sie erreichen schon wieder Celines Haustür. Sita drängt in die warme Wohnung zurück. »Ich muss jetzt wieder los.«

»Dein Korb steht noch oben.«

»Ach ja.« Und dann geht sie doch noch einmal mit hinauf, streichelt, als sie sich zum Korb herunterbeugt, die Hündin. In der abgedunkelten Wohnung riecht es nach Rauch und Intimität.

»Mach's gut.«

»Mach's auch gut«, antwortet Celine unbeholfen, noch immer zerzaust, aber nicht mehr errötet, an den Türrahmen gelehnt. »Annerose?«

»Ja?«

»Du, das mit der Personalakte ... das ... tut mir leid. Das wollte ich dir noch sagen. Das hätte ich nicht tun sollen.« Sie legt behutsam ihre Hand auf Anneroses Unterarm.

Annerose ist es, die die Berührung nach ein paar Sekunden beendet, die sich abwendet, sich entscheidet zu gehen, ein paar Schritte macht. Aber dann unvermittelt stehen bleibt. Der Korb wiegt schwer in ihrer Hand. Dann dreht sie sich zu Celine um. »Sehr genau hast du sie jedenfalls nicht gelesen ...«

»Wie? Was meinst du?«

»Mein Geburtsdatum ...« Annerose zieht ihre Augenbrauen zusammen. »Ich habe heute Geburtstag.« Sie hält noch immer den Korb in der Hand, als sie Celine auf sich zukommen sieht. Annerose nimmt sich vor, die Umarmung, die sich andeutet, tief in sich einzulassen, Celine festzuhalten. Und weiß auch schon, als ihr Celine alles Gute, Glück und Gesundheit wünscht, dass ihr das nicht genügen wird, dass sie gerade eine große Sehnsucht erfasst. Und dass es lange brauchen wird, diese Sehnsucht wieder abzustellen.

Als wüsste Celine, dass Annerose nirgendwohin muss, nimmt sie ihr den Korb ab und zieht sie ungefragt in ihre Wohnung hinein. »Weißt du, was wir jetzt machen?«

Annerose sieht sich etwas betreten in dem immer noch verrauchten, abgedunkelten Wohnzimmer um.

»Wir machen's uns jetzt richtig schön!« Celine reißt die Vorhänge auf, öffnet die Fenster und räumt einige Sachen vom Wohn- ins Schlafzimmer. »Für 'ne Kalte Schnauze reicht die Zeit nicht, aber ich hab was anderes da. Warte!« Sie verbindet Annerose mit einem Tuch die Augen, schiebt sie in der offenen Küche auf einen Stuhl, kramt im Schrank herum, holt etwas aus einer Verpackung heraus und benutzt schließlich ein Feuerzeug. Als sie Annerose einige Momente später die Augenbinde wieder abnimmt, steht da ein kleines Fertigtörtchen, von einer noch kleineren brennenden Kerze gekrönt.

Annerose lächelt und holt Luft.

»Du musst die Kerze mit einem Mal kräftig ausblasen!«

Während sie pustet, versucht sie, sich den Augenblick, das Licht, den Geruch, das Gefühl einzuprägen.

»Was hast du dir gewünscht? Nein, verrat's mir nicht, sonst geht dein Wunsch nicht in Erfüllung.« Dann dreht sich Celine um, Anneroses Blick im Rücken, um kurz darauf frisch gebrühten Kaffee einzuschenken. »Ich hab vorhin genau gesehen, was du gedacht hast wegen ... Anders.«

»Anders?«

»Ja, so heißt ... er. Kaffee wieder schwarz?«

»Ja, bitte. Ich hab nichts gedacht.«

Celine verdreht die Augen. »Die lässt es sich mit diesem Typen aber so richtig gut gehen ...«

»Ich hatte bis dahin einfach angenommen, dass es dir nicht gut geht.«

»Aber es ging mir ja auch wirklich nicht gut.«

Annerose schaut sie über den Rand der Tasse hinweg an.

»Dieser Unfall ... der hat mich ein bisschen aus der Bahn geworfen.« Für einen Moment ist sie wieder still. »Aber Schluss damit! Du hast Geburtstag und jetzt lassen wir es uns gutgehen. Wir machen jetzt zusammen blau!«

Woher weiß sie, dass ich nichts anderes vorhabe? Annerose sieht freudig zu, wie Celine zwei Likörgläser auf den Tisch stellt.

»Was darf's denn sein, Geburtstagskind? Eierlikör? Obstler? Kräuterlikör? «

»Einen Obstler!«

An der Wand über der Couch hängt ein großes Poster, auf dem zwei junge, sich küssende Frauen abgebildet sind. Was hat das denn zu bedeuten? Noch bevor sie nachfragen kann, will Celine anstoßen – auf Annerose und auf den Tag.

»Und was ist nun mit dir und diesem ... Anders?«

»Ach, was soll schon sein? Es ist toll mit ihm ... Du weißt schon ... im Bett!«

Annerose muss an den Abschiedskuss von vorhin denken. »Im Bett also nur? Na ja, wie er dich angeguckt hat, das war schon ein bisschen verliebt.«

»Verliebt? Du warst doch dabei, als wir uns kennengelernt haben. Wir haben uns abgecheckt, uns gut gefunden, und dann hab ich ihm die Glühweinbecher zurückgebracht. So läuft das.«

»So läuft das?«

Celine dreht ihr Glas gegen das Licht, das vom Fenster hereinscheint. »Ja klar, ich hab ihn mitgenommen, und wir haben Spaß gehabt. Mehrmals.« Sie zwinkert Annerose zu, die nicht weiß, was man auf ein Zwinkern erwidert. »Das war schon die zweite Nacht, oder?«

»Jaja ... es passte eben noch mal.«

»Das heißt, es könnte jetzt schon vorbei sein?«

»Ach, was weiß ich. Ich hab keine Zeit für sowas. Es ist auch so anstrengend. Oder? Ist so was nicht anstrengend?«

Annerose hebt zugleich ihre Augenbrauen und ihre Hände. »Für mich sah es so aus, als würdet ihr euch gut verstehen ...«

»Jaja, sag ich doch«, grinst Celine und deutet auf die Couch und dann in Richtung Schlafzimmer.

Annerose verdreht die Augen und trinkt ihr Gläschen aus. »Die große Liebe, der Mann fürs Leben, das würdest du doch schon mal ausprobieren wollen, hast du letztens gesagt.«

»Ach, da war ich aber ganz schön voll.« Celine trinkt ebenfalls aus, setzt aber gleich an, nachzuschenken.

»Apropos: Sollten wir nicht eine kleine Pause einlegen?«

Ohne diese Frage zu beachten, füllt Celine die Gläser neu. »An das mit der brutalen Scheidung – daran kann ich mich auf jeden Fall noch erinnern.« Und nimmt wieder einen Schluck.

»Und daran kannst du sehen, wie betrunken du warst! Die Scheidung war nicht brutal.«

»Durm, Lurs ... Durs – so hieß doch dein Mann.« Sie lächelt, als sie Annerose nicken sieht. »Aber da haben wir es doch: Ihr habt euch mal geliebt, geheiratet und dann kam irgendwann die Scheidung. So läuft das doch meistens. Warum also das Ganze erst anfangen?«

»Ihr müsst doch nicht gleich heiraten. Ihr müsst heute sowieso nicht heiraten. Das war damals alles anders, das waren andere Zeiten ...«

»*Musstest* du Durs heiraten?« Celine schaltet über ihr Handy die Musikanlage an. Laute, elektronische Musik.

»Nein. Ich wollte es schon selbst. Aber nicht um seinetwillen. Ich wollte, dass alles ein bisschen normal wird.«

»Warte ... jetzt erinnere ich mich doch noch an was ... *Er* ist schuld, dass du die Kalte Schnauze nicht mehr magst, oder?«

»Ja ... aber lassen wir das.«

»Annerose, du musst schon mal ein richtiges Argument bringen, warum man es mal versuchen sollte mit der Liebe.« Sie sitzt nun da, vor Annerose am Tisch und öffnet ihre Arme. »Hast du nicht was Schönes darüber erzählt? Doch, ja, du hast was richtig Schönes darüber erzählt.«

Annerose wird rot und trinkt ihr zweites Glas aus. »Was du meinst, das hatte nichts mit Durs zu tun.«

Die Gläser sind leer. »Deine Musik ist eigentlich ganz schön. Aber wenn sie nicht gleichbleibt, wird sie nur immer hektischer. Das würde mich erschöpfen.«

»Findest du? Mich beruhigt das. Ein bisschen wie Meditation.« Als müsse sie das noch demonstrieren, schließt sie ihre Augen, aber nach einem kurzen Moment reißt sie sie wieder auf. »Wie hieß er denn? Komm schon!«

Annerose will nicht darüber reden, aber irgendetwas muss sie Celine jetzt hinwerfen, sie wird nicht drum herumkommen. Da passiert es, da fallen diese zwei Worte zwischen ihren Lippen heraus, vor sie auf den Tisch: »Jakob Mai.« Danach kann sie für eine ganze Weile nichts mehr sagen. »Glaubst du, dass ich seinen Namen bestimmt seit vierzig Jahren nicht mehr ausgesprochen habe?«

»Er war also deine Jugendliebe?«

Annerose blickt auf den Hund, der sich auf seinen Schlafplatz, einen gepolsterten Korb aus buntem Kunststoff – so, wie hier alles aus buntem Kunststoff zu sein scheint – zur Ruhe gelegt hat.

»Erzähl mir von ihm, von Jakob Mai.«

Annerose steht auf, geht zu ihrem Anorak und zieht ein Päckchen Zigaretten aus der Tasche. »Darf ich?«

Celine lacht und stellt einen Aschenbecher auf den Tisch, zündet sich dann selbst eine Zigarette an. Der aufsteigende Rauch zwingt sie kurz dazu, ihre Augen zuzukneifen.

Soll sie wirklich davon erzählen? Warum auch nicht … Ihre Zunge ist von dem Obstler schon etwas lockerer geworden. Aber was kann Celine schon mit dieser Geschichte anfangen?

Ein paar Sätze nur will sie über Jakob verlieren, mehr nicht. »Das ist schon so, so lange her. Ich weiß gar nicht, was ich erzählen soll.« Aber Celine hat nicht vor, sich damit zufrieden zu geben, Annerose sieht es ihr an. »Wir waren in derselben Klasse. Ich weiß nicht, wie es passiert ist, es kündigte sich jedenfalls nicht an. Es war am ersten Schultag nach dem Jahreswechsel, deshalb weiß ich das noch so genau. 1980, das Jahr, in dem wir unseren Abschluss an der POS machen würden, war angebrochen.«

»POS?«

»Die Polytechnische Oberschule, die ging bis zur zehnten Klasse. Danach konnte man auch noch zur EOS, das war die Erweiterte Oberschule. Jedenfalls ... ich starrte müde auf all die Hinterköpfe in den Reihen vor mir, alle trugen diese karierten Hemden, alle sahen zum Lehrer ... bis auf –«

»Jakob Mai.«

»Bis auf Jakob Mai. Der sah aus dem Fenster. Er hatte ein hübsches Profil. Sein dichtes, dunkles, beinahe schwarzes Haar ging ihm bis zu den Ohren. Ich entdeckte Koteletten, die mir bis dahin noch gar nicht aufgefallen waren. Die Koteletten wollten gar nicht recht zu seiner Jungenhaftigkeit passen, auch dieser erste Flaum um sein Kinn herum nicht. Ich glaube, ich habe ihn damals schon mit meinen alten Augen von heute angesehen.«

Celine schaut irritiert, sie versteht offenbar nicht, was Annerose mit diesem Satz meint. »Klingt ganz so, als wäre er der Schönling der Klasse gewesen. Und den hast du gekriegt?«

»Für mich war er der schönste Junge der ganzen Schule. Ich weiß noch, dass er sich nicht wie die anderen benahm, dass er nicht so eigenartig ging.« Annerose muss schmunzeln. »Ja, die Burschen gingen alle wie die jungen Hähne, die sich mit jedem Schritt selbst überschätzen und dabei noch über die eigenen Füße stolpern. Er nicht. Er verstellte sich nie. Aber er war genau wie die anderen im Stimmbruch und hat es vermieden, wo es ging, vor der Klasse zu sprechen. Ich hoffte jedes Mal, dass er nicht drankäme, sogar mehr, als dass ich nicht drankäme! Er hatte meist Glück.«

»Und du?«

»Ich?« Annerose drückt bedächtig ihre Zigarette aus. »Ich hatte kein Glück. Du musst wissen, dass ich damals nicht so ruhig und zurückhaltend war wie heute, mich hatten viele Lehrer auf dem Kieker. Ich hab ständig Fragen gestellt, die Dinge nicht so hingenommen, wie es gewünscht war, und wurde deshalb permanent zurechtgewiesen. Ich war kein braves Lämmchen. Man wollte mich wohl ›auf Linie bringen‹ und sich ständig vergewissern, ob es endlich bei mir ›Klick gemacht‹ habe.« Dann ist Annerose für einen Augenblick wieder still, aber nicht, weil sie keine Worte hat, sondern weil es zu viele sind. Zu viele Worte, zu viele Erinnerungen rasen an ihr vorüber. »Weißt du, die DDR war nicht wie in diesen Filmen, die sie heutzutage darüber drehen. Es war da nicht lustig.«

»Oje. Und ich mach da im Schmor-Kontor noch Witze über die Stasileute.« Nun drückt auch Celine ihre Zigarette aus und steht auf, um endlich das Fenster zu schließen, denn die Luft, die zu ihnen ins Zimmer dringt, ist kaum noch von der Sonne aufgewärmt.

»Weil ihr zu wenig wisst. Weil sich manche zu schnell ihr Bild machen – am liebsten so, wie sie es selbst gern hätten. Aber ich meinte noch nicht einmal die Stasi. Es war in der DDR nicht so lustig wie in den Filmen, aber gleichzeitig war es doch schöner. Guck mich nicht so an … ich weiß auch nicht … Es kommt mir heute so vor, als hätte es da weniger Farben gegeben, aber die es gab, die waren … wärmer. Es war schöner als in den Filmen, aber auch furchtbarer. Ich habe mich beim wöchentlichen Fahnenappell in der Schule regelmäßig veratmet, hatte immer das Gefühl, dass mein Blauhemd nicht so sauber war wie das der anderen FDJler, und ich konnte im Unterricht meine kritischen Fragen nicht unterdrücken, die in mir aufkamen, woraufhin sich der Lehrer oft eine Notiz machte. Im Klassenbuch war mein Name der, der am häufigsten vorkam, ganz zu schweigen von meinem Muttiheft, das immer gut gefüllt war.«

»Das hat Jakob Mai bestimmt imponiert – so ein Mädchen mit großer Klappe.«

»Ich weiß nicht, warum er mich mochte, vielleicht hab ich tatsächlich erst mit meiner Bockbeinigkeit sein Interesse geweckt. Der schönste Junge der Klasse schaute zu mir – das war schon was. Und ich war abenteuerlustig und ging in der Pause auf ihn zu. Mit fünfzehn, sechzehn waren Jungs und Mädchen damals noch eher unter sich.«

»Ach, das war bei mir auch noch so.«

»Aber wir, wir standen da beieinander und sprachen miteinander. Ich weiß gar nicht mehr, worüber. Ich weiß nur noch, wie ihm seine dunklen Strähnen immer wieder in die Stirn fielen. Und wie ich mich in seine braunen Augen verliebte. Ich habe es ihm etwas später sogar einmal gesagt, wie sehr ich seine braunen Augen mochte – weißt du, was er da geantwortet hat?«

Celine schüttelt den Kopf.

»Gewöhnlich! Es gäbe keine gewöhnlichere Augenfarbe als braun.«

Celine muss lachen. »So ein Süßer!«

Annerose hängt einige Momente lang ihren Gedanken nach, dann schreckt sie plötzlich auf, denn Celine stürzt von ihrem Stuhl in den Flur, wo sie beginnt, den Hund zu schimpfen. »Lässt du das wohl!«

»Ach, es ist die Hühnersuppe. Immerhin hat sie das Gefäß nicht aufbekommen.«

»Du hast Hühnersuppe mitgebracht?«

»Ja, die habe ich heute frisch gekocht. Ich dachte ja, du wärst krank.«

Celine richtet sich auf. »Anni!« Sie wird von ihrer Rührung, womöglich auch vom Alkohol, übermannt, dennoch lässt Annerose die lange Umarmung gerne zu. »Auch wenn ich nicht wirklich krank bin ... könnt ich jetzt schon ein bisschen Hühnersuppe vertragen.«

»Ich ehrlich gesagt auch.« Annerose greift entschlossen den Korb und geht zum Herd.

Und dann sitzen sie da, löffeln die frische Hühnersuppe, und Celine bekundet immer wieder, wie sehr sie ihr schmeckt. Die elektronische Musik spielt im Hintergrund weiter.

»Das freut mich«, sagt Annerose und lässt das zarte Fleisch auf ihrer Zunge zergehen. Als sie fertig ist, fällt ihr ein: »So hat er mich auch genannt: Anni.«

»Oh, entschuldige.«

»Aber nein, warum denn? Ich ... ich mochte es.«

»Anni. Das klingt doch auch schön!« Und nach einer kurzen Pause: »Wie lange hält denn so eine Jugendliebe?«

»Fünf Monate und neunzehn Tage«, entfährt es Annerose prompt. »Manche währen bestimmt länger, in meinem speziellen Fall zumindest war sie nur so kurz.«

»Spezieller Fall?«

Annerose schweigt. Celine füllt die Gläser erneut mit Obstler. »Jetzt verstehe ich: Nicht das Ende deiner Scheidung war brutal, sondern das von deiner Jugendliebe.«

Annerose freut sich, dass Celine verstanden hat. Und nur deshalb kommt sie noch einmal auf ihre Geschichte zurück: »Weißt du, es war eine geheime Liebe mit Jakob. Sie hatten mich schon überall auf dem Zettel, deshalb konnte ich nicht zulassen, dass sie noch mehr Futter bekommen.«

»Futter? Die Lehrer?«

»Nicht nur die, die Nachbarn, die Leute eben ... Das hing ja alles zusammen, Celine. Weißt du, ich war, vor der ganzen Geschichte mit Jakob, einmal von zu Hause weggelaufen – nichts Dramatisches, so was kommt doch schon mal vor! Ich wurde irgendwo aufgegabelt und unter großer Aufregung nach Hause zurückgebracht. Meine Mutter war alleinerziehend und berufstätig, die hatte gar keine Zeit und Kraft, viel Aufhebens darum zu machen. Aber die Jugendhilfe war plötzlich da und machte einen Vermerk darüber, dass ich ›abgängig‹ gewesen war. Dann meine Auffälligkeit in der Schule ... dazu noch Herumtreiberei? Gar eine Liebelei mit einem Jungen? Ich konnte mir nicht mehr viel leisten – meine Mutter hatte solche Angst vor denen von der Jugendhilfe!«

»Also habt ihr euch heimlich getroffen?«

»Na ja, ich hab ihn meist zu mir eingeladen, das ging, denn meine Mutter war ja immer arbeiten.«

»Ach, das muss schön sein ...«, seufzt Celine.

»Schon komisch ...« Annerose schwenkt ihr Glas. »Ich weiß nicht mehr, wie es mit dreißig, nicht mal, wie es mit vierzig war – ich weiß es einfach nicht mehr. Aber ich weiß noch alles ganz genau, wie es mit sechzehn war.«

»Na, weil du verliebt warst!« Celine steht auf und beginnt sich zum Takt der elektronischen Musik zu bewegen. Annerose wundert sich, dass Celine gar keine Hemmungen hat und auch, wie schnell sich heute ihre eigene Stimmung ändern kann. Celine tanzt eine ganze Zeit, und Annerose findet den Anblick schön. *Wie lange ist das her, dass ich so getanzt habe, dass ich mich so frei gefühlt habe ... Ich kann es gar nicht sagen. Zu lange schon bin ich nur noch Zuschauerin.* Celines Schritte und die Art, wie sie ihre Hände und Arme durch die Luft gleiten lässt, sind ihr zwar fremd, doch kann sie fühlen, was in ihr vorgeht – dass sie an eine solche Liebe denkt. Aber dann verharren ihre Bewegungen, und als sie sich wieder setzt, sagt sie: »Ich hatte so was nie.«

»Eine erste große Liebe?«

Celine schüttelt den Kopf. »Hatte ich nicht. Da war irgendwann der erste Typ, mit dem hab ich dann ... du weißt schon ...«

»Das tut mir leid für dich. Es war für mich ... also das mit Jakob ... es war etwas so Wunderbares.«

»Aber sie hat doch brutal geendet, eure Liebe ... Wäre es da nicht besser gewesen, es hätte sie nicht gegeben?«

»Nein. Nein, es wäre nicht besser gewesen.« Annerose trinkt. »Ich würde das nie missen wollen, dieses Gefühl, das ich mit ihm hatte. Weißt du, wir waren uns so nah, wie Geschwister, irgendwie wie aus einem Ei. Wir haben bestimmte Fragen nicht gestellt, die man sich stellt, wenn man sich als Erwachsene kennenlernt. Aber es war gleichzeitig eine ernste Liebe. Und – wir waren natürlich mehr als Geschwister.« Sie wird rot, sie merkt es und will es dennoch aussprechen: »Es war so gut mit ihm.«

»Du meinst ... euer erstes Mal?«

Annerose nickt. »Und all die anderen Male.« Und lacht ganz trunken. »Ich wusste damals schon, dass es was Besonderes war, dass es so wie mit Jakob mit niemand anderem werden würde. Und so war es dann auch, ich bin nach ihm ... wie soll ich sagen? Ich bin ganz kalt geworden.«

»Oh Anni!« Celine verzieht das Gesicht, steht auf und geht auf Annerose zu, öffnet die Arme. Nach einer innigen Umarmung bleibt sie neben ihr stehen. »Aber was ist denn da passiert? Warum habt ihr euch getrennt?«

»Es ist etwas ... dazwischengekommen.« Sie trinkt wieder einen Schluck und stellt ihr Glas mit einem ungewollt lauten Knall wieder auf dem Tisch ab, eben so, als sei es gerade noch einmal passiert. »Ich bin schwanger geworden.«

»Oh.« Celine ist für einen Moment still und setzt sich wieder auf ihren Stuhl. »Ich habe gedacht, dass du keine Kinder hast. Also davon stand jedenfalls nichts in deiner Personalakte.«

Annerose fühlt sich mit einem Mal nüchtern. Sie starrt vor sich hin, sie überlegt, was sie antworten soll. »Es dämmert schon. Ich glaub, ich gehe jetzt nach Hause.« Die eben noch gefühlte Vertrautheit scheint sich aufzulösen.

»Der Obstler ist sowieso alle.« Celine versucht ein Lächeln. »Was wirst du noch tun – heute, an deinem Geburtstag?«

»Ich weiß nicht.« Sie denkt an ihr Fertigessen, ihren immer gleichen Platz auf der Couch, den möglicherweise stummgestellten Nachrichtensprecher.

»Kann ich dich mit Sita ein Stück begleiten?«

Annerose nickt, zieht ihren Anorak an, greift nach dem Korb und folgt Celine und Sita hinaus aus der Wohnung, hinaus aus dem Haus.

Der Hund drängt voraus, zieht sein Frauchen hinter sich her und senkt an einer Laterne sein Hinterteil.

Annerose will sich verabschieden, blickt vom Hund zu Celine.

»Es tut mir leid.«

»Was tut dir leid?«

»Dass dein Kind gestorben ist.« Celine knotet verlegen den Beutel mit Sitas Hinterlassenschaften zusammen und wirft ihn in einen Mülleimer. Sie gehen einige Schritte still nebeneinanderher, die Straßenleuchten gehen nach und nach an.

»Gestorben?« Annerose hat Mühe, sich in Celines Gedanken hineinzuversetzen. Wie kommt sie darauf? Sie sieht, dass der Hund wieder ins Haus will, an der Leine zerrt. Celine aber geht weiter, und lässt Annerose scheinbar stehen. Doch dann setzt sie sich auf die nächste Bank aus verwittertem Holz. Annerose folgt ihr.

»Wir müssen nicht darüber reden. Es war bestimmt schon schwer, das alles zu erzählen.«

Annerose setzt sich neben sie, verschränkt ihre Finger und schaut geradeaus. »Du hast da etwas falsch verstanden. Das

Kind ist nicht gestorben. Ich weiß nicht, was mit ihm passiert ist ... ich weiß es nicht. Ich wünschte einfach, es wäre nicht passiert, ich wäre nicht schwanger geworden.« Dann blickt sie zu Celine, die Sita dazu bewegt, sich hinzusetzen und ruhig sitzen zu bleiben.

»Wie kann man denn so etwas sagen?«

Annerose zieht ihre Augenbrauen zusammen. »Es hat einfach alles verändert, ... zerstört. Wenn es nicht passiert wäre, wäre vielleicht aus Jakob und mir was geworden.«

»Wegen des Kinds ist aus euch nichts geworden?«

»Ja.«

Celine kramt eine Zigarette heraus, kann aber kein Feuerzeug finden. Statt Annerose danach zu fragen, behält sie die Zigarette unangezündet zwischen ihren Fingern und schaut verwirrt.

»Du siehst mich jetzt anders an.«

»Wie sehe ich dich denn jetzt an?«

»Ich weiß nicht ... anders eben. Ich hätte von all dem nicht anfangen sollen ... Du hast nicht die geringste Ahnung, was es bedeutet hat, zu der Zeit als so junges Mädchen schwanger zu werden.« Sie lehnt sich nach vorne, als wolle sie jeden Moment wieder aufstehen, da erinnert Celine sie an ihre Worte: *»Das ist, weil ihr zu wenig wisst!* – Hast du selbst gesagt. Ich geb ja zu, dass ich nicht viel über die DDR weiß. Ich komm nicht von hier, ich bin auch ein ganzes Stück jünger. Aber was du mir erzählt hast, hat nichts damit zu tun, dass ich zu wenig weiß. So was sollte man einfach nicht sagen, dass es ein Kind nicht hätte geben dürfen.«

Annerose verharrt, noch immer nach vorne gelehnt. »Du hast keine Ahnung«, sagt sie schroff, und weiß gar nicht genau, warum. Sie hat wohl schon zu viel getrunken und reagiert deshalb so emotional. Sie sieht zu Celine herüber. Was soll sie noch sagen oder tun? Könnte sie überhaupt etwas von damals erzählen, das die Junge versteht?

»Dann erzähl mir was, dass ich eine Ahnung bekomme.« Sie schiebt sich näher an Annerose heran.

»Hast du mal Feuer?«

Anneroses Augen verengen sich erst, dann kramt sie in ihrer Tasche.

Die beiden Frauen sitzen nebeneinander auf der Bank.

»Wollen wir noch was trinken?«

»Du willst den Abend doch sicher viel lieber mit deinem Anders verbringen.«

»Das ist nicht mein Anders. Und nein – du hast Geburtstag, und ich will mit dir einen drauf machen. Komm, lass uns irgendwo reinsetzen! Ich weiß da auch schon was.«

»Du bist doch krankgeschrieben«, antwortet Annerose. »Was, wenn dich jemand von der Arbeit sieht?«

»Ach Quatsch! Da, wo wir jetzt hingehen, treibt sich bestimmt niemand aus der Drogerie herum, glaub mir.« Und sie führt ihre Freundin einige Straßen weiter zu einem unauffälligen Hauseingang. Eine unbeleuchtete, doppelflügelige Holztür entpuppt sich als Eingang zu einer etwas düsteren Spelunke, in die Annerose sehr zurückhaltend eintritt. Diese Kneipe ist ihr nicht bekannt, dabei glaubte sie eigentlich, in Erfurt jeden Winkel zu kennen. Während sie ihren Anorak an die Garderobe hängt, bemerkt sie den Geruch von altem Atem.

»Weißt du, wie lange es diese Kneipe hier schon gibt?«

»Schon lange, glaub ich.« Auch Celine legt ab, lässt den Hund von der Leine und ruft: »Heiko, hey! Sag mal, wie lange gibt's deine Kneipe schon?«

»Seit kurz nach der Wende, Celina Melina!«, ruft der Mann hinter dem Tresen, der beide zu sich heranwinkt. »Grüß dich! Und wer ist deine nette Freundin?«

Um ihn herum ist es schummrig. Die dunklen Möbel sind aus rotbraunem Holz, es gibt nur wenige Lichtquellen. Eine

Unmenge an Dingen steht und hängt herum: staubige Werbeschilder, eine schmutzige Kuckucksuhr, unzählige Bierkrüge. Es ist, als werfe jeder Gegenstand mehrere Schatten.

»Das ist die liebe Anni, und die hat heute Geburtstag!«

Annerose überlegt, dem Wirt die Hand zu geben, weiß aber nicht, wie sie das über den hohen Tresen hinweg anstellen soll, und entscheidet sich daher für ein schüchternes Winken.

»Geburtstag! Herzlichen Glückwunsch!«

»Da ist deine Kneipe ja schon ganz schön alt. Und was war hier vorher? Auch eine Kneipe?« Celine wirft sich auf einen der Barhocker und klopft mit der Hand auf den freien Hocker neben sich.

»Vorher war das hier eine Wäscherei. Das stand jedenfalls auf dem Schild, als ich den Laden übernommen habe – und es hat auch noch lange so gerochen.«

»Das kann gut sein«, sagt Annerose.

Der Mann muss seinen Haarschnitt – vorne kurz und hinten lang – schon seit damals tragen. Und so selten, wie er sich zu rasieren scheint, wird er auch das Tageslicht sehen. Er stützt sich auf den Tresen und fragt die beiden, was sie trinken wollen.

»Wie immer!« Celine zwinkert ihm zu.

»Du und deine Cocktails.« Er schüttelt den Kopf. »Du bist wirklich die Einzige, für die ich das mache! Das ist hier ne Kneipe und keine Cocktailbar. Cocktails, also sowas …«

»Ich bin aber auch die einzige Frau, die hier einkehrt, vergiss das mal nicht. Der regt sich jedes Mal so auf«, sagt Celine, als könne er es nicht hören, »... und macht dann den besten Caipi! Mojitos kann er auch, neuerdings. Was willst du?«

»Ich nehme das Gleiche wie du.«

Der Kneipier, der sich zweifellos über die weiblichen Gäste freut, holt ein Schneidebrett und zwei Limetten hervor und macht sich an die Arbeit. Im Lokal sitzen noch ein paar andere Gäste, Männer mittleren Alters, die seit dem Eintritt der Damen verstummt sind. Vielleicht schweigen sie aber auch schon die ganze Zeit über.

»Es wirkt so«, beginnt Annerose, »als würdet ihr euch schon ewig kennen, dabei bist du doch erst …«

»… seit ein paar Monaten in der Stadt. Stimmt. Aber ich hab das Viertel hier gleich am Anfang ausgekundschaftet und einfach mal an die Tür geklopft. Heiko hat mich und Sita reingelassen, und da war es um uns geschehen.« Sie wirft ihm einen liebevollen Blick zu. »Na ja, eigentlich erst, seitdem er auch Cocktails macht. Er meckert zwar unaufhörlich deswegen, aber er macht sie wie kein anderer. Richtig gut.«

Zuletzt gibt Heiko noch Eiswürfel in die Gläser, steckt Trinkhalme hinein. »Bitteschön, Celina Melina! Und für Anni geht der Erste auf's Haus – weil sie Geburtstag hat!«

Annerose lächelt verlegen und ist froh, dass er sich für sie nicht auch einen Kosenamen ausgedacht hat. Dass er sie Anni nennt, ist schon genug.

Die Frauen stoßen an. Sita hat sich längst zu ihren Füßen niedergelassen.

Und dann sitzen sie da, führen ihre Münder immer wieder an die Trinkhalme, sehen sich um.

»Achtundfünfzig werde ich heute … und lerne doch noch einen neuen Ort in dieser Stadt kennen.« Annerose sieht sich die Gläser an, die vom Tresen kopfüber herunterhängen. Dann zählt sie die Limettenstücke im Glas, verzählt sich aber immer wieder. »Schmeckt gut, der Cocktail.«

»Tut mir leid, wenn ich vorhin … zu rabiat war. Ich hab kein Recht –«

»Schon gut. Das war schon in Ordnung. Es ist halt gar nicht so einfach, über etwas zu reden, woran man so lange nicht mal mehr gedacht hat.«

»Ich war so überrascht, als du von dem Kind erzählt hast,

und hab das eben nicht verstanden. Wir müssen nicht weiter drüber reden. Du sollst nicht traurig sein an deinem Geburtstag!« Celine beschließt, sich mit Annerose an einen Tisch zu setzen, der außerhalb der Hörweite von Heiko steht. Der Hund allerdings will am Tresen liegen bleiben.

»Es war schön, dir von Jakob zu erzählen. Aber am liebsten hätte ich das Ende der Geschichte ausgespart.«

Celine lehnt sich zu ihr nach vorne, neigt ihren Kopf etwas zur Seite.

Annerose ist unschlüssig, ob sie mehr erzählen soll. Sie war doch am Nachmittag gut damit gefahren, sich auf Celine einzulassen – obwohl das so untypisch für sie ist. »Weißt du, Jakob und ich ... wir sind damals schnell zusammengekommen, es war noch im Januar. Ich war so verliebt in ihn.«

»In seine fast schwarzen Haare, in seine gewöhnlichen braunen Augen ...« Celine bemüht sich, nicht zu grinsen, zündet sich eine Zigarette an.

Annerose muss auch grinsen. »Er hatte sowas Sinnliches.« Sie muss an seinen glatten Körper, an seine kleinen Brustwarzen und den winzigen Leberfleck oberhalb seines Bauchnabels denken. »Es kam auch bald dazu ... du weißt schon«, sagt sie. »Vielleicht nicht so schnell wie bei dir und Anders, aber schon nach ein paar Wochen.«

»Hach ja, wenn man so jung ist.«

»Na ja, wir wussten leider nicht viel. Ich wusste so gut wie gar nichts, hatte nur hier und da ein bisschen was aufgeschnappt. Zu Hause war es ein Tabuthema.«

»Sex.«

»Ja. Jakob war auch so schön unbeholfen, er drückte mich an sich, mal zärtlich, mal heftig, küsste mich und ich ihn zurück. Wir wussten beide ...« Annerose schaut skeptisch Richtung Tresen. Als sie sicher ist, dass Heiko und die anderen Gäste wirklich nichts hören können, spricht sie weiter: »... dass man ... na ja ...«

»Jetzt sag nicht wieder ›Du weißt schon …‹!«

»Na also, dass was Besonderes dran sein muss, wenn wir … also wenn wir zusammen sind.« Annerose nippt verlegen an ihrem Caipirinha. Die Limettenstückchen kommen ihr gar nicht sauer vor. »Und das war es. Etwas Besonderes, meine Güte, das war es! Es war so wunderbar. Ich hab ihn so gern dabei angesehen. Wir schliefen jedes Mal miteinander, wenn er zu mir kam, ich war so hungrig danach. Und er auch. Aber ich wusste so wenig! Ich dachte, schwanger werden … das kann uns nicht passieren! Dachte ich, wir wären zu jung dafür? Dachte ich, das ginge bei mir nicht? So einfach kann man kein Kind machen? So etwas in der Art dachte ich wohl. Später habe ich mir gewünscht, dass uns mal besser meine Mutter erwischt hätte. Sie hätte ein Drama gemacht, aber sie hätte mich nicht gleich verstoßen. Vielleicht hätte sie mich dann endlich richtig aufgeklärt, hätte irgendwas getan, damit ich nicht schwanger werde. Aber sie hat uns nie erwischt. Immer hat sie länger gearbeitet. Immer war Jakob schon weg, wenn sie kam. Aber immer trug ich seinen … Samen in mir, wenn ich ihr beim Abendessen gegenübersaß.«

»Anni!« Celine prustet los.

Annerose wird rot, drängt Celine, mit dem Lachen aufzuhören, muss dabei aber selbst schmunzeln. Schauen die anderen Gäste schon nach ihnen?

»Jetzt ist aber gut, Celine! Du weißt, was ich meine. Also … wenn ich es mir heute vorstelle … nein, sie hätte mir nicht geholfen. Aber es war so aufregend, diese heimliche Liebe. Unsere Blicke in der Schule, die hat wohl niemand bemerkt. Das ging eine ganze Weile so, es war so schön, ich bin mit einem Mal so gerne zur Schule gegangen. Der Unterricht hat mich gar nicht mehr interessiert, und so eckte ich auch weniger an. Nach Schulschluss war ich gerne zu Hause, wartete auf meinen Jakob. Hätte es doch nur immer so weitergehen können! Aber dann, tja, es veränderte sich was. Es war vor den Frühjahrsferien, Mitte Mai.«

»Was war dann? War dir übel?« Celine drückt ihre Zigarette aus und lehnt sich wieder nach vorne.

»Nein, das kaum. Ich war nur todmüde. Du kannst dir nicht vorstellen, wie müde ich war. Ich verschlief am Morgen, dämmerte im Unterricht fast weg, und nachmittags, wenn Jakob da war und mit mir schlafen wollte, sogar dann wollte ich nur die Augen schließen und schlafen. Er hat sich enorm gewundert und sich gesorgt. Dann kamen die Ferien, da wurde es besser. Was staunte Jakob über meine größer gewordenen Brüste.«

»Hast du es da begriffen?« Celine winkt Heiko, dass er ihnen noch zwei Cocktails mixen soll.

»Ich hatte längst eine Befürchtung, hab mich aber noch eine ganze Weile gedrückt. Hab es auf andere Gründe geschoben. In dem Alter passiert ja so viel mit dem Körper – das wusste ich wohl. Ich glaubte, dass es ja noch gar keinen richtigen Ist-Zustand gibt. Und dann kam schon die Prüfungszeit. Als es richtig losging, versuchte ich mich zu konzentrieren, ich hatte mir ja vorgenommen, unbedingt die Zehnte zu machen. Aber ich dachte dann doch nur an Jakob und was da gerade womöglich in meinem Körper passierte. Ich versemmelte die erste Prüfung gehörig. ›Scheiße!‹ hab ich gedacht und fand es clever, zum Arzt zu gehen, um mir eine Krankschreibung zu besorgen. Ich erzählte ihm irgendwas von Müdigkeit und körperlicher Erschöpfung. Der Arzt zählte natürlich sofort eins und eins zusammen und rief mit seinem Verdacht bei meiner Mutter im Betrieb an. Ich hab es erst mitgekriegt, als sie in die Praxis kam. Und da war dann alles vorbei. Die redeten über mich wie über einen Gegenstand.« Annerose merkt selbst, wie ihre Stimme kälter wird. Sie hätte nicht gedacht, dass sie darüber noch einmal so wütend werden könnte. »Ob meine Mutter Kenntnis davon habe. Ob sie Kenntnis von dem Kindsvater habe. Warum sie von nichts Kenntnis habe, was mich betrifft. Sie hat gesagt, sie sei alleine mit mir, schon so lange, müsse arbeiten gehen, immer nur arbeiten, habe immer versucht sich zu kümmern, auch wenn sie wenig Zeit dafür hatte, sie könne sich das nicht erklären. Sie setzte sich hin, vergrub ihr Gesicht in den Händen, ohne mich einmal direkt angesprochen zu haben. ›Na ja, wie die Jungfrau Maria wird sie jetzt nicht dazu gekommen sein …‹, hat der Arzt geantwortet. Es stand sicher längst fest, dass wieder die Jugendhilfe eingeschaltet werden würde.«

Heiko tauscht die Gläser aus und zwinkert den beiden Frauen zu.

»Danke«, sagt Celine leise. Sie lehnt sich zurück, als wolle sie auf Abstand zu Anneroses Erzählung gehen.

»Ich habe meine Mutter neu kennengelernt. Noch in der Arztpraxis gab sie mir eine Ohrfeige. Zu Hause fragte sie, warum ich es ihr nicht gesagt hätte – aber nicht, um mir dann Beistand zu leisten, nein. Ich sei schon über die zwölf Wochen drüber. Ich weiß heute, was sie damit meinte, sie hätte vor Ablauf der drei Monate dafür gesorgt, dass man es wegmacht.«

Celine nickt. Ihre Schultern hängen herunter.

»Aber jetzt war die Sache ohnehin ›offiziell‹. Sie könne mir da nicht mehr helfen, hat sie gesagt. Das musst du dir mal vorstellen.« Annerose ist übel. Es ist, als stünde sie wieder knietief in ihrer Geschichte. Sie nippt an ihrem Glas. »Es war doch gar nicht viel, was ich wollte. Ich wollte Jakob sehen, die Prüfungen machen, ich wollte, dass alles wieder normal wird. Aber es war vorbei.«

»Heute kann man einen Platz in so einem Mutter-Kind-Heim kriegen, wenn es zu Hause nicht reicht, also die Unterstützung – das habe ich bei einer Mitschülerin mal erlebt. Da wird einem geholfen.«

»Tja, das war damals nicht so, vor allem war das hier

nicht so ... Der Schulbesuch wurde mir untersagt, weil ich ein schlechtes Vorbild für meine Mitschüler sei. Meine Mutter wollte, dass ich den Namen des Jungen herausrücke, der mir ›das alles eingebrockt‹ habe, doch ich hab nichts gesagt. Ich wollte nicht, dass auch Jakob noch Probleme bekäme. Ich wusste, dass seine Eltern in der Partei waren, und hab geahnt, die Sache würde es für ihn noch schwieriger machen.«

»Und wo war er in der ganzen Zeit?« Celine hat vergessen zu trinken, ihr Glas steht unberührt vor ihr.

»Ich musste zu Hause bleiben, eine ältere Nachbarin sollte ein Auge darauf haben, dass ich die Wohnung nicht verlasse, während meine Mutter zur Arbeit ging. Ich wusste aber, wann die Nachbarin ihren Mittagsschlaf machte, und ließ Jakob dann heimlich rein, der sich nach der Schule vor unserem Haus herumdrückte. Er fragte, ob ich krank sei, weil ich nicht zur Schule gekommen war, er umarmte mich gleich ganz fest, es sei ihm egal, ob er sich anstecken würde. Ich sagte, ich sei nicht krank. Ich erzählte es ihm nicht gleich, ich wollte, dass es noch einmal wie immer war, ich wollte ihn noch einmal in mir spüren. Und wir haben sofort miteinander geschlafen, ich werde das nie vergessen.« Anneroses Puls geht wieder etwas ruhiger, aber die große Hitze, die in ihr aufgestiegen ist, will nicht weichen. »Ich war so traurig und glücklich zugleich, wie er mich geliebt hat. Aber dann war der Mittagsschlaf der Nachbarin bald vorbei und ich sagte es ihm. Dass ich schwanger war. Dass ich nicht mehr in die Schule durfte. Dass ich ein schlechtes Vorbild wäre. Er hat gesagt, dass er mich nicht allein lässt, dass er sich was ausdenken würde. Und dann schob ich ihn raus aus der Wohnung, unter Tränen und Küssen. Ich muss am Abend noch so aufgelöst gewirkt haben, meine Mutter wusste es sofort – dass er dagewesen war. Das brachte das Fass zum Überlaufen, sie schlug mich wieder und ich hoffte wirklich, dass das Kind davon weggehen würde. Aber weder vom Sex mit

Jakob noch von den paar Ohrfeigen meiner Mutter ging es weg.«

»Mein Gott!« Celine reibt sich die Augen und merkt nicht, dass sie sich damit die Wimperntusche verschmiert.

»Na ja, jedenfalls saß ich dann wochenlang in meinem Zimmer rum. Es achteten jetzt noch andere Leute darauf, dass niemand mehr unsere Wohnung betrat. Ich fühlte mich wie in einem Gefängnis. Ich wollte schreien und wusste im gleichen Augenblick, dass es nichts bringen würde. Niemand würde mir helfen.«

»Du Arme ... Unfassbar, dass du zu niemandem gehen konntest. Du warst doch noch so jung«, sagt Celine leise.

»Und ich wusste nicht, was weiter passieren würde. Wann würde ich Jakob wiedersehen? Wann könnte ich meine zehnte Klasse fertig machen? Ich habe immer wieder geträumt, dass ich mit einem enorm dicken Bauch zur Schule gehe und mich alle Mitschüler bewerfen, mit allem Möglichen. Dass ich mein Blauhemd nicht mehr zukriege. Dass ich in den Prüfungen sitze und keinen Stift habe und mir keiner einen Stift geben will, stell dir das vor. Die Jugendhilfe kam dann zu uns nach Hause. Vielleicht hat meine Mutter sie sogar selbst geholt, die kam ja nicht mehr zurecht mit mir. Die wollten mich in ein Heim stecken, aber das wollte meine Mutter dann auch wieder nicht. Hatte sie Angst, dass sie dann allein gewesen wäre? Ich weiß es nicht ... Das haben sie jedenfalls nicht durchgekriegt. Aber die haben gesammelt.«

»Gesammelt?« Celine hebt ihre Hände. Auf der Höhe ihrer Brust hält sie sie für einige Sekunden geöffnet.

»Na, ihr Futter. Bei uns zu Hause sah es ordentlich aus, ich hatte alles da, wirklich, aber die haben es so hingedreht, als ob ich völlig vernachlässigt worden sei, Männerbesuch empfangen hätte.« Annerose redet nun immer schneller und hitziger. »Das haben die von den Nachbarn erfahren. Im Streit hatte meine Mutter mir das vorgeworfen, richtig schön laut, sodass es das ganze Haus gehört hat. Tja, und die haben das natürlich der Jugendhilfe gesteckt. Jetzt stand ich ganz oben auf der Liste, glaub mir. Ich sagte, dass ich ein Recht darauf hätte, zur Schule zu gehen, aber die zuckten mit den Schultern. Es war Juni, mein Bauch wuchs schon, man konnte es sehen, und ich sollte immer nur zu Hause bleiben – damit die Leute nicht reden. Aber weißt du was? Ich bin doch einmal rausgegangen, in den Hof, hab mich auf die Wiese in den Schatten gelegt. Da war ein Klettergerüst aus rotem Metall. Darauf würde ich nie wieder spielen, dachte ich. Da waren die grünen Metallstangen, zwischen die Wäscheleinen gespannt waren. Hier und da glotzte jemand aus dem Fenster, während ich im Schneidersitz dasaß und zurückglotzte und meinen Bauch streichelte.«

»Du hast deinen Bauch gestreichelt … das Baby.«

»Ich hab nur so getan. Ich konnte das Kind nicht gern haben, kannst du das jetzt verstehen? Alles ging kaputt! Jakob ist nicht mehr gekommen. Ihm war wohl doch nichts eingefallen.« Sie steckt sich eine Zigarette an und spricht dann weiter: »Am vierten Juli, das weiß ich noch …«

Celine ist erschöpft, für einen Moment wirkt sie abwesend. Ihr Blick gleitet zum Hund, der noch am Tresen liegt und schlummert.

»Am vierten Juli hatte ich einen Arzttermin. Ich ging hin und danach an der Schule vorbei. Es war der letzte Tag vor den Sommerferien. Der letzte Schultag für meine Klassenkameraden. Ich hab ein paar gesehen. Mich hat keiner gesehen, die hatten alle mit sich zu tun. Die waren nun fertig. Einige würden nun in die Lehre gehen, andere an die EOS, Abitur, vielleicht sogar studieren. Ich hätte, glaub ich, eine Lehre machen wollen. Ganz normal, im Verkauf. Mit Menschen reden, wo immer was los ist. Die Vorstellung, eine Arbeit zu haben, keine Hausaufgaben mehr, eine Wohnung – mit Jakob … das war das Größte. Wenn ich daran dachte, schlug mein Herz wie wild! Ich hätt das so schau gefunden …«

Celine fasst sich wieder. »Was? Schau?«

»Ihr seid schau«, sagt Heiko im Vorbeigehen, und Annerose lächelt ihm zu.

»Das hat man damals so gesagt: Das heißt ›dufte‹ oder ›fetzig‹.« Dann atmet sie heftig aus. »Jakob. Er war der Einzige, der mich gesehen hat am Zaun vorm Schulhof. Ich fragte ihn, ob er alles bestanden hätte. Darauf hat er gar nicht geantwortet, hat mich nur angeguckt. Mit schwerem Blick.«

»Warst du böse auf ihn?«

»Ach wo. Er stand ganz nah bei mir, aber war ganz weit weg. Ich musste da alleine durch, das wussten wir beide, glaube ich. Da war es dann vorbei mit uns, nach fünf Monaten.«

»Und neunzehn Tagen.«

Anneroses Lächeln misslingt. »Ja.«

Celine muss sichtbar schlucken. »So war das also alles.«

»In diesem System gab es gar keine Möglichkeit für solche wie uns.« Hat sie gerade die Stimme erhoben? Es ist ihr egal, vielleicht hört bereits die gesamte Kneipe zu – warum nicht. Sollen doch alle erfahren, was Jakob und ihr widerfahren ist. Aber nach einer längeren Pause, in der sie immer wieder die Spitze der Zigarette am Aschenbecherrand dreht, fährt sie leiser fort: »Diese blöde Jugendhilfe ist mir und meiner Mutter mächtig auf die Pelle gerückt. Meine Mutter blieb jetzt sogar manchmal zu Hause, weil sie Angst hatte, dass sie mich wegholen. Da bekam sie Probleme im Betrieb. Ich dachte, dass wir uns doch irgendwie wieder näherkommen würden, aber das war nicht der Fall. Wir redeten überhaupt nicht über das Kind, nur darüber, was alles passieren könnte mit mir, mit uns. Das war der schlimmste Sommer meines Lebens.« Annerose kann für einen Moment nicht weitersprechen, sondern muss den Kloß herunterschlucken, den sie im

Hals spürt. »Tja, und dann war irgendwann der Herbst da, und die Geburt stand bevor. Im Oktober kam das Baby, ein paar Wochen zu früh.«

»Oje!« Celine hält eine Hand vor ihren Mund.

»Ich musste eine Weile ins Krankenhaus, und da war es wohl, dass sie unterschrieben hat – ja, da haben sie es wohl geschafft.« Annerose atmet schwer aus. »Ich weiß nicht, wie viel es gebraucht hat, wie viel Druck sie machen mussten.«

»Was für Druck? Was für eine Unterschrift?«

»Unter die Adoptionspapiere.« Wieder will etwas in Annerose lauter werden, und diesmal kann sie sich nicht beruhigen, ihre Stimme wird energisch, die Worte drängen nur so aus ihr heraus. »Man hat meiner Mutter die Entscheidung übertragen. Und sie hat für mich entschieden – dabei war ich die Mutter! Damit hat sie mir und auch sich selbst das Erziehungsrecht für das Kind genommen. Von einem Moment auf den anderen. Sie hat sich gar nicht richtig unter meine Augen getraut, ich glaube, sie hat den Kleinen überhaupt nie gesehen.«

»Nicht zu fassen …« Celine richtet sich auf, nachdem sie eine ganze Weile krumm dagesessen hat. »Die ganze Geschichte ist nicht zu fassen. Euer kleiner Junge. Ihr hattet einen Jungen!«

»Ja, es war alles an ihm dran. Weißt du, es gab Fälle, da haben sie den Müttern erzählt, dass das Kind gestorben ist, damit sie es noch einfacher wegnehmen konnten. Das haben sie bei mir nicht gemacht. Sie haben mir die Unterschrift meiner Mutter gezeigt und ihn mitgenommen, da hatte er gerade seinen ersten Atem holen können.« Anneroses Stimme wird beim Erzählen immer höher. »Ich weiß noch, dass ich damals keine Zeit oder Gelegenheit hatte, irgendwas selbst zu denken. Ich war völlig ohnmächtig. Hatte dieses überwältigende Ereignis, die Geburt, noch gar nicht richtig begriffen – dass das Kind jetzt wirklich auf der Welt war. Die

Nabelschnur war gerade abgeklemmt, da war es schon entschieden: Der Junge ist jetzt sozialistisches Eigentum!«

»Das muss man sich mal vorstellen. Oh, Anni!« Celine legt ihre Hand auf Anneroses Hand.

»Wer weiß, womöglich hätte ich ihn auch selbst zur Adoption freigegeben. Aber es hat mich irre gemacht, dass das einfach über meinen Kopf hinweg entschieden wurde! Und es hat mir so wehgetan, dass … sie den Kleinen einfach mitgenommen haben. Ich konnte mich nicht mal verabschieden. Ich habe meine Mutter, als ich wieder zu Hause war, heftig angebrüllt. Es war mir egal, ob die Nachbarn es mitbekommen oder nicht. Meine Brüste waren bis oben hin mit Milch voll, nicht mal die haben sie genommen, für den Jungen oder für ein anderes Kind. Jakob und ich hatten ihn gezeugt, und sie haben ihn fortgenommen, weil wir zu jung waren. Und weil meine Mutter zu schwach war und das Ganze wie ein Missgeschick von dummen Kindern behandelt hat.« Anneroses Hand ballt sich unter der von Celine zu einer Faust. Sie drückt ihre Zigarette aus, schaut dabei auf die Uhr. Ihr ist, als hätten die Cocktails ihre Wirkung bei ihr bislang verfehlt.

Celine wirkt wieder für einen Moment wie weggetreten, bis sie Annerose mit großen Augen ansieht: »Ich habe nicht gewusst, dass die in der DDR so was gemacht haben.« Und nachdem sie merkt, dass Annerose nicht weitererzählen möchte, ruft sie: »Heiko, hast du noch einen Kurzen für uns? Für alle – ich geb ne Runde aus, bevor Annis Geburtstag gleich vorbei ist.«

Lichtpunkt

Eine halbe Stunde nach Mitternacht steht Annerose vom Stuhl auf und wühlt in ihrer Tasche nach ihrem Portemonnaie. Sie will die Schnapsrunde selbst bezahlen. »Sag mal, willst du nicht auch gehen?«

Celine starrt, noch immer ungewöhnlich still, vor sich hin. Hat sie schon wieder zu viel getrunken?

»Celine?«

Endlich sieht sie zu ihr hin, wie im Zeitraffer steigen Celine Tränen in die Augen, woraufhin sich Annerose wieder setzt und ihr ihre Hand auf die Schulter legt. »Was ist denn los?«

»Ich bin so traurig geworden.« Eine von ihrer Wimperntusche dunkel gefärbte Träne rollt über ihre Wange.

»Aber ... ich wollte dich nicht traurig machen.« Da fällt ihr Blick auf den Hund. Das ist die Rettung! »Celine, schau mal, Sita steht schon seit zehn Minuten an der Tür.«

»Ja? Oh Gott!« Endlich steht sie auf. »Was? Du willst bezahlen? Nein, kommt nicht in Frage, Anni, das geht auf mich. Hier ist meine Karte. Heiko, ich zahle mit Karte.«

Celine wankt, als sie die Kneipe verlassen. Annerose hat eigentlich keine Lust, sie wieder nach Hause zu begleiten.

»Ach Anni, es tut mir so leid, was da damals passiert ist.«

»Schon gut.« Annerose will nicht weiter darüber reden, sie will, dass das alles in der Kneipe bleibt und sie sich morgen wieder ganz unbelastet auf der Arbeit sehen. Niemand – nicht Celine oder sonst jemand – soll sie mitleidig anschauen. Sie will das Thema wieder vergessen. »Mach's gut.« Annerose ist überrascht, wie gut ihr Celines Umarmung tut, dass sie diese leichte Wärme, die darin liegt, derart aufsaugt.

»Weißt du«, sagt Celine auf einmal, Annerose hat sich bereits einen Schritt entfernt. »Ich hatte gedacht, dass du einfach so allein bist. Es gibt ja so Menschen.« Und nach einer kurzen Pause: »Aber du bist nicht einfach so allein. Das weiß ich jetzt.«

Annerose schaut ihr und dem Hund noch eine Weile nach. Es fällt ihr schwer, Celines Worte nicht in sich einzulassen. Je weiter sie sich entfernt, desto mehr hofft sie, den Abend und all die gesprochenen Sätze wie Zwiebelhäute von sich abstreifen zu können. Es war ein langer Tag mit einem unerwarteten Verlauf. Ihr achtundfünfzigster, so schließt sie für sich, als sie spät in der Nacht an ihrer Haustür ankommt, war ein Geburtstag, der ihr wahrlich in Erinnerung bleiben wird.

Sie steigt aus dem Fahrstuhl und geht langsam zu ihrer Wohnung, lauscht dieses Mal nicht wie sonst ins Haus. Sie denkt, als sie ihren Anorak auszieht und mit ihrer Hand ihr Schlüsselbein streift, nicht an Leyka. Im Wohnzimmer lässt sie sich auf den Stuhl fallen, der immer noch in der Mitte des Raumes steht. Nur das Licht vom Flur und ein einzelnes Licht von draußen scheinen herein. Annerose stellt sich vor, dass es das Licht einer dieser Drohnen ist, vielleicht von der, die sie sich nach der Betriebsfeier vorgestellt hatte. Mit der sie sich von außen betrachten konnte. Sie fokussiert das Licht, stellt sich vor, dass die Drohne zu ihr hereinfliegt, einfach so durch das Fenster, zu ihr ins Wohnzimmer, ganz nahe an sie heran, immer näher. Schließlich lässt sie es zu, dass sie in sie hineinfliegt. Bei diesem Gedanken beginnt sie zu weinen. Annerose will nicht darüber nachdenken, wie lange sie schon nicht mehr geweint hat. Sie erlaubt es sich, weil sie glaubt, dass es nur ein paar nachträgliche Tränen der Rührung sind, und versucht, nicht weiter darüber nachzudenken. Dass es etwas Schwerwiegendes ist, spürt sie erst, als sich ein ganzer Schwall Bahn bricht. Das muss der Alkohol sein, vielleicht die

Geburtstagssentimentalität, vielleicht Celine, das junge Ding, das ihr so verloren vorkommt? Nein, Annerose hat noch nichts erkannt. Vor ihr hängt ein wasserfallartiger Vorhang, der sich nicht öffnen lässt, hinter dem sie aber einen Schatten ausmacht. Annerose wünscht, sie könnte selbst entscheiden, was sich in diesem Schatten, in dieser Silhouette verbirgt, aber das kann sie nicht. Und auch wenn sie keine Details der Gestalt erkennen kann, so weiß sie doch genau, dass es ihr sechzehnjähriges Ich ist, das da am Zaun an der Schule steht, den größten vorstellbaren Schmerz durchlebend.

Was wäre gewesen, wäre das mit dem Kind nicht passiert?

Annerose raucht heute keine Zigarette mehr, sie schläft sofort ein und kehrt in die farbenarme Zeit zurück, in der es noch keine Celine, noch nicht einmal einen Durs in ihrem Leben gab. Nur diese Zwangsgemeinschaft mit ihrer Mutter, was sie aber nur als beklemmendes Gefühl wahrnimmt. Annerose versucht im Traum, ihre Mutter zu finden. Sie sieht ihr ähnlich, sie ist der Annerose von heute ähnlich, mit ihrem glanzlosen Haar und ihrem Hang zur Einsiedelei.

In diesem Zustand zwischen Traum und Realität ahnt Annerose etwas: dass sie den Wunsch hat, Jakob wiederzusehen. Doch sie lässt diesen Wunsch nicht zu, sie gestattet ihn sich nicht einmal im Traum. Und während ihre Vernunft zunehmend wieder die Oberhand gewinnt und ihre Träume mit dem Aufwachen bedroht, fragt sie sich plötzlich: Was ist, wenn der Tod wirklich ein Etwas ist? Wenn der Tod der Mutter ein Etwas war, vor dem sie geflohen ist?

Über den nächsten Tag kann sich der Aufruhr in ihr etwas legen. Aber je näher der Abend rückt, desto stärker wünscht sich Annerose, an das Gespräch in der Kneipe anzuknüpfen und zu Celine und ihrer Überwältigung zurückzukehren. Ihr fällt auf, dass sie selbst ihre Jugend nie als ›traurig‹ bezeichnet hat, den Verlauf der Jahre hat sie nie bedauert.

Celine, die nach ihrer Krankschreibung wieder zurück ist, ist eine nüchterne Celine, die Vorgesetzte Celine – die zu Beginn der Schicht nur kurz zu ihr herüberschaut. Die nur Augen für die enorme Warenlieferung hat. Das Weihnachtsgeschäft brummt.

Und während Annerose Dose für Dose ins Regal stellt und die Waren spiegelt, scheint es sogar wieder zu vergehen, ihr Bedürfnis, an das zuletzt Gefühlte und Ersehnte anzuschließen, es wieder hervorzurufen. All das von den Träumen der vergangenen Nacht Heraufbeschworene glimmt langsam wieder aus.

»Stellst du mit der Kollegin bitte die neuen Weihnachtsdisplays an den Kassen auf?«, fragt Celine im Vorbeigehen und verschwindet, ohne eine Antwort abzuwarten. Während Annerose beginnt, die sperrigen Kartonwände zu einem Verkaufsaufsteller zusammenzubauen, und dabei versucht, die Hilfe der Kollegin nicht in Anspruch zu nehmen, kommt in ihr aber doch eine gewisse Erleichterung auf. Hatte sie sich vorhin sogar noch eine körperliche Nähe zu Celine gewünscht, will sie sich nun damit zufriedengeben, dass sie diesen schönen Tag gestern hat erleben dürfen, dass diese junge, betrunkene Frau ihr ein paar Momente der Rührseligkeit und der Verbundenheit geschenkt hat.

»Was machst du denn da?«, fährt die Kollegin, die etwa so jung ist wie Celine, Annerose an und entreißt ihr die zwei Pappteile, die in ihren Händen einfach nicht zusammenpassen wollen. Sie steckt sie gekonnt ineinander.

Annerose lächelt zögerlich und beginnt kurze Zeit später, die Pappregale zu bestücken. Sie betrachtet die in bunte Aluminiumfolie eingepackten Figuren. »Da ist ja gar kein richtiger Weihnachtsmann mehr dabei.« Die andere zuckt mit den Schultern und arbeitet weiter.

Als die Schicht vorbei ist, geht sie mit den Kolleginnen durch die kahlen und inzwischen ausgekühlten Gänge nach draußen. Erst jetzt fällt ihr ein, dass die anderen immer in der Schicht an oder nach ihrem Geburtstag »einen ausgeben« und einen Kuchen oder etwas anderes mitbringen. Annerose hat es völlig vergessen. Sie dreht sich von den anderen weg und geht los. Celine wartet nicht wie sonst rauchend am Ausgang. Das Licht in ihrem Büro brennt noch, sie hat offenbar noch keinen Feierabend. Wie gerne hätte Annerose ihr Tschüss gesagt.

Das heutige Assiettenessen ist schnell ausgewählt, Annerose wartet die Minuten vor der Mikrowelle duldsam ab, nimmt den gewohnten Platz auf der Couch ein, schaltet den Fernseher ein und lauscht dem Nachrichtensprecher halbherzig. Sie atmet tief durch, lässt die Hälfte des Frikassees stehen und zündet sich eine Zigarette an. Der gut angezogene Mann auf der Mattscheibe erzählt ihr Dinge, von denen sie sich keinen Begriff machen will. Das ist alles zu weit weg von ihr. Längst hat sie nicht mehr das Gefühl, durch das Nachrichtenschauen an irgendetwas Anteil zu nehmen – vor allem haben die Neuigkeiten aus aller Welt rein gar nichts mit ihr zu tun.

Was sind das nur für sonderbare Tage gewesen, denkt sie, während sie Bilder einer Hochwasserflut am anderen Ende der Welt an sich vorbeiziehen lässt. *Ob Celine sich heute wieder mit diesem Anders trifft? Hoffentlich denkt sie an Sita und vertrödelt nicht wieder irgendwo die halbe Nacht. Sie ist ein nettes Mädchen, in solchen Spelunken wie der von gestern Abend sollte sie sich wirklich nicht herumtreiben.*

Nach den Nachrichten kommt ein Krimi. Annerose sieht zunächst gebannt zu. Doch dann driften ihre Gedanken immer wieder ab. Was ist es nur, dass Celine ständig Unterhaltung suchen lässt? Ist sie selbst vielleicht auch nur ein Mittel zur Ablenkung für Celine, damit sie nicht an irgendetwas anderes, vielleicht an den Tod dieser beiden Menschen, von denen sie gesprochen hat, denken muss? Dann ist die Rechnung nur bis zu diesem Straßenbahnunfall aufgegangen. Drei Tage ist das nun her.

Es war eine alte Frau, die die Straßenbahn überhört haben muss. Sie sei auf der Stelle tot gewesen, heißt es in der Zeitung, die sie vor der Schicht gelesen hat. Annerose zweifelt daran. Dauert es nicht ewig, bis man wirklich übergesetzt hat? Das Kind am Klettergerüst wird sich noch eine Weile gewehrt haben, der Junkie auf der Toilette wird noch eine gewisse Zeit lang den stärksten Rausch seines Lebens erlebt haben – und nun die alte Frau, die bestimmt ihr ganzes langes Leben noch einmal im Zeitraffer an sich vorbeiziehen sehen hat. Annerose liest die Namen im Abspann des Krimis – als könne einer von ihnen womöglich etwas in ihr auslösen. »Was bist du doch verschroben«, sagt sie zu sich selbst, während ihr Blick zu dem nicht weit von ihr stehenden Stuhl hinübergleitet. Sie schüttelt den Kopf.

Zwei Tage später, nachdem sich Annerose mühevoll durch die Menschenmassen auf den Straßen zur Drogerie durchgekämpft hat, wird sie von Celine über den Flur hinweg gegrüßt. Ihr Gruß ist beiläufig und aufrichtig zugleich, denn anders als die anderen Kolleginnen sieht sie Annerose wirklich an. Aber ihr Blick hat etwas Abgeklärtes. Hat sie sich besonnen? Annerose verstaut ihren zusammengefalteten Anorak im Spind. *So ist es gut. Wir haben einander aufgewühlt. Lass uns wieder ruhig werden, wir brauchen unsere Kräfte.*

»Annerose«, hört sie nicht viel später, ohne dass sie weiß, von wo Celine gerufen hat. »Hilf mir mal!«

»Einen Moment, ich bin mit der Tiernahrung gleich durch.«

»Ich brauch dich jetzt«, sagt Celine im Ton einer Vorgesetzten. Annerose ist irritiert und geht eilig an den anderen Kolleginnen vorbei.

»Anni! Jetzt kommt schon!«, sagt Celine in einem viel freundlicheren Ton.

Und dann stehen sie nebeneinander, Celine fährt ihr mit der Hand über den Oberarm. »Anni! Ich hab da was.«

»Was denn?« Sie schaut verwundert auf Celines Etikettenstapel.

»Ich hab eine Internetseite gefunden.«

Annerose zieht die Augenbrauen zusammen, ahnend, dass etwas kommt, das sie lieber nicht hören will.

»Da können«, und nun wispert Celine noch leiser: »da können sich Familienmitglieder wiederfinden, die durch Zwangsadoption getrennt worden sind.«

Annerose weiß im ersten Augenblick nicht, was sie damit anfangen soll. Sie weiß nur, dass sie es lieber gehabt hätte, Celine hätte sie nicht zu sich beordert.

»Ist das nicht toll?«

Annerose hebt die Schultern und fühlt sich schlagartig unwohl.

»Wer weiß, vielleicht wirst du darüber deinen –« In diesem Moment wird Celine über Lautsprecher ins Büro gerufen. Bevor sie geht, legt sie Annerose kurz ihre Hand auf die Schulter.

Die gesamte Schicht über, in der Celine keine Zeit mehr findet, das Gespräch fortzusetzen, überlegt Annerose, wie sie ihr entgegentreten kann, wie sie das Thema von sich, von ihnen beiden abwenden kann.

»Anni! Warte mal!«, ruft es nach dem Dienstschluss hinter ihr. Warum muss Celine nicht auch heute länger arbeiten?

Annerose bleibt stehen und zündet sich eine Zigarette an.

»Was rennst du denn so schnell weg?«

»Ich renne doch gar nicht.« Kurz überlegt sie, vorzugeben, irgendwohin zu müssen, aber ihr fällt nicht ein, wo sie um diese Zeit noch dringend hinmüssen sollte. Zudem weiß

Celine wohl schon zu viel über Anneroses Leben. Sie weiß, dass niemand irgendwo auf sie wartet.

»Was sagst du denn nun dazu?«

»Zu dieser Internetseite?«

»Ja, natürlich!« Celine greift sie fest am Arm, damit sie stehen bleibt.

»Ich weiß nicht …«

Celine zündet sich eine Zigarette an und gibt das Tempo vor, immer einen halben Schritt vor Annerose. »Da kann man sich melden, seine Geschichte erzählen, und die veröffentlichen dann eine Art Annonce, damit man gefunden werden kann. Anni – du und dein Sohn, ihr könntet euch finden.«

Sie würde am liebsten abbiegen, denn ihr will nichts einfallen, wie sie Celine von ihrer fixen Idee abbringen könnte.

»Ich übernehme das auch gerne für dich, also ich kann denen das weiterleiten, was wir schreiben werden.«

»Was wir schreiben werden?« Annerose bleibt stehen. Wie soll sie sich Celine verständlich machen? Unter einer der Laternen erscheint in Sichtweite eine Person von der Statur des Mannes, mit dem Celine sich trifft. Ja, er erinnert Annerose an diesen Anders. Sie geht weiter, ihm entgegen und atmet erleichtert auf. »Celine, schau mal, wer dich abholt!« Jetzt wird sie sie los.

»Was machst du denn hier?«

»Ich will mit dir reden.«

»Ich kann nicht«, antwortet Celine. »Anni, was ist? Lass uns weitergehen!«

»Celine! Bitte, nur fünf Minuten.«

»Nein! Das hab ich dir gestern auch schon gesagt. Wir haben es eilig«, ruft sie ihm zu und zieht Annerose weiter.

»Was ist denn los? Warum willst du denn nicht mit ihm reden?« Annerose versucht, sich innerlich zu sammeln. Sie will Celine klar und deutlich sagen, dass sie keine Annonce schreiben wird. Nein! – so schwer kann das doch nicht sein.

»Ach, nichts, gar nichts.« Celine bleibt kurz stehen und zündet sich eine neue Zigarette an. »Ist er noch da?«

»Ja, er steht noch da. Celine, geh doch hin und sprich mit ihm. Wir können das auch morgen –«

»Spinnst du? Nein, ich will ihn nicht sehen.«

»Was ist denn passiert?« Es gelingt ihr nicht, Celine aufzuhalten.

»Nichts weiter. Es wird mir einfach zu viel mit ihm. Außerdem will ich dir doch diese Seite zeigen. Lass uns zu mir gehen.«

»Aber …«

Annerose und Celine werden von der schwanzwedelnden Sita erwartet, die vor die Tür drängt.

»Eine Minute kannst du doch warten, meine Süße.« Celine zieht sich hastig ihren Poncho über den Kopf, wirft ihn irgendwo hin und setzt sich auf ihre Couch. »Hier auf dem Tablet zeige ich es dir.«

Annerose, die ihren Anorak noch nicht abgelegt hat, geht in die Knie und streichelt Sita.

»Los, komm doch her.«

Celines fordernder Ton gefällt Annerose gar nicht. Sie sieht in die Augen der Hündin, und kurzzeitig überkommt sie das Gefühl, Sita könne – wie niemand zuvor – alles von ihr sehen. Sie wendet ihren Blick ab. Noch in ihren Anorak gehüllt setzt sie sich schließlich neben Celine, die die besagte Seite geöffnet hat.

»Hier schau mal, das ist die Organisation. Und hier sind die Annoncen veröffentlicht.« Sie hält Annerose das Tablet hin.

»Mach du das lieber.«

»Hier zum Beispiel: ›Mutter sucht zwangsadoptiertes Kind‹. Oder hier, hier sucht eine zwangsadoptierte Person nach Verwandten.«

»Meine Güte.«

»Ja, ich weiß, das ist Wahnsinn! Ich meine, das muss nicht

heißen, dass dein Sohn auf dieser Seite nach dir sucht und ihr euch gleich findet, aber es ist eine Chance.«

»Celine!«

»Ja, ich versteh schon, es wird schwierig, was zu formulieren, aber …« Sie steht auf, stößt die ungeduldige Hündin etwas zur Seite, holt einen Block und einen pinken Stift und setzt sich entschlossen wieder neben sie. »Aber wir schaffen das schon. Ich helfe dir.«

»Du hilfst mir.«

»Ja, deinen Sohn zu finden. Nun zieh schon deine Jacke aus, wir machen das in aller Ruhe.«

»Sita muss raus. Ich gehe schnell mit ihr um den Block.« Annerose richtet sich auf, doch Celine hält sie am Ärmel.

»Ein paar Minuten hält sie es schon noch aus. Komm schon, Anni, das ist *die* Gelegenheit.«

Annerose ist warm, Hitze steigt in ihr auf, aber ihren Anorak auszuziehen, widerstrebt ihr. »Siehst du nicht, dass sie sich gleich in die Hosen macht?«

»Ich kenne doch meinen Hund, die kann noch warten.«

»Celine! Sita muss jetzt raus!«

»Lass uns doch wenigstens erst mal …« Sie beginnt auf dem Block etwas zu schreiben.

»Nein!«

»Hey! Was ist denn los?«

»Was los ist? Ich will das nicht!« Anneroses Gesicht glüht. »Ich will das nicht! Ich will keine Anzeige schalten. Warum geht das nicht in deinen Kopf?«

»Aber … ich dachte …«

»Und der Hund muss raus! Jetzt!«

Celine legt den Stift hin und sieht zu Sita hinüber. »Entschuldige … ich gehe mit ihr.«

»Ich komme mit.«

»Nein, du fällst gleich noch um, so rot wie du bist. Ich gehe schnell mit ihr, und du atmest erst mal durch.«

Ein Schloss

Nachdem Celine ihre Wohnung verlassen hat, bleibt Annerose wie erstarrt zurück und zieht den aufgeheizten Anorak aus. Ihr Pullover klebt an ihrer Haut, und sie lässt unter einem kräftigen Seufzer die Arme hängen. In der offenen Küche trinkt sie, ohne abzusetzen, ein Glas Wasser. *Die spinnt doch.* Wie auf der Toilette im Schmor-Kontor lässt sie kaltes Wasser über ihre Pulsadern rinnen. Es kommt ihr vor, als seien seither viele Wochen vergangen, dabei sind es lediglich zehn Tage.

Mit einem weiteren Seufzer setzt sie sich auf die Couch. Ihre Finger tippen auf dem Polster. Wie soll sie Celine bloß von dem Thema, von dieser leidigen Internetseite abbringen? Noch nie hatte sie ein Tablet in den Händen, und bevor sie überlegen kann, wie der Bildschirm zu reaktivieren ist, verschwindet nach einer kleinen Berührung schon das Schwarz und die Seite taucht wieder auf. Doch so sehr sie sich auch bemüht, sich auf die Anliegen derer, die hier suchen oder gefunden werden wollen, einzulassen – es gelingt ihr nicht. Es widerstrebt ihr sogar. Das hat alles nichts mit ihr zu tun! Genau so wird sie es Celine sagen und endlich eine klare Linie ziehen. Das alles geht Celine einfach nichts an.

Als sie hört, dass die Tür aufgeschlossen wird, steht sie von der Couch auf. »Du, ich muss …«

Celine kommt hereingestürzt und fällt neben Sita auf die Knie. »Anni! Sie hat geblutet!«

»Wie bitte?«

»Sie hat versucht zu pinkeln, hat sich aber dabei so komisch gekrümmt und auch gejault, und als dann was kam, war es so rötlich.«

»Oje, unsere gute Sita hat wohl eine Blasenentzündung.«

»Meinst du? Wir fahren gleich zum Tierarzt.«

»So spät? Da müssten wir zum Notdienst. Was meinst du, wie teuer –«

»Das ist mir egal.«

»Gib ihr doch für heute erst einmal lauwarmen Brennnesseltee. Meine Katze Leyka, die habe ich damals auch damit behandelt.«

»Nein, sie blutet doch, sie muss zum Arzt.« Celine sucht entschlossen ein paar Dinge zusammen.

»Ich komme mit«, sagt Annerose, schaut zu Sita, die auf ihrem Schlafplatz liegt. *Meine Retterin.*

Zu Anneroses Überraschung hat Celine ein Auto. Das Tor der Tiefgarage öffnet sich automatisch, und Celine lenkt den Wagen gekonnt um die enge Kurve. Beim Geradeausfahren dreht sie sich immer wieder zu Sita um, die neben Annerose auf der Rückbank liegt.

In der Tierklinik bestätigt man den beiden, dass es sich um eine Blasenentzündung handelt, und gibt ihnen neben den Medikamenten auch eine hohe Rechnung mit.

»Gut, dass wir hierhergefahren sind«, sagt Celine beim Ausparken. »Meine liebe, süße Sita! Sie soll so oft wie möglich ausgeführt werden. Das krieg ich nicht hin. Morgen muss ich von morgens bis abends in die Drogerie, kann nur zwischendurch mal kurz zu Hause vorbeischauen. Da muss sie zum Pinkeln einfach in die Dusche gehen, es geht nicht anders.«

Annerose blickt unablässig zu Sita. »Fahr uns zu mir.«

»Wie ... was meinst du?«

»Ich hab doch viel mehr Zeit als du.«

»Aber ...«

»Wirklich – das mache ich gerne. Außer zur Spätschicht am Abend bin ich doch so gut wie nie weg.«

»Das würdest du tun?«

»Aber natürlich.«

Sie halten kurz bei Celine, um Sitas Schlafkorb, Fressen und alles Nötige zu holen. Celine bedankt sich noch auf der Fahrt hundertfach bei Annerose. »Ich hab eigentlich gar nicht genug Zeit für einen Hund. Aber weißt du, sie wurde vor ein paar Jahren ständig herumgereicht, es haben sich sehr eigenartige Menschen für sie interessiert, du weißt schon, die sie nur wollten, weil sie so gefährlich aussieht. Wer weiß, wie sie die Kleine noch abgerichtet hätten. Jedenfalls habe ich irgendwann gesagt: Die bleibt jetzt bei mir!«

Annerose lächelt sie an. Bei ihr ist Sita in den besten Händen. Die Sache mit der Internetseite ist glücklicherweise vollkommen vergessen, auch beim Abschied denkt Celine nicht mehr daran. Während ihrer Umarmung wirkt Celine sehr erleichtert.

»Nun sind es nur noch wir beide, meine Kleine.« Annerose ist sich sicher, dass dies das Einzige ist, das sie heute Abend noch sagen wird. Sie öffnet die Futterdose, die ihr gar nicht so groß erscheint wie auf der Arbeit, füllt für Sita den Napf und streichelt ihr über den Kopf. *Wo richte ich dir nur deinen Schlafplatz ein?* Ihr Blick schweift zur weißen Wand, an der nicht nur nichts hängt, sondern auch nichts steht, sodass es naheliegt, Sitas Nachtlager dort aufzuschlagen. Der gefällt der Platz offenbar gut, sodass sie sich, nachdem sie den Napf leer gefressen hat, gleich hinlegt.

Der Stuhl steht am Tisch. Sie muss ihn vorhin in Gedanken versunken dort hin gerückt haben, dahin also, wo er auch hingehört. Und dann nimmt sie endlich ihr eigenes Magengrummeln wahr, macht sich unter Sitas aufmerksamen Blicken ein Brot und isst es mit größtem Appetit. »Hm ... meine Kleine, ich überlege fast, mich heute Nacht hier auf die Couch zu legen, in deine Nähe, damit du nicht so alleine bist.«

Sie raucht keine Zigarette mehr, sondern bereitet sich etwas später ihr eigenes Nachtlager tatsächlich auf der Couch. »Schlaf gut, meine Kleine.«

Von draußen scheint ein Licht auf die Wand, vor der nun ein Hund liegt und ruht. Das Bild ist gestört – das Bild, das Annerose seit Jahren in sich trägt, das sie in all ihren Wohnungen immer wieder neu aufgebaut hat. »Es ist gut, dass du da liegst, es ist gut, dass der Stuhl nicht mehr da steht wie angeschraubt, denn er ist nicht angeschraubt – nicht mehr. So oft habe ich auf diesem Stuhl gesessen, in dieser Zelle – anders kann man das gar nicht nennen. Ich hab darauf gesessen und gegen eine leere Wand gestarrt – was sollte ich anderes machen? Ich hab mir so viel vorgestellt an dieser Wand. Dass da irgendwann mal so eine liebe Seele wie du liegen würde, das hätte ich nie gedacht …« All die Bilder vor Anneroses innerem Auge rufen schmerzliche Erinnerungen und auch eine Wut hervor, die sie nicht ertragen kann. Ihre Finger trommeln nun auf das Polster ihrer eigenen Couch. Sie versucht, sich auf die Anwesenheit von Sita zu konzentrieren, und auch wenn sie der Anblick des Hunds ein Stück weit ablenkt, liegt sie noch eine ganze Weile wach.

Am Sonntag erwartet Annerose Celine zu Besuch. Auf den vielen Gassigängen – Sita geht es inzwischen schon deutlich besser – hat sich Annerose den Kopf darüber zermartert, wie sie sich ihrer Freundin verständlich machen kann. Irgendwann kam ihr die Idee, mit Celine einen Ausflug zu machen. Annerose will mit ihr an einen Ort, den sie eigentlich nie wieder betreten wollte – einen Ort, an dem das, was ihr von ihrer Jugend noch geblieben war, auch noch zerstört wurde. *Hoffentlich wirst du dann endlich Ruhe geben, mir meinen Frieden lassen.*

Für einen Moment ist es so, als hätten sich Frauchen und Hund wochenlang nicht gesehen. Lächelnd steht Annerose bei der schwanzwedelnden Sita und bei Celine, die gleich auf die Knie gefallen ist und ihren Blumenstrauß auf den Boden geworfen hat, um den Hund zu herzen.

»Hier, Blumen. Ich wollte dir Danke sagen. Ein Adventsgesteck wäre passender gewesen, aber ich habe schon mitbekommen, dass du gar nicht schmückst und das alles wohl nicht magst.«

»Das wäre doch nicht nötig gewesen.«

Unter klarem Himmel und bei strahlendem Sonnenschein fahren sie ein Stück nach Norden aus der Stadt heraus. Celine wundert sich zwar, folgt aber ohne zu zögern Anneroses Anweisungen. Bald verlassen sie die Bundesstraße und folgen der Beschilderung.

»Hier war ich noch nie«, meint Celine, nachdem sie geparkt hat und aus dem Wagen gestiegen ist.

Annerose schließt die Beifahrertür hinter sich, beschattet mit der Hand ihre Augen und sieht sich um. Dann gehen sie ein paar Schritte.

»Woher kennst du diesen Ort?«

Ohne darauf einzugehen, sagt Annerose: »Lass uns mal dahinten lang, ich glaube ... ja, da lang.«

»Du willst uns doch was zeigen, oder?«

Annerose nickt, geht voran, und bald schon biegen sie um eine Häuserecke, von der der fahle Putz abzufallen droht.

»Na holla!«, entfährt es Celine angesichts des großen, herrschaftlichen Anwesens mit mehreren Gebäuden, die einmal recht prunkvoll ausgesehen haben müssen.

»Kommt mit«, fordert Annerose sie auf und geht auf das erste, breite Gebäude zu, in dessen Mitte ein hübscher Torbogen, gekrönt von einem kleinen Türmchen, dazu einlädt, den dahinter liegenden gepflegten Park zu betreten. Annerose hält sich die Hand vor den Mund.

»Ist das ein Schloss?«, fragt Celine, als sie durch den Torbogen gehen.

»So ist es. Ein Schloss.« Annerose sieht sich aufmerksam um und entdeckt noch andere Sonntagsspaziergänger.

»Wow, wie schön.«

»Ja, wirklich beachtlich, was sie daraus gemacht haben – zumindest aus dem Haupthaus. Du kannst dir nicht vorstellen, wie es hier einmal ausgesehen hat. Vieles war regelrecht verfallen.«

Sie schlendern mit dem Hund an der Leine über die Spazierwege, die rechts und links von zusammengefegten Laubbergen gesäumt werden. Die Sonne strahlt noch immer und spendet eine angenehme Wärme. Nach einiger Zeit erblickt Annerose einen jungen Mann, der eine Art Lageplan oder Broschüre studiert. Auf der Rückseite ist unscharf eine Karte des Geländes zu erkennen.

»Darf ich Sie etwas fragen?«

»Gerne doch«, antwortet der junge Mann.

»Wissen Sie, was in diesem Seitengebäude dort hinten untergebracht ist?« Annerose überrascht nicht nur Celine, sondern auch sich selbst mit dieser offenen Art, auf jemand vollkommen Fremdes zuzugehen.

»Ein Hotel oder ein Spa oder so etwas.«

»Ah ja«, sagt Annerose. »Steht in Ihrer Broschüre auch etwas über die Geschichte dieses Schlosses?«

»Ja, natürlich … Das war mal ein karolinischer Königshof, dann ein Landgut, später …«

»Ein Königshof«, wiederholt Celine träumerisch.

Ein älteres Paar kommt näher und hört neugierig zu.

»Steht auch etwas über die jüngere Vergangenheit drin?«

Der junge Mann scheint sich über Anneroses Interesse an einem Gespräch zu freuen, er faltet die Broschüre auseinander und antwortet: »Nach dem Ersten Weltkrieg war es eine Schule, dann ein Internat und ja, heute …«

»Steht da nichts davon, dass das zu DDR-Zeiten mal ein Jugendwerkhof war?«

»Nein, das steht da nicht. Ein Werkhof, sagen Sie?«

»Ein Jugendwerkhof, ja.« Annerose spürt, wie langsam etwas in ihr hochsteigt, worüber sich nicht sachlich reden lassen wird. Aber warum auch? Sie ist schließlich keine Stadtführerin. Auf seltsame Weise gefällt ihr die Situation, und sie bekommt Lust, die Illusionen der Leute über dieses Schloss zu zerstören. Vor allem aber spürt sie, dass sie der tiefsitzenden Wut in ihr Luft machen will. »Wissen Sie, ich war hier gut ein Jahr lang inhaftiert.«

»Inhaftiert? Ein Gefängnis?«, fragt die ältere Dame.

Celine tritt erschrocken einen kleinen Schritt zurück. Sita ist irritiert, hält ihren Kopf für einen Moment schräg.

»Ein Jugendwerkhof! – Eine staatliche Einrichtung für Jugendliche, ›Problemkinder‹ würde man heute sagen. Manche saßen hier wegen Schulbummelei, andere wegen Diebstahls oder Herumtreiberei. Jeder wurde von der zentralen Einweisungsstelle in Eilenburg direkt hierhergebracht. Ich wusste damals gar nicht, dass es so nah an meinem Zuhause war.« Immer mehr Worte drängen aus ihr heraus, die eben nur leicht geöffnete Tür lässt sich nicht wieder schließen. »Ich wusste überhaupt nicht, wo ich war. Ich war noch keine siebzehn, meine Brüste schmerzten, immer wieder hatte ich Flecken von der austretenden Milch auf meinem Hemd. Ich hatte gerade ein Kind bekommen.«

»Mein Gott«, sagt der junge Mann, der ungeschickt versucht, seine Broschüre wieder zusammenzufalten. Celine steckt sich mit nervösen Fingern eine Zigarette an.

»Inhaftiert habe ich eben gesagt, weil ich meine Freiheit … da vorne – schauen Sie, da! – da am Eingang abgeben musste.« Sie hält kurz inne, versucht die Tür im Griff zu behalten: »Heute ist hier sicherlich alles angenehm beheizt, schön ausgestattet für die Touristen.« Ein verächtliches Lachen kann sie nicht unterdrücken. »Ihr macht euch ja kein Bild davon, wie es hier vor vierzig Jahren ausgesehen hat. Was hier los war. ›Erziehung durch Arbeit‹ war die Parole, das alles hier war ein riesengroßes Arbeitslager für Jugendliche, mitunter noch Kinder. Ich sehe sie vor mir, genau hier, wo wir stehen. Ich kann sie alle sehen.«

Die ältere Frau wird unruhig, als wolle sie weitergehen, könne aber keinen Fuß vor den anderen setzen.

»Arbeiten, bis man es begriffen hat: Nicht du, der Einzelne, mit deinen kleinen Befindlichkeiten, mit deiner überschüssigen Milch bist wichtig, nein, das Kollektiv, der Staat, der Sozialismus – sie sind wichtiger als alles andere. Uns wurde tagtäglich eingebläut, dass wir der Gemeinschaft geschadet hätten, dass wir fehlentwickelte Objekte seien. Deshalb wurde uns keine Zeit mehr für eigene Gedanken gegeben, es hieß arbeiten, arbeiten, arbeiten, Programm von halb sechs morgens bis zum Abend.« Annerose muss kurz Atem holen. »Es war wie bei der Armee. Von der ›Ausbildung‹, die in den Jugendwerkhöfen und also auch hier stattfinden sollte, keine Spur. Mich konnten sie nur ein Jahr dabehalten, weil ich dann volljährig wurde. Darum machten sie sich mit mir noch weniger Mühe – wenn man da überhaupt von Mühe sprechen kann! Ständige Arbeitseinsätze, auch außerhalb, auch samstags, irgendwo den Schnee räumen, Hilfsarbeiten in irgendwelchen Volkseigenen Betrieben, Arbeiten, die die eigenen Leute nicht machen wollten. Aber das war noch nicht alles.« Gerade als sie wieder tief Luft holt, gesellt sich eine Frau in ihrem Alter dazu. Sie trägt ein rotes Halstuch. *Soll die ruhig auch hören, was mir hier damals passiert ist – die ganze Welt soll es hören!* »Weil es mir schlecht ging, psychisch, weil ich von allem, was mir etwas bedeutet hat, fortgerissen war, haben die mir Arbeitsverweigerung vorgeworfen. Und das hieß: Arrest.«

»Entschuldigen Sie bitte. Wer hat Ihnen ... was?«, fragt die Frau mit dem roten Halstuch.

»Na die ›Ausbilder‹«, sagt der junge Mann.

»Das war doch hier mal ein Jugendgefängnis«, sagt der ältere Mann, der auch schon länger dabeisteht.

»Jugendwerkhof«, berichtigt ihn Celine und deutet auf das nebenstehende Gebäude.

»Hier – ein Jugendwerkhof? Nein ...«

»Junge Frau.« Annerose lächelt. »Ich war hier inhaftiert, vor vierzig Jahren. Also bitte.«

»Und Ihnen sage ich, dass meinem Sohn dieses Hotel gehört, also unserer Familie, und dass wir die Geschichte dieses Anwesens kennen.«

»Offenbar nicht besonders gut.« Annerose geht ein paar Schritte auf das Nebengebäude zu, steht für einen Moment ganz nah bei Celine und Sita und winkt den anderen mitzukommen. »Dieses Gebäude hier – gehört also Ihnen?«

»Jaja!«

»Auf diesen beiden Etagen sind jeweils vier mal vier Zimmer, je Aufgang, annähernd quadratisch. In der Mitte ein langer Flur. Pro Etage nur eine Toilette, nicht wahr?«

»Hier war niemand ›inhaftiert‹.« Die Frau benutzt ihre Finger, um Anführungszeichen in die Luft zu zeichnen.

»Hinter diesem Fenster da war ich mit sieben anderen Mädchen untergebracht – in einem Zimmer! Von dort aus sieht man im Sommer, wie die Sonne über dem Türmchen da hinten aufgeht. Und da unten ...« Sie betritt nun den Rasen, der direkt vor dem Gebäude liegt, und zeigt auf eines der Kellerfenster, »war die Arrestzelle. Heute ist da sicherlich eine schicke Sauna drin oder was weiß ich. Alles schön saniert. Aber ich kenne diesen Raum hinter dem Fenster. Ich kann Ihnen genau sagen, was Sie unter dem neuen Putz alles finden würden. Ich hatte viel Zeit da drinnen. Gleich zu Anfang war ich einmal vierzig Stunden in so einem Verlies. Vierzig Stunden!«

»Also meine Damen und Herren, ich versichere Ihnen, dass es hier weder ein Verlies noch irgendwelche Kerker gab oder gibt«, wehrt sich die Frau mit dem roten Halstuch. »Ich lade Sie herzlich ein, unsere schönen Zimmer zu besichtigen. Natürlich verfügt die Anlage auch über ein Spa, Wellness-Räumlichkeiten, alles aufs Schönste hergerichtet.«

»Und ich«, lässt Annerose verlauten, »lade Sie alle gerne ein, sich über dieses Gelände hier zu informieren, sich bei Ihrem Hotelaufenthalt genau umzuschauen und daran zu denken, was ich erzählt habe, und es ruhig auch weiterzutragen, was hier einmal stattgefunden hat.«

Celine hat sich hingehockt, drückt Sita fest an sich.

»Ich würde Sie jetzt gerne bitten, von dem Rasen herunterzugehen.«

Annerose folgt der Aufforderung und versucht, in den Blicken der drei fremden Zuhörer etwas zu erkennen. Zunächst ist da nichts, die Gruppe scheint sich auflösen zu wollen, die Mutter des Hotelbesitzers wirkt erleichtert. Doch die ältere Dame kommt einen Schritt auf Annerose zu, nimmt ihre Hand, schaut ihr einen Moment tief in die Augen, um dann zu sagen: »Es tut mir sehr leid, was Sie hier erleben mussten. Wissen Sie, wir kommen aus den alten Bundesländern, und ich habe gerade erst zu meinem Mann gesagt: ›Guck mal, wie schön es hier ist.‹«

»Es ist ja auch schön hier«, fügt ihr Mann an, sein Blick verrät, dass er tief betroffen ist. Dann nickt er Annerose zu und geht mit seiner Frau Richtung Torbogen.

Auch der junge Mann mit der Broschüre wendet sich, bevor er sich entfernt, noch einmal an Annerose: »Ich werde das auf jeden Fall mal recherchieren. Ich bin Journalist, müssen Sie wissen. Möchten Sie mir vielleicht Ihren Namen sagen?«

Annerose lächelt ihn an und schüttelt den Kopf. »Nein.«

»Aber es ist wichtig, dass die Menschen von dieser Geschichte erfahren.«

Celine stupst sie an. »Er hat recht.«

»Ihr Name muss nicht unbedingt genannt werden.«

Annerose lächelt noch immer. »Nein.«

Er lächelt zurück und geht. Auch die andere Dame entfernt sich, ohne sich zu verabschieden.

Annerose geht los, es drängt sie fort von diesem Ort, an dem ihr so viel Widerwärtiges zugestoßen ist. Doch sie merkt, dass ihre Begleiterin ihr nicht gleich folgt. »Wo bleibt ihr denn?«

»Anni! Also, ich bin noch ganz baff.«

»Ja, ich weiß, ich staune auch, was da eben alles hochkam. Ich konnte es nicht mehr steuern. Es hat mich einfach geärgert, dass in der langen Geschichte, die von diesem Ort erzählt wird, das verschwiegen wird – auch wenn es natürlich nur eine Episode war, historisch betrachtet. Na ja, aber sowas passt eben nicht in so eine hübsche Broschüre über ein idyllisches Schloss.«

»Ich meinte eigentlich, dass ich ganz baff bin, wie du eben losgelegt hast.« Endlich löst sie sich, muss nach ein paar Schritten aber gleich wieder anhalten. »Sita, was ist denn noch?« Annerose und Celine beobachten, wie die Hündin ihr Hinterteil senkt, um auf dem Rasen des Hotels ganz problemlos ihr Wasser zu lassen. Celines Lachen muss weit zu hören sein.

»Richtig so, du Süße!«, pflichtet Annerose dem Hund bei, räuspert sich und wendet sich dann wieder Celine zu: »Jedenfalls … verstehst du jetzt, was ich meine?«

Celine nickt. »Du hast so eine furchtbare Zeit durchgemacht. Du hast dich dagegen aufgelehnt, dass sie dir das Kind weggenommen haben, dabei hast du es nur zurückhaben wollen.« Sie merkt nicht, dass Annerose erneut stehen geblieben ist. »Und deswegen musstest du das hier alles durchmachen.«

»Du hast es doch nicht ganz verstanden.«

»Was?«

»Es ging mir nicht darum, das Kind wiederzukriegen. Es ging mir ums Prinzip – die haben es mir einfach weggenommen. Die haben mir vor allem Jakob, den Schulabschluss und einfach alles, mein Leben, meine Zukunft weggenommen! Die hatten kein Recht dazu, mir alles wegzunehmen, nur weil ich schwanger geworden war! Und ja, vielleicht hast du sogar recht damit, dass ich deswegen heute allein bin.«

»Aber genau das ist es doch, Anni – du musst nicht allein bleiben. Wir können den Kleinen – na, heute wird er ein Großer sein. Wir können ihn finden!«

Sie schreiten durch den Torbogen auf den Weg, den sie eine Stunde zuvor entlanggekommen sind. »Nein! Ich hab dir schon gesagt: Ich will das nicht! Ich will niemanden wiederfinden. Hast du denn nicht richtig zugehört – was mir alles wegen dieser verflixten Schwangerschaft passiert ist …«

»Aber da kann dein Sohn doch nichts dafür!«

»Das behaupte ich auch nicht. Da können diese Funktionäre was dafür, da können Margot Honecker und Konsorten was dafür, denn die haben es möglich gemacht, dass mir alles weggenommen wurde. Die Jugendhilfe, die Adoptionsstelle und so weiter – die konnten machen, was sie wollten. Und die hatten solche Horror-Heime wie dieses hier zu verantworten.« Nach einer kleinen Pause, sie nähern sich schon wieder dem Auto, fügt Annerose hinzu: »Meine Mutter kann auch etwas dafür, weil sie mich nicht aufgeklärt hat. Und Jakob und ich können was dafür, weil wir so dumm waren.«

Weiße Hunde

Auf der Rückfahrt atmet Annerose mehrmals tief durch. Sie hatte sich von dem Ausflug erhofft, dass ihre junge Freundin sie nun verstehen könnte, dass sie eine Ahnung davon bekäme, was ihr damals widerfahren ist, und begreifen würde, dass man deshalb die Dinge besser so belassen sollte, wie sie sind. Warum versteht Celine das immer noch nicht?

»Kann er – also dein Sohn – eigentlich *dich* finden, wenn er es will?«

»Ich möchte nicht weiter darüber reden. Ich bin müde, und ich hab dir doch gesagt –«

»Entschuldige, aber das ist eine ganz einfache, kleine Frage, Annerose. Das weißt du doch sicherlich.«

Sie sieht hinaus auf die durch den nahenden Winter bereits kahlen und farblosen Felder. Es dämmert. Sie gibt sich keine Mühe zu verbergen, dass sie die Antwort nur widerwillig gibt: »Nein, ich glaube nicht.«

»Du glaubst nicht?« Celine biegt in die Hauptstraße ein, die ins Stadtzentrum führt.

In mürrischem Ton antwortet Annerose: »Ich hab mit Anfang zwanzig geheiratet – du weißt …«

»Durs.«

»Ja. Ich hab damit meinen Mädchennamen abgelegt.«

»Und Jakob?« Celine parkt das Auto vor Anneroses Wohnhaus ein.

»Der war ja nie irgendwo als Vater registriert.« Jetzt muss Celine doch endlich Ruhe geben!

»Und wenn du … wenn ihr es gewollt hättet? Euren Sohn finden?«

Annerose könnte sich jetzt endlich aus der Unterhaltung nach draußen retten, doch sie nimmt noch einen letzten Anlauf, um sich zu erklären: »Wie ich die von der Jugendhilfe damals erlebt habe, kann ich mir gut vorstellen, dass die alles vertuscht haben, sodass ich nie an irgendwas rangekommen wäre. Die waren nie auf meiner Seite. Und wer weiß, ob die von der Adoptionsstelle nicht genauso waren.« Annerose macht den Gurt los, bleibt aber noch sitzen. »Nach der Wende hat man ja einiges gehört und gelesen von solchen Fällen, von Kindesfortnahmen, Zwangsadoptionen, da ging es um Leute, die jemanden wiederfinden wollten. Na ja, man hätte ja meinen können: Die DDR gibt's nicht mehr, und da werden auch solche Dinge wieder geradegerückt, man gibt den Leuten, die es wollen, zumindest die Chance, sich wiederzufinden. Aber weit gefehlt.«

»Was? Warum nicht?«

»Na, was glaubst du denn? In den Ämtern saßen doch noch dieselben Leute wie ein paar Jahre zuvor. Die haben sich doch nicht plötzlich in die Karten gucken lassen. Wenn es die Akten zu solchen Fällen überhaupt noch gab, sind die meistens verschlossen geblieben, vor allem für die Eltern, denen die Kinder weggenommen worden waren, auch wenn die Unterschrift nicht von ihnen war oder erpresst worden ist. Die hatten so oder so kein Recht darauf, irgendwas zu erfahren. Mit der Unterschrift hat man ein für alle Mal alles abgegeben.«

»Unfassbar.«

»Ja. Aber so ist es gewesen. Und so ist die Sache sicher auch heute noch. Sonst bräuchte es ja auch solche Suchseiten im Internet nicht.«

Sie sitzen noch einen Moment einfach so da.

»Vielleicht hat man als Kind bessere Chancen, an Informationen ranzukommen.«

Annerose seufzt, sieht hinauf zu ihrem Fenster. In der

Wohnung darüber brennt Licht. Bestimmt haben die Nachbarn wieder Gäste.

»Dann wär's natürlich gut, wenn man da als Elternteil seine Kontaktdaten irgendwo hinterlassen würde, beim Amt oder eben auf so einer Seite.«

»Celine!« Annerose öffnet nun doch die Tür.

»Was? Ich weiß ehrlich gesagt nicht …«, stottert Celine, starr auf das vor ihr parkende Auto blickend. »Ich hab schon begriffen, dass du das nicht willst. Du willst keinen Kontakt zu deinem Sohn.«

Sita hebt ihren Kopf, und Annerose gibt einen bejahenden Ton von sich, ohne den Mund zu öffnen. Der Ton kommt irgendwoher, aus ihrer Brust.

»Ich weiß aber ehrlich gesagt nicht, ob du das Recht hast …«

Annerose lässt den Türgriff wieder los und rutscht unruhig auf ihrem Sitz herum. »Welches Recht, glaubst du, hab ich nicht?« Es ist plötzlich eng im Wagen.

Celine atmet tief durch und öffnet ebenfalls ihre Tür, ohne auszusteigen. »Ich weiß nicht, ob du das Recht hast, den Kontakt zu unterbinden.«

Trotz der kalten Luft, die nun in den Innenraum des Autos kommt, wird Annerose wieder sehr warm. »Und ich glaube, du weißt in keiner Hinsicht, wovon du hier redest. Man hat mir so viele Rechte genommen damals.«

»Ja, ich weiß.«

»Ich nehme mir hier weder ein Recht, noch unterbinde ich irgendetwas. Unterbinden kann man nur etwas, das da ist. Zwischen mir und diesem Menschen, um den du dir so viele Gedanken machst, ist aber rein gar nichts!«

Celine schweigt. Für einen Moment ist es still. Die Kälte dringt ins Auto.

Annerose dreht an den Knöpfen der Standheizung. Sie weiß nicht, wie sie funktioniert, und lässt schnell wieder davon ab. »Also noch mal: Dieser Staat DDR hat mir damals alle Rechte, aber auch alle Pflichten genommen. Das Kind – und das hat jemand anderes entschieden, nicht ich! – wurde zur Adoption freigegeben. Und von da an gab's für das Kind nur noch die Adoptiveltern.« Annerose steigt endlich aus dem Auto aus und schließt energisch die Tür.

Sita springt von der Rückbank. »Tut mir leid, wenn ich dir zu nahegetreten sein sollte …«

O ja, das bist du.

Sie stehen voreinander im Halbdunkel des Abends. Annerose zündet sich eine Zigarette an und reicht das Feuerzeug Celine weiter. »Aber ich finde, du machst es dir ganz schön einfach.«

»Und mir reicht's langsam! Ich habe dir so viel von Dingen erzählt, über die man gar nicht mehr …« Sie räuspert sich. »Und du? Du pulst da jetzt drin rum, dabei geht dich das gar nichts an! Das ist nicht deine Sache!«

»Das find ich, ehrlich gesagt, nicht, Anni.«

»Hör mir auf mit ›Anni‹! Es geht dich nichts an!«

»Mich geht's im Grunde nichts an – aber deinen Sohn. Was ist, wenn der seit all den Jahren überall nach dir sucht und ganz verzweifelt ist und keine Möglichkeit hat, dich zu finden?«

Anneroses Blick schweift zum Eingang ihres Hauses. Sita winselt.

»Noch einmal, Celine: Ich habe in dieser Sache kein Recht und keine Pflicht.«

Celine stellt sich vor sie und versperrt ihr den Weg zum Hauseingang. »Man könnte fast glauben, dass es dir sehr recht war, dass du einen anderen Nachnamen bekommen hast.«

»Also!«, entfährt es Annerose laut. Es ist ihr egal, was die Nachbarn oder vorbeigehende Passanten denken, sie kennt ohnehin niemanden. »Ich lass mir so was von dir nicht sagen.

Ich lass mir von dir nicht sagen, was ich zu tun habe. Ich lass mir von dir auch kein schlechtes Gewissen machen – von dir, die *überhaupt* keine Ahnung hat! Du, Celine, du hast kein Recht, dich in diese Dinge einzumischen. Sag mal, spinnst du?«

»Nein. Ich spinne nicht«, antwortet Celine, plötzlich wieder seltsam traurig.

»Du kommst hier einfach rüber, kommst dir natürlich sehr überlegen vor, lässt dir schön aus der DDR-Geschichte erzählen, guckst dir alles lächelnd aus der Ferne an wie im Schmor-Kontor und glaubst dann, mir erklären zu können, wie ich was zu machen habe? An der Geschichte ist aber nichts mehr zu machen, Celine! Ich will da dran nichts machen – geht das nicht in deinen Kopf? Und weißt du was? Ich wollte nie über diesen ganzen Kram sprechen!« *Bis du mit deiner blöden Kalten Schnauze daherkamst.*

Celine geht zurück zu ihrem Auto, lehnt sich mit dem Rücken an die Karosserie.

»Was nimmst du dir eigentlich raus? Willst du mich belehren, oder was? Ich brauche keine Belehrung! Schon gar nicht von so einem Mädchen. Damit ist jetzt Schluss! Kümmere du dich mal lieber um …« Sie will innerlich bis zehn zählen, um sich etwas zu beruhigen.

»Worum soll ich mich kümmern, was meinst du?« Celine stößt sich von der Autotür ab.

»Um deine eigenen Probleme! Krieg erst mal dein eigenes Leben auf die Reihe, bevor du dich in das von anderen Leuten einmischst. Lässt sich krankschreiben, weil sie mit irgendeinem Typen den ganzen Tag im Bett liegen will. Kümmert sich nicht um ihren Hund, sodass er sogar krank wird.« Lass es jetzt gut sein!, sagt eine Stimme in Annerose. Doch der andere Teil in ihr ist so aufgebracht, dass er Celine einen weiteren Stoß versetzen will. »Vielleicht hatten deine Eltern ja recht damit, dir zu sagen, dass du die Dinge nicht anrühren sollst.«

Celine schweigt, wirkt für einen Moment wie betäubt, hat keine Lust oder keine Kraft mehr, darauf zu antworten.

Es gibt nichts mehr zu sagen. Und plötzlich fühlt sich der Gedanke, wieder ohne Celine zu sein, ganz leicht an. »Ich glaube, es ist besser, wenn du Sita wieder mit zu dir nimmst.« Annerose versucht, die Hündin mit dem treuen Blick nicht anzuschauen, sondern über sie zu reden, als wäre sie bereits wieder in ihrem eigentlichen Zuhause.

Sie will den leisen Zweifel, der sie dann doch überkommt, als sie Sitas Dinge zusammenräumt, nicht zulassen, sie will, dass endlich alles wieder so ist wie vor ein paar Wochen, sie will, dass nichts und niemand sie mehr verletzt. Annerose will ihre Ruhe.

Und dann steht Celine da, wieder an ihr Auto gelehnt und wieder raucht sie eine Zigarette, ungeachtet ihrer Hündin, von Annerose abgewandt. Soll Annerose sagen, dass es ihr leidtut? Wenigstens dieser Satz, dass ihre Eltern vielleicht recht gehabt haben?

Celine nimmt die Hundesachen entgegen, lässt Sita zurück auf den Rücksitz springen und öffnet die Fahrertür. Dann sieht sie Annerose über das Autodach hinweg an, immer noch ohne ein Wort zu sprechen. Es scheint, als habe sie diese Entwicklung hier erwartet – vielleicht nicht genau diesen Verlauf, aber als habe sie geahnt, dass es enden müsse. Tut Annerose ihr nicht vielleicht sogar einen Gefallen? Celine schließt ihre Tür, und die Scheinwerfer lassen ihr gleißendes Licht auf die Straße fallen.

Nicht mal ein Tschüss hat sie übrig. Annerose will ihr nicht hinterhersehen und dreht sich zum Wohnblock um, aus dem es nur hier und da einsam bunt flimmert.

Das Bettzeug liegt noch auf der Couch, die Dinge haben einen anderen Platz als vor Sitas Einzug. Annerose hat gerade ihren Anorak ausgezogen, da zieht sie den Stuhl wieder in die Mitte des Zimmers und setzt sich. Sie schaut an die Wand, an die sie immer noch kein Bild gehängt hat. Der Platz am Boden, an dem sich Sita von ihrer Krankheit erholt hat, ist leer. Dann fällt ihr Blick auf die Blumen, die Celine ihr mitgebracht hat. Weiße Tulpen, weiße Freesien, weißer Ginster. Am liebsten würde sie diesen wunderschönen Strauß aus dem Fenster werfen.

Was die sich einbildet, ihre Nase in anderer Leute Leben zu stecken, rumzuwühlen in deren Geschichten. Das kann nur daran liegen, dass in ihrem eigenen Leben alles so lose, so bedeutungslos und unverbindlich ist …

Morgen will sie in ihrer Wohnung alles wieder so herrichten, wie es vor Celine und dem Hund war. Nach dem Jahreswechsel wird sie sich eine andere Drogerie suchen, vielleicht sogar was ganz anderes. Vielleicht sollte sie auch ernsthaft darüber nachdenken, sich wieder eine Katze anzuschaffen. Hat sie nicht lange genug um Leyka getrauert? Für heute reicht es ihr, der Tag hat Annerose viel Kraft gekostet.

Dennoch liegt sie lange wach. Mehrmals ist sie schon aufgestanden, hat sich einen kleinen Obstler eingeschenkt, eine Zigarette geraucht. Über ihr ist es still, fast zu still, meint sie, aber nein, es ist genau die Ruhe, die sie jetzt braucht. Sie will nun in diese vermeintlich leichtere Welt abdriften, die sie an die geträumte Fantasie von diesem formlosen Etwas erinnert, das so angenehm über die vielen weißen, wie Fahnen dahinwehenden Bahnen gleitet. Doch drängen sich immer wieder Worte von Celine in ihr Bewusstsein. Auch der nächste Obstler ist nicht imstande, ihre Gedanken, die sich um das Kind drehen, zu verdrängen. Sie ist sich sicher, dass dieses Kind nie Kontakt zu ihr haben wollte – woher sie diese Überzeugung nimmt, kann sie nicht sagen. Aber wie sollte das Kind sich je für eine Person interessiert haben können, die es nicht kennt?

Sie erinnert sich an einen Bericht im Fernsehen über Leihmütter, die Kinder ausgetragen und dann abgegeben hatten. Sie waren nur auf einer biologischen Ebene mit ihnen verbunden – mehr nicht. Da kann man überhaupt nicht von Verbundenheit sprechen. Auch diese Mütter hatten ihre Kinder nicht gestillt. Wie so eine Leihmutter will sie sich nun fühlen – auch wenn sie sich nie dafür entschieden hatte. Die Entscheidung darüber, dass sie nicht mehr als eine Leihmutter werden sollte, haben andere getroffen.

Sie will nicht weiter darüber nachdenken, am Ende wird sie noch damit anfangen, sich Bilder von diesem Kind zu machen, von dieser Person, zu der das Kind geworden sein könnte. Als es ihr endlich gelingt, all diese Gedanken langsam hinter sich zu lassen, sie leise zu stellen, dringt plötzlich eine Stimme an ihr Ohr. Es ist die eines Mannes – sein hässlicher, atonaler Gesang reißt sie heraus aus ihrer mühevoll erarbeiteten Schläfrigkeit. Es muss sich um den alten Säufer handeln, der eigentlich nur im Sommer irgendwo zwischen den Häusern auf einer Bank sitzt und durch die Nacht krakeelt. Was fängt der denn jetzt mitten im Winter an, da draußen herumzuträllern? Die Bettdecke bis zum Kinn gezogen bleibt sie liegen, will nicht noch einmal aufstehen, aber die greise, heisere Stimme dringt immer wieder wie etwas Scharfkantiges in ihr Bewusstsein. Was erlaubt der sich mitten in der Nacht! Immer wieder wälzt sie sich herum, bis sie schließlich mit einer energischen Bewegung die Decke zurückschlägt.

Annerose schnaubt, als sie aus dem Haus tritt, der Alte singt immer noch voller Inbrunst, ohne Rücksicht auf seine Mitmenschen. Seine sommerlichen Konzerte hatten sie nie so sehr aufgeregt, doch jetzt kann sich Annerose kaum halten, will ihn anbrüllen, ihm den Mund verbieten. Aber als sie vor ihm steht, weiß sie nicht, was sie sagen soll. Sein falscher Gesang, die Melodie, die er singt, fängt sie für einen Moment sogar ein, ohne dass sie sie an etwas Konkretes erinnert. Für sie selbst überraschend, lässt sie sich nach einer kurzen Weile neben ihn auf die Sitzbank unter der Laterne fallen.

»Du weißt schon, dass dir keiner zuhört?«

Der Alte singt weiter. Er sieht ganz anders aus, als sie ihn sich vorgestellt hat. Seine Falten sind tiefer, seine Augen sind größer. Sein ungepflegter Bart ist gelber.

Als sein Lied zu Ende ist, pausiert er kurz und fragt dann zurück: »Keiner hört mir zu? Bist du sicher?« Er schnalzt mit der Zunge und zwinkert ihr zu, dann setzt er an, ein weiteres Lied zum Besten zu geben.

»Hör einfach auf.«

»Hast du n Snaps dabei, meine Hübsche?«

»Nein, ich hab keinen ›Snaps‹ dabei. Hast du nicht schon genug?«

»Der würd uns aufwärmen. Mir ist kalt«, sagt er und setzt an weiterzusingen.

»Du störst die Anwohner, merkst du das nicht?«

Der Alte dreht ihr sein Gesicht zu und grinst. »Warum sagst du nicht, was du meinst? Ich störe *dich* – so ist das doch, meine Hübsche.«

Annerose schließt die Augen. Sie hatte nicht vor, mit diesem alten Säufer ein Gespräch zu führen. Sie will wieder ins Bett und ihre Ruhe. Längst singt er weiter, mit noch größerer Leidenschaft – als hätte sie seine Lust zum Singen nur noch befeuert. Sie steht auf und geht zurück zum Haus, spürt seinen Blick in ihrem Rücken.

»Dieser widerliche Zausel«, schimpft sie, als sie ihre Wohnungstür wieder aufschließt. »Der riecht, als wär er gerade vom Fischkutter gefallen. Und ne Fahne hat der!« Die Tür lässt sie angelehnt, geht an den Barschrank im Wohnzimmer. Als sie die Flasche in der Hand hat, bleibt sie für einen Moment stehen. *Soll ich wirklich noch mal runtergehen? Was will ich denn da, bei diesem Säufer?* Sie lässt ihre Hand, die den

Flaschenhals umfasst, sinken. Aber dann geht sie doch zur Tür. *Ach, nur auf ein Viertelstündchen ...*

»Maid, du bist zurückgekehrt! Ich hab's ja nicht zu hoffen gewagt. Und du bist nicht allein gekommen.«

Annerose legt für sich ein Sitzkissen auf die Bank, holt zwei Schnapsgläser aus ihrer Anoraktasche und befüllt sie. »Hier hast du deinen ›Snaps‹! Jetzt hör schon auf zu jaulen! Und wehe, du nennst mich noch einmal ›Maid‹!«

»Jaulen? In meinen Ohren hör ich mich an wie Hans Albers höchstpersönlich.«

»Aber auch nur in deinen. Hier, trink!«

»Mmmmh, Obstler – lange nicht mehr einen so edlen Tropfen geslabbert!«

Annerose rümpft die Nase. »Sag mal, was ist denn mit dir? Warum sitzt du hier nachts herum und gehst dem arbeitenden Volk auf die Nerven?«

»Meine hübsche Maid, ich sing euch gern ein Schlaflied!«

»Ich hab doch grade gesagt, dass du das lassen sollst!«

»Was hast du dich so? Erlaubt dir dein Mann überhaupt, hier bei mir zu sitzen?«

»Der hat mich runtergeschickt zu dir, damit ich dich zum Schweigen bringe.«

Der Alte lässt sich noch ein Glas einschenken und sieht sie skeptisch an. »Meine Hübsche, du hast ja gar keinen Mann!«

»Und du hast offenbar kein Zuhause! Gehörst du nicht an die Küste oder an den Strand? Was machst du überhaupt hier in unserem Hinterhof?«

»Ich komm nicht von hier, da hast du recht«, sagt er und trinkt. »Was kann einen Mann wohl dutzende Meilen weit treiben? Na? Die Liebe, ja, die Liebe«, säuselt er und macht den Eindruck, wieder singen zu wollen, doch da hält er inne und fragt: »Was führt dich denn zu mir?«

Annerose ist perplex und zieht den Anorak noch enger zusammen.

»Warum kannst du nicht schlafen?«

»Weil du hier herumkrakeelst wie ein getretener ... wie eine getretene ...«

Er wendet ihr sein Gesicht zu, und für einen Moment wird sein schwankender Blick ganz fest, fast schon starr – so sieht er sie an und winkt ab. »Nein, nein, das ist es nicht ... Du hättest die Polizei rufen können, wie manch anderer hier. Nein, das ist es nicht. Du bist traurig. Aber weswegen kann so eine gestandene Maid nur traurig sein? Es ist bestimmt nur eine Kleinigkeit! Katzenpfoten können das nur sein.« Und er ahmt mit seinen großen Händen Katzenpfoten nach.

»Katzenpfoten? Willst du mich veralbern?«, fragt sie und schenkt ihnen beiden nach. »Nein, nein. Du! Du bist mein Problem!«

Er trinkt genüsslich, um dann zu antworten: »Du kennst mich doch gar nicht, ich kann dein Problem nicht sein. Nein, da ist mehr, viel mehr, als ich dachte. Du bist sehr aufgeregt. Ich hab mich wohl geirrt. Es sind wohl eher Lämmchen und keine Katzenpfoten.«

»Was redest du denn da? Du bist ja völlig verrückt!«

»Schenk mir noch einen ein, holde Maid, und ich erklär dir, was es damit auf sich hat.«

Annerose steht auf und will gerade ihr Sitzkissen greifen, da beginnt der Alte schon zu erzählen und schafft es tatsächlich, sie mit seinen Worten zum Bleiben zu bewegen:

»Warst du schon mal am Meer? Ja? Dann wirst du wissen, dass es so seine Launen hat. Seine Oberfläche ist meist ganz ruhig.« Er zeichnet die Bewegungen mit seinen großen, arthritischen Händen nach. »Alles scheint in Ordnung. Bilden sich erste kleine Kreisel, ist das Meer schon leicht bewegt. Wir Nordlichter sagen Katzenpfoten dazu – verstehst du?«

»Nein.«

»Sträub dich doch nicht so! Also weiter: Ist das Meer aber mehr in Wallung, mehr aufgerührt, bilden sich so kleine Schaumkronen.« Er formt mit seinen Fingern kunstvoll nacheinander mehrere Erhöhungen. »Die nennen wir Lämmchen.«

»Das hast du gut erkannt, dass ich in Wallung bin. Aber ich bin weder deine Maid noch ein Lämmchen!« Annerose kramt in ihrer Anoraktasche und zieht aus der Schachtel eine Zigarette.

Er überlegt kurz, bevor er sagt: »Wenn ich nicht hier wäre, würdest du trotzdem nicht schlafen, stimmt's?«

Sie sucht nach ihrem Feuerzeug. Nachdem sie jede Tasche überprüft hat, steigt ihre Erregung. Am liebsten würde sie alles, was sie in den Taschen ihrer Kleidung findet und das kein Feuerzeug ist, weit von sich schleudern. »Das kann doch nicht sein! Ich hatte es doch noch.« Ein drittes Mal alles durchforsten zu müssen, macht sie wütend, sie steht auf. »Hab ich's ihr gegeben? Warum hat sie es mir nicht zurückgegeben? Verflucht!«

Der Alte sitzt inzwischen still da und hält ihr ein Feuerzeug hin. Nach kurzem Zögern nimmt sie es mit gespreizten Fingern und ohne sich zu bedanken.

»Es ist wohl mehr als ein Lämmchen.«

»Ach ja?«, fragt sie, den ersten Zug der Zigarette tief inhalierend. Sie will sich nicht wieder setzen.

»Ja. Es sind wohl eher schon de witte Hunn«, murmelt er.

Annerose zieht eine Augenbraue hoch und schüttelt fragend den Kopf.

»Die weißen Hunde.«

»Was du alles siehst in deinem Zustand«, antwortet sie.

»Wenn sie das nicht sind, die weißen Hunde ...!«

»Hör auf mit diesem Unsinn!«, ruft sie schließlich ungehalten. Nach der Zigarette will sie wieder nach oben gehen.

»Meeeeeterhohe Weeellllllen ...« Wieder gestikuliert er wild. »... die über die Boote springen. Es tost ja richtig in dir!«

»Es tost in mir?« Sie kann seine Worte unmöglich an sich heranlassen. Aber es stimmt, es tost in ihr, wie recht er hat. Betrunken wie er ist, wird er gar nicht begreifen, was sie erzählt, und Annerose hat große Lust, ihrem Frust einmal Luft zu machen. »Sie ist schuld, dass ich … so wütend bin!«, platzt es aus ihr heraus. »Dass so vieles hochgekommen ist!«

Er nickt und schenkt sich nun selbst noch einen Obstler ein.

»Ich wünschte, es wäre nie so weit gekommen. Ich wünschte fast, wir hätten uns nicht getroffen.« Endlich setzt sie sich wieder.

»Auf dem Meer«, beginnt der Alte fast singend, »auf dem Meer sind weiße Hunde mitunter die größte Gefahr für's eigene Leben. Aber hier – so weit weg vom Meer …«

»Sie hat alles durcheinandergebracht. Ich war ja kaum noch ich selbst!«

»Lass dir von mir mal was sagen, Maid. Manchmal ist das nicht das Slechteste, nicht mehr man selbst zu sein. Nach nem heftigen Sturm ordnet sich manchmal alles viel besser, als es vorher war!«

»Ach, Unsinn.« Annerose tritt die Zigarette aus.

»Wenn ich keine Prügel fürchten müsst, würde ich fast sagen, es steht dir gut, dieses Temperament.«

Annerose wirft dem Alten einen bösen Blick zu und steht auf. »Den Obstler kannst du behalten, das Sitzkissen meinetwegen auch.«

Zurück im Bett lauscht sie immer wieder nach draußen, nach oben. Es ist vollkommen still, dabei wünscht sie sich gerade jetzt, etwas zu hören, die Nachbarn oder den Gesang des Alten, damit die vor ihrem geistigen Auge durcheinanderschwirrenden Bilder von Lämmern, Katzen und Hunden in den Hintergrund rücken könnten. »Witte Hunn«, flüstert sie vor sich hin. »So ein Unsinn.«

Die Show

Das neue Jahr hat begonnen. Annerose hängt mit leichter Hand den neuen Kalender auf, der zwar genauso aussieht wie der vorige, aber immerhin endlich einen neuen Abschnitt ankündigt. Hier und da stehen ihre Schichten eingetragen, und alles macht einen geordneteren, friedvolleren Eindruck als die letzte Seite des alten Kalenders. Auf der waren fast täglich und in Windeseile hingeschriebene Verabredungen mit Celine oder Notizen bezüglich Celine und Sita vermerkt.

Wie gewöhnlich hat sie wenig gegessen und stellt fast alles wieder genauso in den Kühlschrank, wie sie es herausgenommen hat. Im Wohnzimmer steht der Stuhl wieder in der Mitte des Raums, wie sie es gewohnt war. Heute dreht sie ihn aber in Richtung des Fensters, denn der Blick auf die Wand erinnert sie in letzter Zeit immer wieder an die kranke Sita. Wie es ihr wohl inzwischen geht? Inzwischen hält es Annerose selten auf dem Stuhl, öfter steht sie am Fenster und starrt mal auf die schmucklose Plattenbauwand gegenüber, mal in die Tiefe vor dem Haus. Es wird schon alles gut sein.

Annerose ist der festen Überzeugung, dass ihr die Distanz zu Celine guttut. Dennoch plagt sie ein schlechtes Gewissen. Ihre Worte gegenüber Celine waren hart und sie war sichtlich betroffen. Das tut ihr inzwischen leid. Aber Celine will offenbar auch Distanz. Seit ihrem Streit arbeiten die beiden Frauen aneinander vorbei, als hätte sie nie etwas verbunden. Die Abteilungsleiterin Celine hat ihre Mitarbeiterin Annerose angewiesen, wie sie alle ihre Mitarbeiterinnen und Mitarbeiter anweist. Es gab keinen besonderen Augenkontakt und keinerlei Irritation.

Und doch beobachtet Annerose Celine genau. Wirkte sie zuletzt nicht etwas abwesend und niedergeschlagen? Hier eine Unsicherheit bei einer bestimmten Bewegung, da ein gedankenschwerer Blick. Es sind kleinste Signale, die sie von ihrer ehemaligen Freundin zu empfangen glaubt. Tut auch Celine leid, was geschehen ist? Sieht sie womöglich ein, dass sie zu weit gegangen ist? Oder ist vielleicht doch etwas mit Sita? Oder gar mit diesem Anders?

Nach Schichtende stellt sich Annerose vor ihren Spind, um ihre Tasche herauszufischen. Als sie Celines Blick in ihrem Rücken spürt, bemüht sie sich, noch einmal alle Vorbehalte gegen eine Kontaktaufnahme aus ihrem Inneren in Stellung zu bringen. *Sie soll mich besser in Ruhe lassen.* Auch will sie versuchen, den Markt als Erste zu verlassen – was ihr nicht gelingt, denn ihr Schlüssel hat sich im Schloss der Spindtür verhakt.

»Annerose!«

Nun fühlt sie sich ausgeliefert, schlägt heftig gegen das Schloss, woraufhin sich der Schlüssel nur noch fester verkeilt. »Ich beeil mich ja.« Das Zerren am Schlüssel lässt die Metallwände der gesamten Spindanlage geräuschvoll vibrieren.

Die anderen Kolleginnen verabschieden sich und gehen an ihr vorbei.

Als Celine neben sie tritt und sich daran macht, ihr zu helfen, lässt Annerose sofort vom Spind ab. Mit geübtem Griff und einigen drehenden Bewegungen löst Celine den Schlüssel und legt ihn in Anneroses Hand.

»Danke.«

»Annerose, warte!«

In diesem Augenblick erwacht Anneroses Beschluss, den Job zu kündigen, von Neuem. Gleich morgen will sie das Schreiben aufsetzen, das sie davor bewahren soll, weiterhin schutzlos der immer wieder neuen Konfrontation mit einer abgeschlossenen Sache ausgesetzt zu sein. So geht es einfach nicht, so kommt sie nicht zur Ruhe. Sie schließt ihren Wintermantel und geht an Celine vorbei in Richtung Ausgang. An fast der gleichen Stelle wie beim ersten Mal, auf dem Weg nach draußen, spürt sie Celines Hand auf der Schulter. Die ihr vor Kurzem noch so angenehme Geste beantwortet Annerose mit einem harschen »Lass mich!«.

»Hör mir doch mal einen Moment zu! Es geht nicht um mich, okay?«

Annerose hat nicht die geringste Ahnung, was Celine meinen könnte. »Es interessiert mich nicht. Lass mich einfach.«

Vor der Tür wartet nicht wie gewohnt die Rauchwolke der dummen Puten, durch die sie hindurchgehen muss. Niemand ist mehr da. Statt des Rauchs schlägt ihr eine ungewöhnlich frühlingshafte Brise entgegen. Nur die früh einsetzende Dunkelheit macht deutlich, dass längst noch Winter ist. Trotzdem vergisst sie kurz, dass sie sich eigentlich beeilen wollte, um nicht noch einmal auf Celine zu treffen.

»Annerose!«

Sie schlägt die gewohnte Richtung ein und geht schneller. Ob sie sie schon abgehängt hat? Als sie zurückschauen will, bleibt ihr Blick an einer anderen Person hängen, die unter dem Vordach des Nachbargebäudes steht. Sie weiß sofort, dass das keine der Kolleginnen ist.

Sie geht langsamer, auch auf die Gefahr hin, dass Celine sie nun einholen und auf sie einreden kann. Sie zündet sich eine Zigarette an. Unwillkürlich suchen ihre Augen nach der im schwachen Laternenlicht nur undeutlich erkennbaren Person. Eine ungewöhnliche Wirkung geht von ihr aus. Von der Statur her muss es ein Mann sein. Sie nimmt einen tiefen Zug von ihrer Zigarette und atmet den Rauch aus. Er trägt einen graubraunen Parka, der Kragen ist hochgeschlagen, dunkelgraue Strähnen fallen ihm in die Stirn. Als sich der Rauch verflüchtigt hat, begreift sie, dass der Mann nicht zufällig hier steht. Er lehnt an einer Säule und schaut zu ihr. Sie kann sich nicht von der Stelle bewegen und ist doch längst zu ihm hinübergewandert, zu Jakob, von dem sie angenommen hatte, dass sie ihn nie wiedersehen würde. Sie hatte sich nie erlaubt sich vorzustellen, wie er heute aussehen könnte. Es hätte aber auch keine Idee an seine heutige Erscheinung herangereicht, die ihr zugleich wild und fremd und dennoch urvertraut vorkommt.

Sie hört Schritte hinter sich und tritt ihre Zigarette wieder aus. Celines Anwesenheit in ihrem Rücken gibt ihr wider Erwarten die Kraft, zu Jakob Mai hinüberzusehen, ohne dabei in sich zusammenzufallen. Wer wird den nächsten Schritt tun? Jakob ist es, der nach einundvierzig Jahren und sechs Monaten ins Licht der Laterne tritt, ganz langsam, ganz vorsichtig.

»Annerose«, sagt Celine, die dicht hinter ihr steht. »Das wollte ich dir vorhin sagen. Ich hab ihn nicht abhalten können.«

Anneroses Blick ist starr, weder auf Jakob noch auf Celine gerichtet. Als er näherkommt, wird ihre Lähmung von dem panischen Bedürfnis zu flüchten abgelöst. Sie beginnt zu laufen.

»Annerose!«

Die Hoffnung, dass Celine jetzt endlich von ihr ablassen würde, erfüllt sich nicht. Mit einem Mal ist sie wieder ganz nah hinter ihr.

»Annerose, lass mich bitte endlich kurz was sagen. Es tut mir leid. Ich weiß, ich soll mich nicht einmischen. Das hab ich verstanden, wirklich. Aber er war nicht mehr abzuhalten. Weißt du, ich hatte ihn kontaktiert, vor unserem Streit letztens. Aber danach, da hab ich ihm gesagt, dass er wegbleiben soll. Annerose, sag doch was! Was denkst du?«

»Interessiert dich das wirklich?«

»Ja! Aber ... ja!«

»Wenn es dich wirklich interessieren würde, dann hättest du ihn nicht kontaktiert. Dann hättest du mich vorher gefragt. Oder treten wir hier in einer Show auf, in der Leute nach langer Zeit wiedervereint werden? Dann bin ich hier nicht richtig. Ja, ihr könnt es alle hören: Ich will nicht wiedervereint werden – mit niemandem!« Annerose geht weiter.

»Du bist in keiner Show. Und ich habe ihm gesagt, dass er nicht kommen soll. Aber ich konnte ihn nicht aufhalten. Er wollte unbedingt herfliegen.«

Anneroses Schritt stockt. »Herfliegen, sagst du?«

»Aus England, ja.«

»Aus England?«

»Nun hat er es hoffentlich eingesehen.« Celine geht weiter neben ihr her, sie erreichen bald Anneroses Viertel.

»Von so weit her ist er gekommen …?«

»Willst du zurück? Willst du doch mit ihm reden?«

»Nein. Ich muss erst mal begreifen, dass er da ist, aus England gekommen. Ich weiß nicht.«

»Das wird er bestimmt verstehen.«

Einige Minuten später stehen sie vor Anneroses Haus, wie zuletzt. Celine lächelt unsicher und wendet sich zum Gehen, dreht sich dann aber noch einmal um: »Für den Fall, dass du mit ihm reden willst – soll ich dir seine Nummer geben?«

»Nein. Sag ihm bitte … Ich weiß es nicht. Sag ihm irgendwas.«

»Ich mach das schon, ich sag ihm, dass er erst mal warten soll. Ich glaube, er ist ein paar Tage da. Du kannst dich gern bei mir melden. Ich … ich geh jetzt.«

»Celine.«

»Ja?«

»Hast du … hast du nur nach Jakob gesucht?«

»Ja, Annerose, nur nach Jakob.«

Dann sagt Annerose nichts mehr und sieht Celine hinterher, bis sie um die Ecke gebogen ist.

An ihr Assiettenessen ist an diesem Abend nicht zu denken. Sie hat ihren Wintermantel immer noch an, setzt sich gleich auf den vereinzelten Stuhl in ihrem Wohnzimmer. »Das gibt's doch nicht«, sagt sie und dreht sich mit dem Stuhl Richtung Wand. Die leere Fläche vor ihr soll ein Ort sein, an dem sie sich ausruhen, Luft holen kann, doch sie schafft es nicht, den Aufruhr und die Aufregung zu bändigen. »Jakob ist in der Stadt.« Noch während sie den Satz ausspricht, wird ihr klar, dass er für sie immer in Erfurt geblieben war, und sie beginnt einen Schmerz darüber zu fühlen, dass er gar nicht da gewesen war.

Erst nach einer Weile zieht sie ihren Mantel aus. Celine. Mit ihr war es vorhin ganz einfach und ehrlich und irgendwie leicht gewesen. In ihrer Ohnmacht gegenüber der sie einholenden Vergangenheit hatte sie wieder wie eine Verbündete neben ihr gestanden. Annerose kann es ihr gar nicht recht übelnehmen, dass sie nach Jakob gesucht und ihn gefunden hat – ihre Absichten waren ja die besten. Ihre kindliche Naivität hatte sie glauben lassen, eine für alle Zeiten zerbrochene Jugendliebe wieder zusammenführen zu können.

Immer wieder holt sie sich nun den Moment zurück, da sie und Jakob vorhin nur etwa zwanzig Meter voneinander entfernt gestanden hatten. Sie kann sich nicht vorstellen, wie sie ihm hätte näherkommen können, geschweige denn, wie sie es in Zukunft fertigbringen soll. Gleichzeitig fürchtet sie, dass er abreisen könnte, bevor sie sich entschuldigt hat– dafür, dass ihre junge Freundin ihn grundlos herbestellt hat.

Annerose geht in ihr Schlafzimmer, öffnet das Fenster und lauscht nach draußen. Der krakeelende Alte hat sich wohl einen wärmeren Platz gesucht. Vielleicht hätte sie sich jetzt einen Ruck gegeben, wäre mit einer Schnapsflasche hinuntergegangen und hätte ihm mehr erzählt, mehr von sich, in der Hoffnung, dass er ihr – wenn auch in seiner verschrobenen Seemannslogik – einen Rat geben würde. Das zweite

Gläschen bleibt heute also leer. Bei den Nachbarn über ihr ist es auch seit Tagen still.

Sie schenkt sich ein, nippt aber erst nur an ihrem Schnapsglas. Doch dann trinkt sie mehr, damit sich ihr Gedankenchaos endlich auflöst. Schließlich denkt sie aber doch nur noch an diesen Mann, wie er da in seinem Parka gestanden hat. Im Badezimmer knipst sie das Licht an und sieht in den Spiegel. »Das hast du bestimmt nicht erwartet.« So stand sie also diesem gut aussehenden Mann gegenüber, der Jakob gewesen sein soll. Mit diesen Zügen von Bitterkeit um ihre Mundwinkel, die sich auch gar nicht bewegen lassen. Sie greift zu ihrem Handy und schreibt: »Wie ich nur aussehe ...«

»Was meinst du?«, erscheint kurz darauf auf dem Display.

»Meine Haare ... die letzte, billige Tönung ist schon Wochen her ... Meine Anziehsachen ...«

»Du willst ihn treffen?«

»Ich weiß es nicht.«

»Das mit deinen Haaren und deiner Kleidung kriegst du hin. Ich helfe dir, wenn du magst. Ich würde dir gerne helfen.«

Annerose lächelt, legt das Handy beiseite und knipst das Licht aus. Sie weiß, dass es eine lange Nacht wird, in der sie wieder öfter als sonst aufstehen wird.

Am nächsten Tag, gegen Mittag, trifft sie sich mit Celine in der Innenstadt.

»Wie geht es Sita?«

»Der geht's gut – wir haben gerade eine große Runde gedreht. Sie hat keine Schmerzen mehr und hat sich jetzt zufrieden hingelegt.«

»Wie schön. Da bin ich aber froh.« Nun wäre ein guter Zeitpunkt, über den Streit zu reden, den Konflikt beizulegen. »Und du kennst einen guten Friseur?«

»Ja, natürlich! Aber zuerst machen wir was anderes«, antwortet Celine und hält Annerose einen Flyer vors Gesicht, auf dem ›eine unvergessliche Gesichtsbehandlung‹ angepriesen wird.

»Ich ... ich kann das nicht bezahlen.«

»Das musst du auch nicht. Die Drogerie hat noch Gutscheine zu verteilen – für ganz besondere Kundinnen!«

»Ich will nichts geschenkt!«

»Dann verfallen unsere beiden Gutscheine eben.«

»Nein! Nein, verfallen soll nichts!« Annerose weiß, dass Celine sie damit ausgetrickst hat, dass das aber womöglich ihre Art der Wiedergutmachung ist.

»Dann ist es ja gut, wir haben nämlich gleich einen Termin.«

Eine halbe Stunde später setzen sich beide im Kosmetiksalon auf die ihnen zugewiesenen Stühle. Annerose weiß nicht, wohin mit ihrer Tasche, wohin mit ihren Händen. Sie hält sich an den Armlehnen fest. Der Salon ist hübsch, alles in einem hellen Fliederton gehalten, glänzende Oberflächen, ruhige Musik, schmale, hohe Pflanzen. Während Celine offenbar sofort in einen Zustand der Entspannung wechseln kann, fällt es Annerose schon schwer, sich überhaupt zurückzulehnen. Immerhin sind da allerlei brennende Fragen, die sie und Celine ablenken werden:

»Du hast noch gar nicht erzählt ... wie er reagiert hat, als du dich gemeldet hast. Wie hast du ihn überhaupt gefunden?«

»Einfach war das nicht. Na ja, eigentlich doch. Es gibt dutzende, wenn nicht hunderte Jakob Mais. Ich hab seinen Namen einfach in eine Suchmaschine eingegeben und irgendwann noch Erfurt dazu. Da kamen immer noch viele Ergebnisse. Aber dann hab ich dieses Bild gesehen von einem, der zwar keine sechzehn oder siebzehn mehr ist, aber der aus dem geworden sein könnte, den du so schön beschrieben hast. Und dann guckte ich mir den so an und da stand, dass er hier geboren wurde und aufgewachsen ist. Da er in England lebt und offenbar bei so einer großen Firma arbeitet, konnte ich da schlecht vorbeigehen, also hab ich ihm eine E-Mail geschrieben. Es hat eine Weile gedauert, bis er geantwortet hat.«

Die beiden wie aus dem Nichts aufgetauchten Kosmetikerinnen, deren Teint absolut makellos ist, erkundigen sich, ob die beiden es bequem haben. Die für Annerose zuständige Dame, die ganz dunkles, seidiges Haar hat, das fast dazu einlädt, es anzufassen, bewegt sie unauffällig, aber energisch dazu, sich endlich nach hinten zu lehnen. Die Rückenlehnen werden wie beim Zahnarzt leicht nach hinten gekippt, und dann beginnt sie auch schon, die Gesichtsbehandlung – für Annerose zum ersten Mal in ihrem Leben.

»Er meinte, dass er über den Jahreswechsel ein paar Tage frei hätte und gerne herfliegen würde. Ob du Zeit hättest. Ich hab geantwortet, dass du dich sehr freuen würdest. Und so haben wir alles verabredet. Als ich ihm dann letztens gestand, dass du gar nichts wüsstest und ich alles absagen muss, da meinte er, er kommt trotzdem. Ich hab wirklich alles versucht, aber ich konnte ihn einfach nicht mehr davon abbringen. Und dann«, Celine verstummt kurz, »meldete er sich wieder, als er hier gelandet war.«

In den darauffolgenden Minuten kann sich Annerose kaum noch auf das Gespräch konzentrieren. Die Prozedur ist – wenn auch nicht wie beim Zahnarzt – unangenehm, vor allem weil ihr die Frau so nah kommt. Sie kann sie riechen – ist es Flieder? Nein, Minze – sie ist sicher. Und sie kann sie spüren, nicht nur ihre Hände, auch ihre Arme, mit denen sie Annerose immer wieder streift.

Annerose sieht nach der Behandlung in den Spiegel: »Das sieht irgendwie … ganz schön geschwollen aus.«

»Das gibt sich schon. Deine Haut wurde einfach schon lange nicht mehr … angefasst«, stottert Celine.

Annerose sitzt stumm da und mustert weiter ihr Gesicht.

»Hast du schon eine Vorstellung, was du anziehen willst? Dann können wir shoppen gehen.«

»Das brauchen wir nicht! Ich hab ein Kleid, das ich mir vor einem Jahr im Schlussverkauf gekauft hab.«

Celine nickt. »Das kannst du mir ja später mal zeigen. Jetzt geht's erst mal zum Friseur!« Und noch bevor Annerose Bedenken äußern kann, hilft sie ihr in den Mantel und zieht sie aus dem Salon hinaus auf die winterliche Straße.

Obwohl Annerose der ganze Aufwand zu viel ist, folgt sie Celine, die sich bei ihr unterhakt: »Ich weiß noch gar nicht, ob ich das kann.«

»Was? Zum Friseur gehen?«

»Ich meine natürlich, Jakob treffen. Was soll das Ganze überhaupt? Wir sind nicht mehr die Kinder von damals. Wir sind uns doch völlig fremd.«

»Ihr sollt ja auch nicht heiraten, sondern einen schönen Abend verbringen, miteinander reden. Und schon sind wir da!«

»So ein Schickimicki-Friseur? Den kann ich mir nie im Leben leisten, Celine. Und ich will nichts von dir geschenkt bekommen.«

»Du kriegst das auch nicht geschenkt! Hör zu, die suchen zurzeit Modelle – für Vorher-Nachher-Bilder. Wenn du dich einverstanden erklärst, dass Fotos von dir hier im Katalog oder so auftauchen können, dann musst du so gut wie nichts bezahlen. Und André ist wirklich der beste!«

»André, aha. Und du wirst dir auch die Haare machen lassen?«

Celine baut sich vor ihr auf: »Was soll das denn heißen?« Und greift sich ins Haar: »Mein Blond ist noch ganz frisch!«

Annerose weiß nicht, ob der junge Mann sich freut, weil er in ihr, genauer: in ihrer Frisur besonders viel Potenzial sieht, oder ob er sich über sie lustig macht. Er betastet einzelne

Haarsträhnen und fragt sie, wie lange sie ihre Haare schon ›selbst mache‹.

»Ich war nach der Wende schon ein paarmal beim Friseur«, antwortet sie.

»Ah ja, nach der Wende.« Er zwinkert Celine zu und macht dann einige Fotos von ihr. Annerose fühlt sich unwohl, doch die Neugier, was er mit ihren Haaren anstellen wird, überwiegt ihre Skepsis. André verhängt den Spiegel mit einem Frisierumhang. *Der kommt sich wohl besonders pfiffig vor.* Annerose bittet ihn, den Vorhang wieder wegzunehmen. Sie sagt ihm nicht, dass sie ihm nicht blind vertrauen kann, doch er und Celine schütteln beide den Kopf.

Wie viel Zeit wohl vergangen ist? Sie ist sicher, dass es mindestens zwei Stunden waren, während denen dieser André Celines Aufmerksamkeit immer wieder mit irgendwelchen banalen Themen auf sich gezogen hat, dabei hätte sie während der ganzen Zeit viel lieber selbst ihr Gespräch mit Celine fortgesetzt.

Noch ein, zwei Handgriffe und er tritt von ihr zurück und zieht den Vorhang vom Spiegel. Ihr Haar habe die Farbe dunkler Kastanien angenommen, behauptet André, weist sie auf die ›Highlights‹ hin und dreht den Frisierstuhl, mal nach links, mal nach rechts. Ihr Haar ist etwas kürzer, aber um einiges voluminöser, glänzender und im Ganzen deutlich heller.

»Du sagst ja gar nichts!«, meint Celine irritiert, während André bereits seine Nachher-Fotos macht. Geschickt hat er sie auf den Vorher-Fotos noch schlechter aussehen lassen. Sie würde sie am liebsten löschen, doch der Kontrast zu den gerade geschossenen ist damit noch stärker und überzeugt sie fast selbst.

Vorsichtig greift sie in ihre neue Frisur. »Es … es sieht interessant aus.«

»Du siehst hinreißend aus!«

André grinst zufrieden. Und dann muss sie tatsächlich

nicht viel bezahlen, sie gibt ihm zum Dank sogar ein Trinkgeld dazu.

Zurück auf der Straße bleibt Celine bald stehen, schaut auf ihr Handy und dann zu Annerose. »Zwanzig Uhr passt ihm gut, schreibt er.«

»Ich … kann das nicht, glaub ich.«

»Es ist ja noch gar nicht geklärt, wo ihr euch trefft.«

»Ich weiß überhaupt nicht, was ich mit ihm reden soll.« Nach einer kurzen Pause fragt sie: »Wieso ist er gekommen? Was soll das bringen?«

»Ich kenn hier leider keine schicken Restaurants, ich kenne nur Heikos Kneipe und das Schmor-Kontor. Vielleicht frage ich Jakob, wo ihr euch treffen wollt. Der hat doch auch mal hier gelebt.«

»Hörst du mir überhaupt nicht zu? Ich glaube, wir sollten das alles abblasen.«

Celine zieht sie weiter. »Doch, ich hör dir zu, aber das ist Quatsch! Jetzt haben wir dich so schön zurechtgemacht.«

Doch Annerose sträubt sich weiterzugehen. »Warum drängst du so darauf, dass ich ihn wiedersehe?«

»Was?«

»Warum hast du Jakob eigentlich gesucht?«

»Was ist denn jetzt los?« Celine zündet zwei Zigaretten an, stellt sich direkt vor Annerose und hält ihr eine hin. »Ich hab dir doch schon erklärt, dass ich versucht habe, ihn wieder auszuladen, er aber …«

Annerose zieht an der Zigarette, die eben noch Celines Lippen berührt hat. »Ja, das hab ich verstanden. Aber warum hast du ihn überhaupt kontaktiert, was hast du dir davon versprochen?«

»Fragst du das jetzt ernsthaft?«

»Ja!«

»Ich wollte dir doch nur helfen!«

»Celine, zum hundertsten Mal: Ich habe nie darum gebeten!« Den letzten Satz singt sie mehr, als dass sie ihn spricht. »Mit keinem Wort habe ich dich aufgefordert, nach ihm oder sonst jemandem zu suchen. Ich habe auch nie gesagt, dass ich ihn gerne wiedersehen würde.«

»Es tut mir wirklich sehr leid, dass ich …« Celine winkt ab und geht weiter.

Annerose holt wieder auf. »Das ist genauso wie mit der Kalten Schnauze. Du rennst los und besorgst mir Dinge, mit denen ich abgeschlossen habe. Willst du mir wehtun?« In diesem Augenblick beschleicht sie das Gefühl, ungerecht zu sein, aber sie kann sich trotzdem nicht zurückhalten: »Was willst du überhaupt von mir?«

»Dir eine gute Freundin sein, Annerose! Offenbar kennst du so was schon gar nicht mehr.«

»Das verstehst du unter guter Freundschaft? Das Leben des anderen komplett umzukrempeln? Alles auf den Kopf zu stellen? In der Vergangenheit herumzubohren?« Gleich will Annerose ihre Hand wieder ausstrecken, aber für einen Moment muss sie Celine diesen Fragen noch aussetzen.

Celine bleibt stehen, schaut Annerose ernsthaft an, nimmt ihre Hand. »Vielleicht hast du recht. Bestimmt sogar. Ich glaub, ich hab den Eindruck gehabt, dass wir beide nicht besonders glücklich sind.«

»Ach ja?«

»Hier, das Feuerzeug gehört übrigens dir, glaube ich. Und ja, ich komm bei mir auch grad nicht weiter. Schon lange nicht mehr. Und bei dir, dachte ich, hängt vieles mit deiner Vergangenheit zusammen. Und da dachte ich –«

»… ich such mal Anneroses Jugendfreund, und plötzlich ist sie wieder glücklich?«

»Tut mir leid, Annerose!«

Sie atmet einmal tief durch. »Anni! Und mir tut es auch leid, Celina Melina.«

Celines Erleichterung ist nicht zu übersehen. Noch während sie Annerose fest umarmt, sagt sie: »Na, dann sag ich ihm jetzt ab.«

»Nein.«

»Nein? Du willst ihn treffen?«

»Er ist von so weit hergekommen. Das geht doch nicht, dass ich mich jetzt nicht mit ihm treffe.« Und dann gehen sie wieder weiter. »Warum eigentlich nicht ins Schmor-Kontor?«

»Was? Wie? Du konntest den Laden doch nicht ausstehen!«

»Das lag vor allem an der Gesellschaft dort, an dem Abend, glaub ich.«

»Also das überrascht mich jetzt wirklich. Aber ich kann dort anrufen, die kennen mich ja, das geht sicher klar, ein Tisch für zwei. Aber bist du dir wirklich sicher?«

»In der Umgebung hätten wir jedenfalls gleich ein Thema, über das wir reden können.«

Celine hakt sich wieder bei Annerose unter und flüstert: »Ich glaub, ihr habt genug Themen. Aber ja, für den Anfang wird es ganz gut sein.« Celine ruft sofort im Restaurant an und reserviert einen Tisch für den Abend. »Na dann hoffen wir mal, dass das Kleid, von dem du gesprochen hast, auch wirklich was taugt!«

Die Unterhaltung hat einige Anspannung von Annerose abfallen lassen. Gemeinsam gehen sie zu ihr nach Hause. Sie dreht langsam den Schlüssel im Schloss ihrer Wohnungstür. Am liebsten würde sie den Abend hier verbringen, mit Celine. Zusammen etwas trinken und reden. Doch Celine stürmt ins Wohnzimmer, setzt sich auf den mitten im Zimmer stehenden Stuhl und fordert: »Das Kleid!«

»Jaja, ich hol's schon.« In aller Eile angelt sie einen Kleidersack aus dem Schrank und trägt ihn zu Celine. »Wenn jetzt bloß keine Mottenlöcher drin sind.«

»Annerose, das ist ja total schön!«

»Findest du?« Sie betrachtet sich im Spiegel und ist froh. Das hochgeschlossene, rotbräunliche Wollkleid ist unversehrt und scheint nur auf diese Gelegenheit gewartet zu haben.

Am Zaun

Das Wetter ist nach mehreren sehr kalten Tagen deutlich milder, stellt Annerose fest, als sie am Abend vor das Haus tritt. Es ist der Abend, an dem sie Jakob wiedertreffen soll. Sie ist viel zu früh dran und macht einen kleinen Umweg, als könnten ihr die zusätzlichen Schritte etwas von der Aufregung nehmen. *Wollte die mir doch wirklich noch hochhackige Schuhe aufschwatzen!* Annerose schüttelt den Kopf und ist froh, dass sie sich gegenüber Celine durchgesetzt hat. Aber vielleicht hätten unbequemere Schuhe sie von den vielen Gedanken und Fragen abgelenkt. Warum fühlt es sich nur so an, als ginge sie zu einem unangenehmen Termin? Es ist doch Jakob, den sie treffen wird – ihr Jakob! Annerose versteht es nicht, und doch steigt ihre Aufregung in jedem Moment, in dem sie sich dies vergegenwärtigt. Sie hatte sich fest vorgenommen, keine Zigarette mehr vor dem Treffen zu rauchen, sie will nicht nach kaltem Rauch riechen – aber mit zittrigen Händen steckt sie sich dann doch eine an, um sich zu beruhigen.

Worüber werden sie nach all den Jahren nur reden können? England! England hat nichts mit ihnen beiden zu tun. Annerose nimmt sich vor, ihren eigenen Werdegang schnell herunterzubeten und ihn dann zügig nach England zu fragen, damit gar nicht erst die Möglichkeit entsteht, sich näher nach ihrem Leben zu erkundigen. Als sie Jakob von Weitem sieht, hofft sie, dass der Abend schnell vorbeigehen wird. Zugleich bedauert sie, dass sie das hofft.

Da steht er, in seinem Parka, trägt eine Hose mit Bügelfalten und glänzende Schuhe. In so schicker Kleidung hätte sie sich Jakob nie vorgestellt. Sie ist froh, dass Celine ihr geholfen hat, sich für den Abend zurechtzumachen.

Je näher er kommt, desto weniger kann sie begreifen, dass das Jakob sein soll; der Junge, dem sie einmal so nahe gewesen ist. Vielleicht bleibt sie deshalb stehen, schaut verlegen in Richtung des Restauranteingangs, vor dem sie sich verabredet haben. Ihre Hände schwitzen.

»Hallo«, sagt er mit einer Stimme, die sie kaum wiedererkennt. Warum sagt er nur dieses eine Wort?

»Hallo.« Und warum fällt auch ihr nur dieses eine Wort ein? Warum folgt auch auf ihres eine so lange Pause?

»Ist das ... das Restaurant?« Jakob lugt ungläubig ins Fenster. Seine Stimme ist ruhig, nun klingt er doch wie der Jakob, den sie einmal gekannt hat. Aber gleichzeitig nüchterner, als spreche er sonst nur über Geschäftliches. Das könnte es für sie etwas leichter machen.

Aber natürlich ist das das Restaurant, Celine hat es dir doch geschrieben! Warum fragst du das jetzt? Es gefällt dir nicht! Du bist es ganz offenbar gewohnt, in viel bessere Läden zu gehen.

»Du sagst ja gar nichts.«

»Doch ... doch, das ist das Restaurant. Wenn du lieber woandershin willst ...«

Jakob scheint überrascht über ihre Unsicherheit. Ist er enttäuscht? Sie kann es nicht einschätzen, denn es gelingt ihr nicht, ihn länger als einen Augenblick anzusehen.

»Nein, nein, schon gut. Originell.«

»Ja, originell. Das trifft es wohl.«

Jakob geht einen Schritt auf den Eingang zu und hält ihr die Tür auf. Er lächelt, und um seine braunen Augen werden kleine Fältchen sichtbar.

Sie versucht die Erinnerungen an die Betriebsfeier zu verdrängen, aber als die Kellnerin zu ihnen tritt, die sie damals hinauskomplimentiert hat, vergeht ihr die Lust hierzubleiben. Muss ausgerechnet die heute Abend arbeiten?

»Ah, der Tisch für zwei!«, sagt sie, als hätte sie Annerose noch nie gesehen, zeigt ihnen, wo sie ablegen können, und bringt sie zu ihrem Tisch. Und tatsächlich scheint sie sich nicht zu erinnern, bringt ihnen dann die Karte, als wäre nie etwas gewesen. Verwandlungskönigin Celine!

Nun steht der Moment bevor, mit Jakob ins Gespräch zu kommen, ihm über eine längere Zeit in die Augen zu sehen. Sie blickt zuerst auf seine Hände, die unruhig an seinen Hemdsärmeln zupfen. Immerhin, er ist auch aufgeregt. Er trägt ein helles Hemd unter einem dunklen Pullover, keine Krawatte. Dann fährt ihr Blick von seinem offenen Kragen seinen Hals hinauf und trifft am Kinn auf einen kurz getrimmten, akkurat konturierten Bart. *Meine Güte, das ist also aus seinem Flaum geworden!*

Sein Gesicht ist kantig, die beiden Falten um den Mund herum sind tiefer als die anderen. Die Haut ist rein, sehr gepflegt. Und auch wenn es etwas grau geworden ist, macht ihn vor allem sein Haar, die für sein Alter ungewöhnliche Fülle, zu dem, den sie von damals kennt. Hier und da fährt er sich mit der Hand durch die kräftigen Strähnen, die ihm bald wieder ins Gesicht fallen.

Sie fühlt sich unscheinbar, fast hässlich unter seinem Blick.

»Du sagst ja gar nichts«, hört sie aus seinem Mund. Die Zähne blitzen weiß.

»Ja ... ich weiß nicht.«

»Es ist schön, dich zu sehen.«

»Danke.« Sie muss innerlich über sich selbst den Kopf schütteln.

Er lacht und sieht sich um. »Das ist ja nicht zu fassen! Als wären wir gerade aus einer Zeitmaschine gestiegen. Guck dir die Gardinen an. Die Tapeten, die Sprelacart-Tische ... Da kommen Erinnerungen hoch.«

Auch wenn er es ihnen beiden etwas leichter macht, weil er weiß, wie man Konversation macht, kann sie nicht verhindern, dass ihr heiß wird – obgleich es im Restaurant nicht besonders warm ist. *Dieses Kleid! Ich komme darin um! Vielleicht war es auch keine gute Idee, gerade hierher zu kommen, weil wir hier unserer Vergangenheit noch näher sind als anderswo.*

»Geht es dir gut?«

»Ja, es ist doch nett hier.« Sie krempelt die langen Ärmel ihres Kleides hoch, auch wenn sie weiß, dass sie damit dessen Eleganz zerstört, doch sie kann sich nicht anders helfen.

Ein bekannter DDR-Schlager ertönt.

»Nein, ich meine … so allgemein.«

»Ja, ich glaub schon.«

»Du glaubst schon?«

Annerose ist erleichtert, als die Kellnerin wieder zu ihnen kommt.

»Darf's erst mal was zu trinken sein? Wie wäre es mit einem Piccolöchen für den Anfang?«

Sie sollte ihn dringend fragen, wie es ihm geht, so allgemein, wie es da ist, in England, das hat sie sich doch vorgenommen. Doch wenn sie ehrlich ist, will sie gar nicht so genau wissen, wie sein Leben verlaufen ist, wen er geheiratet hat, wie glücklich er womöglich ist. Für einen Moment steigt wieder diese Wut auf Celine in ihr auf, auf Celine, die sie in diese Bredouille gebracht hat. Aber ohne ihr Engagement hätte sie nie erfahren, dass es ihm gut geht. Denn ganz offenbar geht es ihm gut.

»Celine … ist eine Freundin von dir?«

Annerose hebt den Kopf. »Ja, eine Freundin, wir arbeiten zusammen.«

»Sie ist nett.«

Kurz bevor sie sich entschuldigen will, um auf die Toilette zu gehen, weicht die Hitzewallung überraschend. »Ja, das ist sie.«

»Nett, dass sie dich überraschen wollte – mit mir. Nur hab

ich nicht verstanden, warum sie letztens wollte, dass ich doch nicht komme.«

Der Sekt wird gebracht. Annerose ist froh über die kurze Unterbrechung.

»Haben die Herrschaften schon entschieden?«

Jakob fühlt sich gestört und schickt die Kellnerin wieder weg. Er lehnt sich nach vorn und wartet auf Anneroses Antwort.

»Sie kann nichts dafür. Wir haben uns gestritten, und daraufhin fand sie wohl, dass es doch keine so gute Idee wäre, wenn du herkämst. Ich habe die ganze Zeit nichts davon gewusst. Darum habe ich auch so reagiert, als du da plötzlich standst. Ich war einfach … baff.«

Als er seinen Mund öffnet, fällt ihr Blick wieder auf die weißen Zähne. »Ja, das hat man gesehen.«

»Und es war mir peinlich, so wie ich aussah und ach …« Sie winkt ab. »Tut mir leid.«

»Das braucht dir nicht leid zu tun. Weißt du was? Ich habe meine Eltern seit Langem mal wiedergesehen.«

Sie hat Jakobs Eltern nie kennengelernt. »Meine Mutter ist tot«, sagt sie, woraufhin die Kellnerin, die sich genähert hatte, sofort wieder den Rückzug antritt.

»Oh, das tut mir leid«, sagt er und winkt nach einigen Augenblicken der Stille die Kellnerin wieder heran. »Junge Frau, können Sie denn etwas empfehlen?«

»Na klar! Als Vorspeise gibt's Würzfleisch oder Soljanka – die gehen hier immer gut. Als Hauptspeise empfehlen wir heute Blumenkohl-Auflauf mit Mett – sehr lecker. Falschen Hasen gibt's natürlich auch. Die Dame kennt den ja schon.« Sie zwinkert Annerose freundlich zu, die vor Schreck fast ihr Sektglas umwirft. Röte schießt ihr ins Gesicht, und sie versucht, ihre Irritation zu überspielen, indem sie hastig bestellt.

»Schön jedenfalls, dass das nun doch geklappt hat … also, dass wir uns sehen.«

»Ja. Ich war einfach so überfahren, ich habe ja gar nichts gewusst.«

»Schon gut.« Wieder lehnt er sich nach vorne. »Siehst gut aus, Annerose.«

Zum ersten Mal hat er wieder ihren Namen gesagt. Er lässt Vorsicht walten, indem er sie nicht bei ihrem Kosenamen nennt. Oder hat er ihn vergessen? Wie könnte er ihn vergessen haben? Was hat er nochmal gesagt? Dass sie gut aussieht! Wieder fällt Annerose nicht mehr als »Danke« ein. Für einen Moment ist es wieder still. »So wie du mich da vor der Drogerie gesehen hast – so sehe ich meistens aus. Celine hat mich für heute Abend so rausgeputzt.«

Er lächelt immer noch. Er ist furchtbar höflich.

»Das Kleid, das hab ich mir selbst mal gekauft. Noch nie angezogen. Und jetzt weiß ich auch warum – es ist ganz schön warm hier drin.«

»Mir ist auch ganz schön warm geworden. Vielleicht ist es der Sekt …«

Das Essen schmeckt gut, aber Annerose isst nur ein paar Happen. Sie will sich nicht gehen lassen.

»Das hab ich schon so lange nicht mehr gegessen!«, sagt Jakob und kämpft gegen den Drang an, die Kartoffeln, das Gemüse und den Hackbraten nur so in sich hineinzuschlingen. Annerose sieht ihm seinen inneren Kampf an, sie muss fast lachen. Mit *ihrem* Jakob hat sie selten etwas gegessen, es fällt ihr nicht ein, wie er dabei ausgesehen hat.

»An die Küche in England musste ich mich erst gewöhnen.«

»Ach ja?« England. Nun ist es also so weit, er wird von seinem neuen Leben erzählen.

»Ja, sie ist sehr … buttrig. Vieles wird frittiert. Ich kann froh sein, dass ich immer noch so einen guten Stoffwechsel habe, sonst würde ich«, er macht eine ausladende Bewegung mit seinen Armen, »so breit sein.« Dann lacht er wieder, hält sich dabei die Serviette vor den Mund. »Ich bin irgendwann dageblieben, weißt du.«

Sie möchte wissen, wann er nach England gegangen ist. Mehr noch drängt sie die Frage, wie lange er *ihr* Jakob geblieben war, damals. Bis in seine Zwanziger hinein? Oder ist es schon passiert, nachdem sie sich das letzte Mal gesehen hatten, dass er zum heutigen Jakob wurde? »Es muss schön sein, da«, sagt sie und legt ihr Besteck ab.

»Das ist es. Ich habe einen tollen Job und tolle Menschen um mich herum.« Der Wein schmeckt ihm nicht, sie sieht es ihm an. Wie froh ist sie, dass er so allgemein bleibt und nichts weiter zu seinem Leben auf der Insel sagt. Ob er sich wohl noch gut an die Zeit mit ihr erinnert?

Wieder tritt eine peinliche Stille ein. Wie im Zeitraffer fliegen die unterschiedlichsten Satzanfänge an Annerose – vielleicht auch an Jakob? – vorbei, sie jedenfalls weiß nicht, welchen sie wählen soll. Sie muss eine Brücke zu früher schlagen, sonst wird er es tun und die Unterhaltung womöglich in eine unangenehme Richtung lenken. Oder er wird ihr Bilder von seiner Frau und seinen Kindern zeigen. »In meinem Kopf … Ich kann nicht begreifen, dass wir einmal diese Schüler waren und dass das so lange her ist.«

»Das kann ich auch nicht begreifen.« Er sieht sie über sein erhobenes Glas hinweg an. »Über einundvierzig Jahre. Manchmal glaube ich, schon so viel vergessen zu haben von damals.«

Dieser Gedanke gefällt Annerose, sie würde es am liebsten dabei belassen. Erleichtert atmet sie auf, als die Kellnerin wieder an ihren Tisch kommt, die Teller abräumt und fragt, ob es noch ein Nachtisch sein darf: »Wir haben heute rote Grütze, Zitronencreme«, wobei sie das letzte ›e‹ ebenfalls ausspricht, »und Kalten Hund zur Auswahl. Kann ich alles wärmstens empfehlen.«

Jakob sieht Annerose an, als kenne er diese Gerichte nicht. *Wirklich? Kann es sein, dass du all das vergessen hast?* Annerose schlägt den Nachtisch aus und sieht lächend zur Kellnerin. Sie ist gespannt, wofür Jakob sich entscheiden wird.

Nachdem er bestellt hat, fragt er: »Sag mal, hieß das bei uns nicht ›Kalte Schnauze‹?« Sie muss lachen. Er weiß also doch noch etwas von damals, und sie schöpft Hoffnung, doch einen netten Abend mit diesem gut aussehenden, freundlichen Menschen verbringen zu können, mit dem sie trotz allem etwas verbindet. Sie nickt und beobachtet, wie die Kellnerin den Kuchen vor ihm abstellt.

Jakob stochert prüfend im Kuchenstück herum, bis er es endlich probiert. »Nicht schlecht. Aber die haben hier offenbar keine Ahnung, wie das früher geschmeckt hat.«

»Die Zutaten sind heute einfach ganz andere.«

»Magst du mal probieren?« Er merkt plötzlich, dass er Annerose mit seiner Frage auch seine Gabel angeboten hat.

Für einen kurzen Moment wünscht sie, der Abend würde enden, genau jetzt – sie weiß nicht, warum. »Nein danke, ich hab für heute wirklich genug.«

Jakob schiebt den Kuchen ein wenig von sich weg, tupft sich die Lippen ab, nippt am Weinglas und lehnt sich wieder nach vorne. »Annerose, ich habe übrigens nicht gleich reagiert, nachdem Celine sich gemeldet hat. Ich hab mich einerseits gefreut – na klar, wir haben uns so lange nicht gesehen, ich habe dich ja sehr … wie soll ich sagen? Ich denke gern an damals zurück. Aber ich hatte Bedenken wegen …« Er wartet augenscheinlich auf wenigstens ein Wort von ihr. Das nicht kommt. »Na wegen unserer Geschichte, wegen dem, was passiert ist.«

Annerose überlegt, auf die Toilette zu flüchten, nicht um kaltes Wasser über ihre Pulsadern laufen zu lassen, sondern um ihrem Gefühlswirrwarr aus Traurigkeit und Ohnmacht für einen Moment freien Lauf lassen zu können und sich neu zu ordnen. »Ist schon gut.« Annerose ringt mit sich. »Natürlich hattest du Bedenken.«

»Ja? Es ist okay?«

Wie britisch er dieses ›Okay‹ ausspricht. »Ich weiß nicht. Ist es dann nicht besser, wenn wir uns jetzt wieder verabschieden?«

»Aber so war das doch nicht gemeint! Du kannst mir doch nicht ernsthaft erzählen, dass du keine Bedenken hattest.«

Annerose fühlt sich von einem Moment auf den anderen unendlich müde, bleischwer. Sie antwortet ihm nicht, sondern schaut zu ihrem Mantel an der Garderobe.

Draußen ist es noch immer mild. Sie ist froh, dass der Abend überstanden ist. Noch als sie über die Schwelle hinaustritt, denkt sie: Das ist er nicht. Das ist nicht Jakob. Nun holt sie ihre Zigaretten aus der Tasche und bietet ihm eine an.

Doch er lehnt ab. »Das war komisch eben beim Rausgehen.«

»Warum? Hast du das Gefühl, drinnen was vergessen zu haben?«

»Nein, ich meine ... mit dir rausgegangen zu sein. Damals konnten wir nicht zusammen vor die Tür gehen.«

Annerose erstarrt, als er das sagt. Wie recht hat er.

»Wollen wir noch ein Stück gehen, bevor wir uns verabschieden?«

»Ja«, wispert sie und versucht, ihm durch die dunklen, nur hier und da vom Laternenlicht beleuchteten Straßen zu folgen, die ihr plötzlich unbekannt vorkommen. Sie geht mit ihm mit, ohne darüber nachzudenken, wohin.

»Ich hätte das damals gerne gekonnt – mit dir vor die Tür gehen. Das sollst du wissen.«

Sie zieht wieder an ihrer Zigarette. »Ja.«

»Bist du mir böse?«

Sie weiß genau, was er meint, will aber nicht antworten,

sie fühlt sich nicht vorbereitet auf solche Fragen. Warum hat sie das nicht kommen sehen, warum hat sie sich nichts für diesen Fall zurechtgelegt? Sie will ihm entgegenbrüllen, dass sie böse auf ihn war, dass sie es noch immer ist. Dass er sie allein gelassen hat.

Und dann hält er an, sieht sich um. Sie stehen an ihrer ehemaligen Schule, die fast ganz im Dunkeln liegt. Er hat sie bewusst hierhin geführt, sie weiß es und drückt die Zigarette aus.

»Wow.« Er geht zum Zaun, an dem sie sich damals das letzte Mal gesehen haben. Es ist nicht mehr derselbe Zaun, aber der neue hat die gleiche Höhe, Jakob kann sich mit den Unterarmen immer noch problemlos drauflehnen. »Hieran erinnere ich mich noch gut.« Sein Gesicht sieht nun ganz anders aus, weil das Licht der Laterne von oben eigenartige Schatten wirft. »An den vierten Juli.«

Annerose bleibt auf dem Gehweg, kommt nicht zu ihm an den Zaun.

»Hast du dich auch manchmal gefragt, was geworden wäre, wenn das nicht passiert wäre?« Jakob sieht sie mit großen Augen an. Doch wieder kommt keine Antwort. »Was ist denn, Anni?«

Wider Willen muss sie lächeln und geht einen Schritt auf ihn zu. »Nenn mich nicht so. Und grins nicht so. Sag mal, was erwartest du? Tauchst hier auf mit all deinen Fragen! ›Was wäre, wenn …‹ Was weiß denn ich? Ich kann auf das alles nichts antworten.«

Er lässt vom Zaun ab und kommt wieder auf den Gehweg.

Und dann gehen sie weiter, die Schule, das ganze Schulgelände ist Annerose zuwider. Seit damals hat sie kein Bedürfnis mehr gespürt, hierher zurückzukommen – aber dass der Ort sie derart abstoßen würde, hätte sie nicht erwartet. Sie ist erleichtert, als sie bald auch die Straße verlassen, in der sich die Schule befindet.

»Auf dem Weg nach Deutschland habe ich kurz gedacht, dass es Celine ist.«

Annerose fährt innerlich zusammen. Nun sind sie also doch bei diesem Thema angelangt.

»Ich wusste ja nicht, wie jung sie ist. Aber da war auch gleich der Gedanke: Du hättest unserem Kind nicht so einen bescheuerten Namen gegeben.«

Wieder gewinnt er ihr ein Lächeln ab, das allerdings so schnell vergeht, wie es gekommen ist. »Du denkst wirklich, ich hätte dem Kind einen Namen geben dürfen, ja?« Sie sieht ihn nicht an, sucht stattdessen in ihrer Tasche nach sie weiß nicht was.

»Hast du nicht?«

»Das brauchst du jetzt, nach all den Jahren, auch nicht mehr zu fragen.«

»Hey, was ist denn auf einmal los?«

»Ach, lass gut sein.« Noch immer lässt sie nicht von der Tasche ab.

»Weißt du, ich hab damals nichts weiter gemacht, weil ich es nicht konnte. Was meinst du, wie ich mir den Kopf zermartert habe. Und du … also ihr wart ja dann auch gar nicht mehr da, was hätte ich denn tun sollen?«

»Du wusstest, dass ich nicht mehr da war?«

»Ja. Ich hab natürlich bei euch geklingelt. Beim ersten Mal kam deine Mutter an die Tür, hat paranoid durch den Hausflur geschaut. Ich sollte leise reden, reingelassen hat sie mich nicht. Sie hat gesagt, du seist weggegangen.«

»Weggegangen …«

»Ja. Mehr hat sie nicht gesagt, hat mich gleich wieder weggeschickt, ich sollte auch nicht wiederkommen. Ein paar Wochen später hat sie mir nicht mal mehr die Tür geöffnet. Nochmal später war euer Namensschild weg, es schien euch nicht mehr zu geben, ihr wart wie vom Erdboden verschluckt, auf dem Meldeamt wollte man mir keine Auskunft geben. Und irgendwann dachte ich dann, ehrlich gesagt, dass du nicht gefunden werden wolltest.«

So gerne sie seine Worte für sich annehmen würde – angesichts dessen, was sie damals durchmachen musste, erscheinen sie ihr banal. Seine jugendliche Sehnsucht nach ihr rührt sie, doch sein letzter Satz hat alles verdunkelt. Er erinnert Annerose an das, was Celine ihr auch schon unterstellt hat. »Was bildest du dir ein? Du hast nicht die geringste Vorstellung …«

Er bleibt ruckartig stehen. »Dann sag mir doch endlich etwas! Du sagst mir ja nichts! Damals nicht, heute nicht! Was meinst du, wie oft ich dran gedacht habe.« Seine Stimme wird brüchiger. »An dich und das Kind. Es hat mir sehr wehgetan, dass wir uns nicht mehr gesehen haben. Die Leute um mich herum sagten: Vergiss das, sie ist weg und das Kind auch. Aber es kam immer wieder hoch. Bei der Geburt meiner anderen Kinder zum Beispiel …« – Annerose zieht ihre Augenbrauen zusammen – »… konnte ich mich kaum richtig darauf konzentrieren. Hab sie angesehen und mich dabei doch immer gefragt, wie unseres wohl ausgesehen hat. Ich weiß nicht, wie das klingt in deinen Ohren … mich hat das jedenfalls die letzten vierzig Jahre immer wieder beschäftigt. Darum war ich auch so froh, als Celine sich gemeldet hat.«

Annerose und Jakob sind inzwischen am Stadttheater angelangt. Sonst schaut sich Annerose gern die aktuellen Plakate an, doch jetzt scheint ihr keines der Dramen, die hier angekündigt werden, auch nur annähernd so gewaltig wie sonst. »Du bist also nur wegen des Kindes gekommen.«

»Natürlich … auch. Natürlich möchte ich gern wissen, was mit dem Kind ist. Da ihr bisher beide überhaupt nichts von euch aus erzählt habt, frag ich mich: Ist es womöglich … gestorben, damals?«

Anneroses Beine werden schwer, ihr ganzer Körper verlangt danach, sich hinzulegen und sich zurückzuziehen. Eine Antwort bringt sie nicht heraus.

Er greift nach ihrem Unterarm. »Anni!«

»Nenn mich nicht so.« Diesmal lächelt Annerose nicht. Sie zündet sich erneut eine Zigarette an.

»Ich meine Annerose. Ich geh nicht weg, eh ich es weiß.«

Sie kommt nicht drum herum, die Wahrheit noch einmal aus sich herauszupressen. Jakob will es nicht anders, er will es wissen. »Das Kind …« Als sie dieses Wort ausspricht, versucht sie, dasselbe Kind zu meinen wie Jakob. »Ich weiß nicht, was mit ihm ist.«

Jakob bleibt stehen. »Wie, du weißt nicht …?«

»Es wurde mir weggenommen. Ich konnte nichts dagegen machen.« Die beiden Sätze kosten Annerose unendlich viel Kraft. Sie ist da, die Wahrheit liegt vor ihnen beiden auf den Pflastersteinen. Endlich ist sie damit nicht mehr allein.

Er sieht stumm auf den Boden, auf seinen eigenen Schatten, als versuche er, etwas darin zu erkennen.

Der verlorene Zahn

Welch ein Schauspiel an der leeren Wand. Die aufgehende Sonne wirft ihr erstes, noch gedämpftes Licht an die alte Raufasertapete. Annerose liegt auf dem Rücken, trägt noch ihr Wollkleid, nur die Schuhe hat sie ausgezogen. Wie lange starrt sie schon an die Decke? Sie weiß es nicht. Sie wünschte, der Hund wäre da und würde etwas von ihr fordern: Rauszugehen, zu Essen, irgendetwas. Sie greift zu ihrem Telefon und wählt eine Nummer.

»Entschuldige, dass ich so früh störe.« Sie stellt das Telefon auf laut und legt es neben sich auf das Couchpolster.

»Schon gut, wir sind schon wach, ich muss auch bald zur Arbeit. Sag schon, wie war es mit Jakob?«

»Im Schmor-Kontor war es überraschend … angenehm. Hat mir gefallen und ihm, glaub ich, auch. Danach sind wir noch spazieren gegangen.«

»Ooooh, schön!«

»Ach – gar nichts schön. Es war ne lange Nacht, ich bin total hinüber.«

»Hast du etwa gar nicht geschlafen?«

»Ich weiß nicht, ich glaube nicht.«

»Warum war es nicht schön?«

»Ich weiß nicht, ob ich mir wünschen soll, dass er nicht gekommen wäre.« Annerose überlegt einen Moment. »Nein, das wünsch ich mir nicht, denn dann wüsste er es immer noch nicht. Ich hab's ihm einfach sagen müssen, das mit dem Kind.«

»Er wollte es wissen, na klar. Und du hast es ihm gesagt.«

»Ja. Es war einfach Zeit. Er war sehr … geschockt. Und

wollte immer mehr wissen und alle Details. Das war so anstrengend. Wir sind gelaufen und gelaufen und es wurde kalt und wir haben uns dann, weil nichts mehr offen hatte, in eine Tankstelle reingesetzt, stell dir vor. In eine Tankstelle! Da haben wir Kaffee getrunken, deshalb bin ich wohl noch wach.«

»Du hast ihn nicht mit zu dir genommen?«

»Celine! Das ist doch trotz allem ein fremder Mann.«

»Ein fremder Mann?«

»Ja, irgendwie schon. Es kam mir in manchen Augenblicken wirklich so vor, als würde ich all das einem Fremden erzählen.«

»Jedenfalls weiß er jetzt, was damals passiert ist.«

»Ja.« Annerose denkt an seine Reaktion, seine große Wut, die in jenem Moment gestern auch ihren Puls in die Höhe getrieben hat.

»Hast du ihm auch das mit dem Jugendwerkhof erzählt?«

»Ja, ein wenig. Meine Mutter hat ihm damals gesagt, ich sei weggegangen. Stell dir vor: weggegangen! Wie konnte sie es so nennen! Sie hat doch genau gewusst, wo ich war.«

»Er hat also damals nach dir schauen wollen.«

»Ja. Und später hat er auch noch mal nach mir gesucht. Da war ich aber dann schon mit Durs verheiratet. Vielleicht ... hab ich wirklich gewollt, dass mich keiner findet. Ich wollte wohl ... ich weiß nicht ... so was wie abschließen mit der Geschichte. Sag mal, musst du nicht los?« Annerose richtet sich auf, greift nach dem Handy und geht schwerfällig in die Küche.

»Ich hab noch ein paar Minuten. Da ist doch noch was.«

»Da gibt's nicht mehr viel zu sagen. Am Ende – es war schon sehr spät beziehungsweise sehr früh – da war es dann, also da wurde das Ganze richtig hässlich, nämlich als er mich fragte, ob ich es gewollt hätte damals, also das Kind.« Sie wartet, ob Celine etwas dazu sagt, doch sie schweigt. »Wie kann er so was fragen? Diese Frage spielt doch überhaupt keine Rolle!«

»Na ja, ich finde schon, dass das eine wichtige Frage ist.«

»Das ist doch Unsinn, es spielt keine Rolle! Was würde das ändern?« Sie öffnet den Spülschrank und holt einige Putzmittel heraus. »Aber weißt du, irgendwann, als wir unseren zweiten oder dritten Kaffee getrunken haben und beide für eine Weile nichts sagten, da kam mir der Gedanke, dass er ein guter Vater geworden wäre. Jakob.« Sie betrachtet das eigentlich saubere Geschirrspülbecken, sprüht dennoch Reinigungsmittel hinein und beginnt, mit einem Schwamm über die metallenen Innenwände des Beckens zu fahren. »Darüber habe ich noch nie nachgedacht. Er *ist* wahrscheinlich ein guter Vater. Er hat von weiteren Kindern gesprochen. Im Grunde weiß ich gar nicht, was ein guter Vater ist, mein eigener ist irgendwann abgehauen, hat meine Mutter mir erzählt, und hat es so dastehen lassen, als wär er wegen mir gegangen. Sie hat gesagt, er konnte das nicht mit dem Vatersein, nicht nur weil auch er noch blutjung gewesen ist, nein, auch weil er selbst keinen hatte, er hätte nicht gewusst, was er tun soll. Sein Vater hätte ihn während eines Fronturlaubs gezeugt und dann wär er wieder an die Front zurück. Ich weiß gar nicht wo, das hat meine Mutter nicht erzählt. Und dann sei er nicht zurückgekommen aus dem Krieg. Das hat sie mir erzählt und damit vielleicht erklären wollen, dass wir deshalb allein waren, dass ich deshalb auch keine Geschwister habe. Eine Familie ohne Väter – so war das bei uns.«

»Oje.«

»Ja, oje.« Inzwischen schrubbt Annerose das Spülbecken schnell und unnachgiebig.

»Na ja, das ist die Frage nach dem Vater. Aber es geht ja auch um dich! Ich denke mir, seit ich dich kenne, dass du sicher auch eine gute Mutter gewesen wärst.«

Annerose bewegt den Schwamm nun immer langsamer, antwortet nichts.

»Und jetzt?«, fragt Celine.

»Was, und jetzt? Er wird wieder nach England zurückgehen. Er weiß jetzt Bescheid.«

»Hm … ja.«

Annerose schrubbt wieder schneller, geht mit dem Schwamm immer wieder über den Ausguss.

»Du, ich muss los. Wir sehen uns heute Abend?«

»Ja, zur Schicht.«

»Ja. Schlaf erst mal, ruh dich aus.«

Irgendwann liegt Annerose müde in ihrem Bett, das morgendliche Licht dringt bereits durch die geschlossenen Vorhänge und hindert sie daran, in den Schlaf zu fallen. Sie steht wieder auf und zündet sich im Wohnzimmer eine Zigarette an. Langsam sinkt sie auf die Couch.

»Darf ich dich wenigstens noch nach Hause bringen?«, hatte er gefragt. Ohne nachzudenken, hatte sie sofort geantwortet: »Mich muss niemand nach Hause bringen.« Annerose könnte jetzt weinen über diesen Satz. Sie war einfach gegangen, Jakob war vielleicht noch einen Moment stehengeblieben, an der Hauptstraße, wo die Tankstelle liegt.

Sie schaltet den Fernseher an, damit er neue und andere Bilder vor die schiebt, die Annerose noch immer nicht schlafen lassen. Aber auf dem einen Sender kommt eine Sendung, die sie sehr aufregt, auf dem anderen etwas, das sie abstößt. Sie scrollt durch die Liste der Sendungen, die sie aufgenommen hat – eine Funktion ihres Fernsehers, die sie länger nicht mehr genutzt hat. Ihr Blick bleibt sofort hängen: Das kleine Vorschaubild für die Sendung zeigt einen Ausschnitt aus einem dieser Filme über die DDR, um die es auf der Betriebsfeier gegangen war. Wie hatten diese dummen Puten über Dinge gelacht, von denen sie keine Ahnung hatten. Sie lehnt sich zurück und spult zu einer Szene des Films, die ihr gefallen hatte und stellt fest, dass es gar nicht die Handlung ist, die ihr gefällt, sondern dass es das Licht ist, so ein gelber Schleier, der über dem Bild hängt, die Kameraeinstellung vielleicht, die sie irgendwie zurückversetzt. Sie schließt die Augen und lässt sich allmählich hinübergleiten, sie setzt sich selbst in diese Szene, in den Sonnenschein eines frühen Sommertags, in den Hinterhof des Hauses, in dem sie als Kind gewohnt hatte. Bald sitzt sie zwischen den grünen Metallstangen, zwischen die Wäscheleinen gespannt sind, an denen frisch gewaschene Wäsche sich leicht im Wind bewegt. Sie sitzt da und sieht sich um, hinter einem dünnen Laken erscheint ein Schatten, schmalschultrig. Sie will, dass er da bleibt, hinter dem Laken und wünscht sich zugleich nichts mehr, als ebenfalls dahinter verschwinden zu können, ihm seine dunklen Haare aus der Stirn zu streichen, um sein Gesicht zu sehen. Sie sitzt im jungen Gras und fährt sich über die jugendliche Brust, den flachen Bauch. Als sich die Tränen, die sie im Traum weint, mit denen mischen, die sie auf ihren Wangen spürt, schreckt sie hoch.

Es ist Mittag, als sich Annerose vor dem Spiegel im Badezimmer wiederfindet. *Ich sehe furchtbar aus.* Sie schafft nur ein paar Schritte, setzt sich wieder auf den Stuhl im Wohnzimmer.

Wie hat er sie das nur fragen können? Jeden anderen, der sie gefragt hätte, ob sie das Kind gewollt habe, hätte sie in seine Schranken gewiesen. Aber wer durfte die Frage stellen, wenn nicht Jakob? Und es erschüttert sie umso mehr, dass Jakob sie gestellt hat. Hat ihr Traum ihr nicht gerade vor Augen geführt, wie ihre Antwort gelautet hätte? Sie will nicht, dass er denkt, sie hätte es nicht gewollt, dieses Kind. Wie kann sie sie denn überhaupt wissen – die Antwort des sechzehnjährigen Mädchens? Gab es überhaupt je eine Antwort? Sie hat es doch nie wollen dürfen.

»Ich habe nachgedacht«, schreibt Annerose an Celine. »Ich sollte doch noch einmal mit ihm reden, bevor er wieder abreist. Kannst du ihn fragen, ob er Zeit hat?«

»Anni! Jakob hat gleich geantwortet: ›Annerose, schön, dass du dich noch einmal meldest. Gern können wir uns heute Nachmittag treffen.‹ Ich geb dir für heute Abend natürlich frei!«

»Danke, Celine! Treffpunkt vor der Universität, siebzehn Uhr!«

Diesmal macht sie sich nicht sonderlich zurecht. Sie will Jakob etwas zeigen, erklären. Dafür braucht es nicht mehr als die ungeschönte Wahrheit. Sie bürstet sich die Haare rasch durch und geht fast so los, als würde sie zur Arbeit gehen.

Zur Begrüßung umarmt er sie, als seien sie alte Freunde. Sie stehen auf freiem Gelände, zwischen der Universität und dem Klinikum der Stadt. Ein rauer Wind zieht heftig über die breite Straße.

»Du wunderst dich bestimmt, dass ich … Also ich fand, nein, ich finde es schön, dich wiederzusehen«, stottert sie, »und ich will einfach nicht, dass du mit einem falschen Bild wieder wegfährst.«

»Was glaubst du, habe ich für ein Bild?« Jakob wirkt – im Gegensatz zu ihr – wach und erholt. Sein Haar ist heute nach hinten frisiert. Sein Lächeln ist so frisch, als würde er es zum ersten Mal tun: lächeln.

»Dass ich das alles zwar irgendwie erlebt, aber danach ein heiteres Leben geführt habe. Weißt du, auch bei mir war danach alles getrübt.«

»Das hatte ich angenommen, ja.«

»Ja?«

»Ja, natürlich.« Er macht eine Pause. »Warum sind wir hier an der Universität?«

»Dreh dich mal zur anderen Seite. Ich … ich wollte dir zeigen, wo es zur Welt gekommen ist.« Sie führt ihn zielgerichtet an den Ort, an dem sie selbst schon mehrere Jahre lang nicht mehr war. Sie weiß nicht, wie lange genau, aber sie erinnert sich, dass das Wetter beim letzten Mal ähnlich unwirtlich war. »Da, in diesem Gebäude. Es sieht heute anders aus, es war damals nicht so hell, nicht so hübsch hergerichtet. Aber es steht noch da, als wär nichts gewesen. Da, im zweiten Stock, da war die Wöchnerinnenstation. Ich weiß gar nicht, hinter welchem Fenster ich lag.«

Jakob atmet schneller. Annerose zögert kurz, weiterzusprechen.

»Ging alles gut, ich meine ...«

»Es kam zu früh. Ich weiß nicht, warum.« Annerose wird rot, sie erinnert sich plötzlich an ihren Gedanken von damals, dass es vielleicht zu früh gekommen war, weil sie sich im Schlaf in den Bauch geboxt haben könnte. »Ich weiß es nicht. Ich war noch gar nicht vorbereitet, hatte mich noch gar nicht richtig darauf eingestellt.« Sie zündet sich eine Zigarette an. »Und die Hebamme, der Arzt ... die hatten kein Mitgefühl mit mir, die sahen wohl, dass ich noch so jung war, zu jung, aber sie haben keine Anstalten gemacht, deswegen irgendwie besonders auf mich einzugehen. Obwohl diese Menschen da waren, war ich ganz allein.«

»Das tut mir leid, Annerose.«

Sie traut sich nicht, ihn anzusehen. »Weißt du, ich kenne Celine noch nicht lange. Aber sie hat mich ganz schön aufgerührt, Fragen gestellt, manchmal war es sehr hart.«

»Warum hat sie das gemacht? Ich meine, ihr seid ja befreundet.«

»Erst habe ich gedacht, sie ist neugierig oder will eine Sensation hören oder was Ulkiges. Aber sie ist wohl der Meinung, dass ich darüber reden muss, und ja, es tut mir gut. Mit dir, jetzt und hier, das hätte ich mir nie träumen lassen. Dass ich dir mal erzählen kann, wie es war, damals.« Sie ist überrascht von ihren Worten und sieht zu ihm hin, der ganz ergriffen scheint. »Das war so verrückt – eben hatte ich noch den dicken Bauch, und dann war er da.«

»Er.«

»Ja, es war ein Junge.« Sie merkt, dass sie selbst bewegt ist von diesem Satz. »Er war ganz klein, aber hat mächtig gestrampelt. Ein paar dunkle Haare hatte er schon auf dem Köpfchen, und helle Augen. Aber die haben ja die meisten Babys, bestimmt sind sie später braun geworden.« Kurz hat sie die Befürchtung, ihm zu nahe getreten zu sein, verwirft diesen Gedanken aber schnell wieder. »Er hat geschrien, ich weiß, dass er geschrien hat, aber ich weiß nicht mehr, wie es klang.« *Wie kann ich das nicht mehr wissen?* Sie fühlt sich hin- und hergerissen zwischen einer Lust, ihm noch mehr Einzelheiten zu erzählen, und einer Angst davor, die Fassung zu verlieren. Sie will ihm nur klarmachen, dass seine Frage, ob sie es gewollt hatte, jeglicher Grundlage entbehrt.

»Hast du ihm einen Namen gegeben?«

»Nein. Ich hatte gar keine Gelegenheit dazu. Sie haben ihn sofort weggebracht. Ich dachte erst, nur für einen Moment ...« Sie sieht ihm an, dass er sie gerne fragen würde, wie sie das Kind genannt hätte, aber er verkneift sich die Frage, und sie ist froh. »Was mich so getroffen hat, war, dass sie ihm nicht mal meine Milch geben wollten. Ich hatte welche – das kannst du mir glauben! Aber sie wollten sie nicht, dabei wusste ich zumindest, dass die sehr wichtig ist für ein Neugeborenes. Ich hab damals gedacht, sie sei schlecht – meine Milch, weil sie sie nicht wollten. Aber das war sie bestimmt nicht.«

»Mein Gott«, flüstert Jakob, der in diesem Augenblick so wirkt, als hätte er gerade eine große körperliche Anstrengung hinter sich.

Annerose sieht noch einmal zum zweiten Stock hoch: »Jeden Tag, den ich da drin lag, dachte ich: Die bringen ihn mir vielleicht wieder, vielleicht krieg ich ihn zurück. Ehrlich gesagt, hätte ich gar nicht gewusst, was ich mit ihm hätte machen sollen, ich wusste überhaupt nichts. Aber das spielte keine Rolle, sie haben ihn mir nicht zurückgebracht. Sie haben mir nur dieses Papier vor die Nase gehalten, von meiner Mutter unterschrieben. Als ich wieder auf den Beinen war, sollte ich gehen – ohne ihn. Ich konnte das alles gar nicht richtig fassen. Die taten so, als hätten sie mir nur einen Zahn gezogen. Und den nimmt man ja auch nicht mit. Und der Zahn gehörte jetzt ihnen.« Ihr Blick gleitet zum Himmel, der sich gefährlich verdunkelt hat. Die Wolken sind dunkelgrau und ungewöhnlich groß. »Irgendwer hat sich herausgenommen, das alles zu entscheiden. Ich wusste nicht, wie ich mich wehren sollte. Ich war ganz allein«, fügt sie noch an. *Von da an war ich für immer allein.*

Zusammen und so still, als ginge jeder für sich, verlassen sie das Gelände. An der großen Straße entlang gehen sie zurück in die Stadt. Es hat doch nicht begonnen zu regnen. Nur ein paar trockene Blitze.

Erst auf dem Domplatz bleiben sie stehen. Nur hier und da spazieren Passanten vorbei, ansonsten ist der weitläufige Platz ganz leer und dunkel.

»Wie schön die Hausfassaden inzwischen aussehen«, sagt er. »Ich dachte damals, das stürzt bald alles ein. Alles war marode, unbewohnt.«

»Das weiß ich gar nicht mehr.« Annerose sieht ihn an. Sein Lächeln befremdet sie.

»Erinnerst du dich an den Rummel?« Und er dreht sich, streckt die Arme von sich weg, als könne er sich im nächsten Augenblick eine Fahrkarte für ein Karussell oder ein paar Schüsse im Schieß-Saloon kaufen.

Vor Anneroses Augen will der Rummel nicht wieder auferstehen, obwohl sie sich genau an diesen Tag im Frühling erinnert, an dem sie sich hier mit Jakob getroffen hat. Sie will das alte Bild, das sich ihr mit aller Macht aufdrängt, zur Seite schieben: Wie er dasteht, ähnlich wie jetzt, aber statt in einem Parka in seinem blau-weiß-karierten Hemd, seiner braunen

Stoffhose und dem ordentlich gekämmten, noch ganz dunklen Haar.

»Haben wir damals überhaupt Händchen gehalten?«

»Ich ... ich glaube nicht.« *Mein Herz hat wie wild geschlagen.*

»Ich hätte schwören können ..., aber du hast mich immer mal wieder berührt, ganz beiläufig, da bin ich sicher.«

Sie will nicht lächeln, doch sie freut sich, dass er sich erinnert. »Du hast mir immer wieder aufs Nicki gelunzt.«

Und plötzlich lacht Jakob so laut auf, dass Annerose fürchtet, es könnte jemand auf sie aufmerksam werden. »Sie war eigentlich so kurz, unsere Zeit, wenn man es bedenkt.«

Wieder stößt ihr dieses kleine Wort ›unsere‹ auf, sie kann sich mit diesem Wort einfach nicht identifizieren und versucht, sich auf den Weg zu konzentrieren. Sie spürt, dass er ihr nicht folgt, und dreht sich um.

»Weißt du, in der ersten Zeit, nachdem du weg warst, hab ich mir immer vorgestellt, wie es sein würde, wenn du wieder da bist. Wie wir Zeit miteinander verbringen, wir drei. Was wir alles unternehmen könnten.«

Sofort wollen sich seine Worte zu Bildern wandeln. Nur mit Mühe widersteht Annerose dem Bedürfnis, sich wieder eine Zigarette anzuzünden.

»Immer wieder hab ich dran gedacht, später, als ich studiert habe und in meiner kleinen Studentenbude wohnte, da hab ich mir ganz unwillkürlich ausgemalt, wie es wäre, dort zusammen zu leben ... Ja, es wäre eng gewesen, aber es wäre schon gegangen. Ich glaube, wir wären da glücklich gewesen.«

Annerose wird flau, als wäre sie mit einem Karussell gefahren und müsse sich wieder ausbalancieren. Sie will sich nicht auf dieses Luftschloss einlassen.

»Wollen wir in den Dom gehen?«, fragt er, als sie ein Stück in Richtung der Stufen gegangen sind. »Ich war schon ewig nicht mehr drin.«

Sie schüttelt den Kopf. »Weißt du ... von der Klinik bis zum Dom ist es ja nicht weit ...«

»Nein, ist es wirklich nicht.«

»Das war es auch damals nicht ... natürlich nicht. Aber doch lag dazwischen die Hölle für mich.«

Er ist kurz davor, sie mit seiner Hand zu berühren, unterlässt es dann aber im letzten Augenblick.

»Nachdem ich vom Jugendwerkhof wieder zurück war, bin ich da reingegangen, hab gebetet, wirklich gebetet. Dass es irgendwie besser wird, eine Lösung herbeigeführt wird. Aber es ist nichts passiert. Deswegen bin ich nie wieder reingegangen. Heute frag ich mich, was denn hätte passieren sollen. Ich war ja längst taub geworden gegen alles um mich herum, ich konnte gar nichts richtig an mich heranlassen, vielleicht hatte ich schon vor dem Beten aufgegeben. Ich weiß noch, wie oft ich mich damals gefragt habe, ob ich eigentlich ... ein guter Mensch bin.«

»Annerose ... Anni ... Es tut mir so leid, dass du das alles erleben musstest.« Jakob sieht erschöpft aus, zu müde, um zu fragen, warum sie sich damals nicht bei ihm gemeldet hat. Vielleicht hat er auch Angst, diese Frage zu stellen.

Obwohl seine Worte ihr gefallen, will sie sich dafür nicht bedanken. Auch sie fühlt sich sehr erschöpft. Sie steckt die Hände in ihre Manteltaschen.

»Und wie stehst du heute zu all dem? Zu dem Kind?«

Warum nur stellt er diese Frage! Sie sieht ihn an und stellt überrascht fest, dass sie sich nicht mehr schämt. »Wie soll ich dazu stehen? Es ist einfach dageblieben in diesem Land, das es ja nun nicht mehr gibt.«

»Einfach dageblieben?«

»Na ja, es war doch dieses Land, in das es hineingeboren wurde. Und als die DDR geendet hat, hat auch diese Welt geendet, in der ich ein Kind bekommen habe. Ich war wie abgeschnitten davon.«

Jakob wirkt irritiert, zugleich seltsam entschlossen: »Das war also die Wende für dich?«

»Was meinst du?«

»Das war die Wende für dich? Das Kind ist ›dageblieben‹ und basta?«

»Basta?«

»Entschuldige, ich werde den Eindruck nicht los, dass dir das irgendwie … entgegengekommen ist.«

Sie kann darauf nichts antworten, in ihren Taschen ballen sich ihre Hände zu Fäusten. Ihr Plan, Jakob durch den Ausflug zur Klinik alles zu erklären, ist gescheitert.

»Machst du es dir da nicht ein bisschen zu einfach?«

»Weißt du, ich hab deine und Celines Verurteilungen satt. Als hätte ich euch nicht erzählt, was passiert ist. Ich hab es euch doch erzählt! Habt ihr nicht zugehört?«

»Klar habe ich zugehört. Was du erzählt hast, ist furchtbar. Aber ich verstehe nicht, warum du ihn nicht gesucht hast, und nicht suchen willst.«

Sie wendet sich von ihm ab und geht ein paar Schritte Richtung Innenstadt. »Und ich versteh nicht, was ihr von mir wollt. Dass ihr von mir wollt, dass ich das und das tue … Ich verlange von euch auch nicht …«

»Aber Anni!«

»Nenn mich nicht so. Wir sind nicht mehr die Kinder von damals.«

»Annerose. Bleib doch noch kurz stehen. Danke. Schau mal, siehst du den Mann da hinten?«

»Ja, natürlich seh ich den. Was ist mit ihm?«

»Dunkelhaarig, um die vierzig, oder?«

»Ich weiß es nicht.« Wieder geht sie ein paar Schritte.

»Das könnte er doch sein!«

Sie schaut nicht noch einmal hin.

»Ich stehe hier und weiß nicht, ob der da hinten mein Sohn ist oder nicht!«

»Aber das ist er nicht«, sagt sie im Laufen.

»Wie kannst du das wissen? Annerose, wir müssen ihn suchen, wir müssen unseren Sohn suchen!« Jakob hält inne und sieht ihr verwundert nach. »Der Gedanke liegt dir ganz fern, oder?«

»Ja, Jakob. Und? Bin ich deswegen ein schlechter Mensch?«

Ein Hundeleben

»Celine! Sita, meine Kleine!«, freut sich Annerose, als sie die beiden auf sich zukommen sieht. Die Hündin bellt so laut, dass es durch die Flure hallt. »Na kommt mal rein!«

»Das ist so lieb, dass du sie für das Wochenende nimmst.«

»Jaja, natürlich«, sagt Annerose. Während sie die Kaffeedose öffnet, überlegt sie, was sie Celine sagen soll, wenn sie nach dem Treffen mit Jakob fragt. Es wäre ihr lieber, wenn sie endlich von Jakob und diesem ganzen Thema abließe.

»Mach ihn ruhig stark«, sagt Celine, die sich dicht neben sie stellt. »Ich muss ein paar Stunden fahren.«

»Ach ja?«, fragt Annerose, noch ganz in ihre eigenen Gedanken versunken.

»Ja, das sind schon ein paar Stunden bis nach Dänemark.«

Fast kippt sie zu viel Wasser auf das Kaffeepulver. »Was? Bis nach Dänemark?«

Celine prustet los, ganz so, als platze etwas aus ihr heraus, das sich in ihr bis zum Überlaufen angestaut hat. Lacht sie oder weint sie? Annerose sieht sie überrascht an, doch auch Celines feuchte Augen helfen ihr nicht weiter: »Was ist denn nur los?« Warum hat sie während der Schicht am vergangenen Abend nichts erzählt?

»Ich weiß, es ist total verrückt«, antwortet sie und holt für den frisch aufgebrühten Kaffee zwei Tassen aus dem Schrank. »Es ist wegen Anders.«

»Anders? Anders vom Weihnachtsmarkt?«

Als sie am Tisch sitzen, holt Celine tief Luft. »Ja, Anders vom Weihnachtsmarkt. Ich hab das total versaut mit ihm.«

»Ich dachte, das war nur so eine Bettgeschichte?«

»Ich hab's erst gemerkt, als er nicht mehr da war. Also, dass es nicht nur ne Bettgeschichte war.«

Annerose zündet sich eine Zigarette an und blickt skeptisch zu Celine herüber.

»Nachdem der Weihnachtsmarkt vorbei war, ist er wieder zurück nach Dänemark gefahren. Und dann ... hat er mir einfach nur gefehlt. Ich weiß, du hältst nichts von ihm, aber ...«

»Habe ich das gesagt?«

»Ich hatte das Gefühl.«

Annerose legt ihre Hand auf Celines. »Ich wusste doch nicht, dass er dir was bedeutet.«

»Ich ja auch nicht. Die letzten zwei Wochen ohne ihn, die waren beschissen. Und deswegen will ich jetzt ...«

Bist du vollkommen verrückt? Du willst hier alles stehen und liegen lassen? Hast du einmal darüber nachgedacht, wer er wirklich sein könnte, wen du da antreffen könntest, in Dänemark? Was du alles aufs Spiel setzt?

»Du sagst ja gar nichts! Du findest das alles bestimmt überstürzt. Aber ich kann nichts dagegen machen, ich muss zu ihm. Oh Mann, ich habe auch noch gar keine Ahnung, was ich ihm sagen soll, wenn ich vor ihm stehe, aber ich muss hin, ich muss einfach.«

»Dann mach es, fahr zu ihm!« Annerose ist überrascht über ihre eigene Rührung und ärgert sich, dass sie in den letzten Tagen nicht einmal danach gefragt hat, was bei Celine so los ist. Sie besinnt sich schnell, nimmt noch einen Schluck Kaffee, drückt die Zigarette aus und begibt sich wieder in die Küche, wo sie sich am Kühlschrank zu schaffen macht.

»Ist das für mich?«

Annerose schmiert stapelweise Brote und wickelt sie wortlos in Brotpapier ein. »Nimmst du auch genügend Kleidung mit? Hast du geschaut, was für ein Wetter sie dort haben?«

»Danke, Anni.« Celine sieht ihr einen Moment lang zu. »Ich muss dir noch was sagen. Komm, setz dich mal.«

»Gut, aber musst du nicht bald los?«

»Jaja. Vorher muss ich dir aber noch etwas ausrichten.«

Es kann sich nur um eine Nachricht von Jakob handeln, ist sich Annerose sicher. Bislang war es ihr egal, dass die beiden Kontakt hielten, es hat sie sogar sehr bewegt, wie sie heimlich das Treffen organisiert haben. Nun aber stört es sie beinahe, dass sie sich offenbar weiterhin austauschen, dass Celine mehr von ihm weiß als sie. »Hat er noch was gesagt? Ist er schon weggeflogen?«

»Nein, er ist noch da.«

Annerose schließt die Augen. »Wegen ... dieser Sache? Deswegen ist er noch da? Weil er darin weiter herumwühlen will?«

Celine weicht ihrem Blick aus und schaut zum Fenster.

»Ich habe ihm so viel erzählt, es hat mich so angestrengt. Aber irgendwie war es richtig, fand ich, weil er ja der Vater ist.« Sie beginnt durch das Zimmer zu gehen. »Ich verstehe nicht, was das bringen soll. Ich hätte ihm davon erzählen sollen, was ich damals nach der Wende gelesen habe, von diesen Fällen, wo die Eltern versucht haben, ihre Kinder zu finden – ich hab es dir doch erzählt.«

»Ja, ich weiß. Ich kann versuchen, noch einmal mit ihm zu reden, aber ich glaube nicht, dass er deswegen den Termin wieder absagen wird.«

»Den Termin? Er hat einen Termin?«

»Ja, gleich am Montag. Auf dem Jugendamt. Das soll ich dir ausrichten. Und dir seine Nummer geben. Hier, ich hab sie dir auf einen Zettel geschrieben.«

Annerose sieht auf den Zettel. »Ich will seine Nummer nicht.«

Als auch Celine aufsteht, ist der Hund irritiert. »Schon gut, meine Kleine«, sagt sie zu Sita, wendet sich dann Annerose zu.

Deren Hände liegen auf dem Fensterbrett. Das Wetter ist

nicht recht einzuordnen, es scheint trotz Bewölkung nicht regnen zu wollen. Kein Sonnenstrahl bricht sich Bahn, kein Wind geht. Die Wolken wirken vollkommen regungslos. »Er will da einfach so hingehen?«

Celine hebt die Schultern.

»Das wird doch überhaupt nichts bringen!«

»Tja, er will es unbedingt. Er will es versucht haben, das kann man doch verstehen.«

»Ja?«

Celine zieht sich an. »Ich kann es jedenfalls verstehen.« Seltsam zurückhaltend geht sie auf ihre Freundin zu und drückt sie fest an sich.

Annerose löst sich, um die Brote aus der Küche zu holen. »Hier nimm. Ach, ich würd dir so gern was raten, also was du sagen könntest, wenn du dann in Dänemark bei ihm bist. Aber ich bin da nicht besonders gut drin.« Und nun umarmt sie Celine von sich aus, wispert: »Gute Fahrt« und sieht ihr dann hinterher, bis sie fort ist.

Sita steht noch eine Weile schwanzwedelnd an der Tür, um sich dann mit Annerose zusammen umzudrehen und ins Wohnzimmer zurückzugehen. Ob Sita, die nun schon ein großmütterliches Alter erreicht hat, je Kinder gehabt hat? Sie stellt sich vor, wie sie sie geboren und dann gesäugt, wie sie sie umhergetragen und umsorgt haben könnte. Wie es in dieser besonderen Zeit nichts Wichtigeres als die Kinder gibt. Annerose setzt sich auf die Couch. *So ein Hund hat es doch eigentlich gut, denn er lebt ganz im Hier und Jetzt.*

Was verspricht er sich bloß davon, da auf dem Amt, fragt sie sich, als sie am frühen Abend mit Sita spazieren geht. Will er sein Gewissen erleichtern? Aber er hat doch nichts falsch gemacht.

Sita ist unruhig, zieht unter dem dürftigen Licht der Straßenlaterne ungewöhnlich kräftig an der Leine. *Und wo-*

hin drängt es dich? Warum bist du nicht zufrieden damit, wo du bist?

Jakob ist ein Geschäftsmann, er weiß womöglich, wie man mit solchen Leuten spricht, wie man etwas aushandelt. Er wird hingehen und könnte tatsächlich erwirken, dass man einen Kontakt herstellt. Annerose ist längst stehengeblieben und wischt sich in der Kälte die schweißfeuchten Innenflächen ihrer Hände an der Hose ab. *Meine Güte – was, wenn er ihn wirklich treffen kann?* »Sita, was ziehst du denn bloß so?« *Was, wenn er ihn findet und der Sohn nach seiner Mutter fragt?* Annerose wird gleichzeitig heiß und kalt. Sie muss stehen bleiben, steht ganz starr. Zu spät bemerkt sie, dass ihr die Hundeleine aus der Hand gleitet. »Sita!«

Sie kann gerade noch ausmachen, in welche Richtung die Hündin rasend schnell verschwindet. »Sita!«, ruft Annerose noch einmal und beginnt, ihr hinterherzulaufen, biegt um einen Mauervorsprung, hinter dem sie aber nichts findet als einen Sperrmüllhaufen. »Siiiitaaaa!«, brüllt sie und sieht sich völlig außer Atem in alle Richtungen um. Nichts. »Hallo, hallo, junger Mann? Haben Sie eine Hündin gesehen?«, fragt sie panisch einen Jogger, der erst die Ohrstöpsel aus seinen Ohren nehmen muss. Er schüttelt den Kopf.

Nachdem sie einmal um die Wohnscheibe gelaufen ist, beschließt sie, Celine anzurufen. »Oh nein, warum gehst du denn nicht ran?«, fragt sie in die Dunkelheit hinein und hat das Gefühl, auf die Knie fallen zu müssen. Jede der wenigen Personen, die ihr entgegenkommen, fragt sie nach dem Hund, aber nichts – niemand will Sita gesehen haben. Und Celine geht nicht an ihr Telefon, so oft Annerose es auch versucht.

»Sie ist so groß«, erklärt sie einer anderen Hundehalterin und hält ihre Hand ein Stück weit über ihr Knie. »Und dunkel gemasert.« Doch wieder nur Kopfschütteln. Mit jeder Sekunde, die vergeht, macht sie sich größere Sorgen. Ihre

Fantasie beschwört immer angsteinflößendere Bilder herauf, Bilder von einer überfahrenen oder irgendwo abgestürzten Sita. Mit zitternden Händen will sie sich eine Zigarette anzünden und zieht zusammen mit der Zigarettenschachtel und dem Feuerzeug einen Zettel aus ihrer Tasche. Jakob. Was könnte der schon ausrichten? Er hat Sita vermutlich noch nie gesehen. Da ihr aber sonst niemand einfällt, der ihr helfen könnte, wählt sie seine Nummer.

Eine Viertelstunde später fährt Jakob in einem ausladenden, dunklen Geländewagen vor. Bis eben haben sie am Telefon miteinander gesprochen, um sich zu finden, nun legt sie auf und steigt zu ihm ins Auto.

»Hier ist sie weggelaufen?«

»Nein, da hinten – in die Richtung da. Ich habe hier gesucht, weil wir hier einmal spazieren waren.«

Jakob fährt nicht gleich los, sondern überlegt einen Moment. »Wir können natürlich hier herumfahren, aber wäre es nicht sinnvoller, gleich die Polizei zu informieren?«

Annerose rutscht auf dem Beifahrersitz hin und her. »Die Polizei? Nein! Was glaubst du denn, was die mit solchen Hunden machen?«

»Solchen Hunden?«

»Sita ist ein Kampfhund oder so was.«

»Ja und?«

»Erschießen sie solche Hunde nicht gleich? Nein, nein, die rufen wir erst mal nicht an. Oh nein, jetzt ist besetzt bei Celine! Das gibt's doch nicht! Fahr bitte vorsichtig ein bisschen herum, so können wir auf jeden Fall ein größeres Gebiet absuchen, als ich es in der Zeit zu Fuß könnte.« Annerose öffnet das Beifahrerfenster und ruft immer wieder nach dem Hund, während sie langsam zwischen den Häusern herumfahren.

»Wie lang ist sie jetzt weg?«

Sie schaut auf ihre Uhr. »Eine halbe Stunde. Oje!«

»So weit kann sie da ja nicht gekommen sein. Hast du nicht gesagt, dass sie eine ältere Dame ist?«

»Na ja, aber vorhin ist sie ganz schön gerannt, sie kann also ein ganz schönes Tempo vorlegen.«

»Aber wohl kaum durchhalten«, sagt Jakob in ruhigem Tonfall.

»Aber sie kann«, und plötzlich beginnt Annerose zu schluchzen, »überall sein! Warum ist sie nur weggelaufen? Wie Leyka.«

»Wer ist Leyka?«

»Meine Katze.«

»Tiere haben Instinkte und die sind manchmal stärker als ihre Bindung an den Menschen.« Er legt seine rechte Hand auf ihren Unterarm und lässt sie dort für einen Moment ruhen.

Als ihr Handy klingelt, wirft Annerose es vor Schreck fast aus der Hand. »Ja? Celine? Endlich rufst du zurück! Erst bist du nicht rangegangen, dann war besetzt. Was? Mit Heiko? Celine, ich muss dir was sagen.« Dann verstummt sie für einen Moment. Ihre Atmung beruhigt sich. »Sie ist bei Heiko«, sagt sie zu Jakob, als könne er wissen, was damit gemeint sei. »Oh, danke Celine. Es tut mir so, so leid. Ja, danke. Wir fahren gleich hin.« Als das Telefonat endet, merkt sie erst, dass ihre Hand auf Jakobs Unterarm ruht. Annerose zieht sie unauffällig wieder zurück.

Als sie die Tür zur Kneipe öffnen, läuft sie ihr gleich in die Arme. Annerose kniet sich hin und umschlingt den Hund. *Meine Kleine, was machst du denn nur? Hast mir einen Riesenschrecken eingejagt!* »Danke, Heiko!«

»Fürs Türöffnen doch nicht. Wo ist denn Celina Melina?«

»Verreist«, antwortet Annerose im Aufstehen.

»Na, wo euch Sita schon mal erfolgreich zu mir gebracht hat, könnt ihr euch auch ruhig setzen und ich bring euch was zu trinken, oder? Wieder einen Caipi für Anni? Und für den Herrn?«

Es ist Annerose vor Jakob unangenehm, dass Heiko sie so nennt. Der aber nickt, als wäre nichts dabei, bestellt etwas und nimmt ihr den Mantel ab.

»War das hier nicht mal eine Wäscherei?«, fragt er.

Annerose nickt. Ihr scheint, als seien die drei Männer vom letzten Mal seither nicht von ihren Stühlen aufgestanden. Sie lotst ihn zu demselben Tisch, an dem sie auch mit Celine gesessen hat. »Und nach der Wende hat Heiko dann diese Kneipe draus gemacht.«

»Urig«, bemüht er sich, dem Laden etwas abzugewinnen. Jakob trägt heute einen hellen Pullover, kein Hemd darunter, und sieht angenehm leger aus.

»Danke, dass du so schnell gekommen bist. Ich habe dir wohl deinen Freitagabend verdorben.«

»Ach wo«, meint er. »Danke«, sagt er dann zu Heiko, der ihnen ihre Getränke – für Annerose einen Cocktail, für Jakob ein Bier – und einen Aschenbecher hinstellt. »War vielleicht ganz gut, ich wäre sonst heute Abend im Haus meiner Eltern in sentimentalen Erinnerungen versunken. Ich muss so viel sortieren, Fotoalben und Zeug von früher, der Haushalt wird aufgelöst.«

»Ach ja?« Annerose sieht ihn vor ihrem inneren Auge auf einer großen, edlen Couchlandschaft in einem riesigen Wohnzimmer mit Erker und Kamin sitzen.

»Ja, sie ziehen in eine Einrichtung für betreutes Wohnen, zurzeit sind sie zum Probewohnen.«

Soll ich sagen, dass mir das leidtut?

»Ohne Celines E-Mail wäre ich dafür wohl nicht hergekommen. Jetzt bin ich froh, etwas von den alten Sachen retten zu können.« Er schüttelt den Kopf. »Aber genug von meinem Elternhaus.« Mit der Zunge nimmt er den Schaum von seinen Lippen. Das Bier schmeckt ihm sichtlich. »Es hat mich sehr beeindruckt, wie du dich um Sita gesorgt hast.«

Warum sagt er das? In seinem Satz schwingt etwas mit, das sie nicht gleich deuten kann, das sie auch gar nicht deuten will. Sie streichelt den Hund, der sich neben ihren Tisch gelegt hat. »Caipirinha. Hätte ich nie gedacht, dass das meins wäre, aber seit ich das mal mit Celine getrunken habe …«

»Kann ich mal probieren?«

Sie schiebt ihm, ohne zu zögern, das Glas hin.

Er rümpft ein wenig die Nase. Sie mag seine Fältchen um den Mund und um die Augen. Sie mag seine kräftige Brust, die sich durch den Pullover abzeichnet. Unwillkürlich erinnert sie sich an seine kleinen Brustwarzen.

»Nicht schlecht, aber ich bleibe dann doch lieber beim Bier.«

Sie fühlt sich wohl. Dennoch beschleicht sie die Angst, dass er diesen Termin auf dem Jugendamt ansprechen könnte. Vielleicht hat sie Glück und er tut es nicht. Sie zündet sich eine Zigarette an und versucht abzulenken: »Celine ist in Dänemark.«

»Ach ja? Dänemark ist schön, ich war schon öfter dort.«

»Ich glaube, sie hat sich verliebt.«

Diesmal lächelt er nicht. Sie hatte erwartet, dass er gerade an dieser Stelle lächeln würde.

»Hoffentlich bekommt sie, was sie sich wünscht.«

»Ich bin nicht ganz sicher, ob sie weiß, was sie sich wünscht. Sie kennt ihn kaum, ist ihm nun Hals über Kopf hinterhergereist.«

»Hals über Kopf«, wiederholt er. »Sie hat sich also losgerissen.«

»Ja, könnte man so sagen.«

»Und das aus dem schönsten Grund der Welt.« Er sieht Annerose an und wirkt zum ersten Mal, seit sie sich wiedergesehen haben, unsicher. Er schiebt seine Ärmel etwas hoch.

Seine Unterarme sind ebenfalls kräftig und behaart. Das waren sie damals noch nicht, fällt ihr ein.

Sie drückt ihre Zigarette aus und überrascht sich mit ihrer Frage selbst: »Jakob, weswegen bist du eigentlich hier?«

Er bemüht sich, fassungslos zu schauen, setzt an, einer solchen Fassungslosigkeit mit Worten Luft zu machen, unterlässt es im letzten Moment aber doch. Die Frage muss er erwartet haben. »Das mit unserem Kind ... das zieht sich durch mein Leben. Vor allem immer diese Ungewissheit: Was ist mit ihm passiert? Wie geht es ihm?«

»Das war der Grund?«

»Aber natürlich, Annerose! Wie kannst du das fragen?«

»Ich will dir nicht zu nahetreten, aber auf mich wirkt es ein bisschen so, als sei Celines Einladung für dich vielleicht auch ein willkommener Anlass gewesen, um aus England fortzugehen.«

Jakob nimmt einen weiteren Schluck. »Ich wollte dich wiedersehen. Und ich hatte gedacht, dass ich auch mein, unser Kind treffen könnte. Dann hast du mir das alles erzählt und nun kann ich nicht einfach zurückgehen. Ich will wissen, was damals passiert ist und wie es ihm geht.« Dann macht er wieder eine Pause, sieht sich um, tippt nervös mit seinem Fuß auf den Boden. Er fühlt sich sichtlich unwohl. »Da ist sicher etwas dran, also an dem, was du gesagt hast. Ich glaube, ich bin hier der schlechte Mensch, Annerose.« Er lässt seinen Blick durch die Kneipe schweifen. »Ich wollte weg von da, ja, auch. Zumindest für eine Weile. Meine Frau und ich – wir haben eine Krise.«

Annerose presst sich mit dem Rücken gegen die Stuhllehne.

»Es ist eine Dauerkrise. Letztes Jahr hatten wir dreißigsten Hochzeitstag.«

Dreißig Jahre also ist er bereits verheiratet. Annerose fällt das Schlucken schwer.

»Ja, dreißigsten. Du musst wissen: Mit den zwei Mädchen, die wir recht bald bekommen haben, sind wir Mitte der Neunziger nach London gezogen. Meine Frau ist Schriftstellerin.«

»Soso.« Anneroses Finger tippeln auf der Zigarettenschachtel.

»Ja. Sie schreibt Kinderbücher, die angeblich ganz wunderbar auf den britischen Markt passen sollten. Deswegen wollte sie dahin. Ich zog mit. Für sie. Und es war toll – jedenfalls am Anfang. Doch schneller als gedacht war die Energie weg, mit der wir ausgewandert waren, sie hatte sich viel versprochen dort, aber niemand wollte ihre Geschichten drucken. Bei mir lief es überraschenderweise richtig gut.«

»Was machst du eigentlich?«

»Ich arbeite in der Werbung. Ich erstelle Konzepte für Werbekampagnen. Und die meisten solcher Kampagnen funktionieren überall.«

»Werbung, wow. Das freut mich für dich.«

»Für mich ging es richtig aufwärts«, Jakob lässt mit seiner Hand ein Flugzeug abheben, »während sie mit einem Manuskript nach dem anderen scheiterte. Die Mädchen waren irgendwann schon Teenager, da haben wir dann noch einen Jungen bekommen.«

Annerose veratmet sich, japst von einem Moment auf den anderen nach Luft, und ihr wird sofort heiß. Soll sie sich auf die Toilette entschuldigen, um sich dort zu beruhigen?

»Tja, aber es war nicht mehr so wie damals mit den Mädchen. Wir stritten immer mehr und sie warf mir vor, dass sie ihre Karriere für die Familie geopfert hätte, dabei wussten wir beide, dass es nicht so war. Nicht so ist …«

Annerose beruhigt sich wieder. Ein ›Oje‹ bleibt ihr im Hals stecken.

»Unsere Töchter sind längst raus, Benjamin wird jetzt bald sechzehn.«

Er spricht den Namen wieder so britisch aus. »Benjamin«, wiederholt sie.

»Es ist schwierig zwischen ihm und mir. Er hat mir letztens gesagt, dass er lieber einen anderen Vater gehabt hätte.«

»Oh.«

»Ja. Ich glaube, ich war einfach schon zu alt, ich war ja Mitte vierzig, als er geboren wurde. Aber das kann ich nicht ändern. Ich glaube, dass, wenn er in ein paar Jahren flügge wird, meine Frau und ich auseinandergehen werden.«

»Das ... das tut mir leid für dich und deine Frau.«

Jakob trinkt sein Bier aus und schaut auf ihr Glas.

»Willst du gehen?«

»Ja«, antwortet er.

Obwohl sie das Gespräch ziemlich mitgenommen hat, ist sie doch auch enttäuscht, dass es schon enden soll. Durch die Erzählung über sein Leben, von dem sie vorher keine Vorstellungen hatte, fühlt sie sich ihm etwas näher.

Draußen ist es kalt, sie zieht sich den Kragen bis zum Kinn.

»Sei mir nicht böse«, leitet Jakob das Ende des Abends ein, »aber das war nicht so mein Laden.«

»Verstehe, du bist sicher anderes gewohnt als so eine Kneipe oder eine Tankstelle.«

»Magst du noch mit zu mir kommen?«

»Was? Mit zu dir?«

»Na ja, ins Haus meiner Eltern, meine ich natürlich.« So steht er da, in seinem Parka, mit hochgeschlagenem Kragen, die Haare unordentlich in der Stirn.

»Das geht doch nicht!«

»Was denn? Sie sind noch das ganze Wochenende zum Probewohnen. Wir können uns dort weiter unterhalten.«

»Aber der Hund, der kann doch nicht ins Haus!«

»Das ganze Haus steht auf dem Kopf, alles ist voll Staub

und Schmutz. Es wird nicht auffallen, dass ein Hund dagewesen ist. Also mach dir keine Gedanken.«

»Aber ...«

»Nur auf ein Stündchen. Ich trinke auch nichts mehr, damit ich euch dann noch nach Hause fahren kann.«

Langsam ist es zu spät, um noch etwas Triftiges dagegen vorzubringen, mit Jakob nach Hause zu fahren – es würde nur noch wie eine Ausrede klingen. So sitzt Annerose wieder neben ihm im Auto und fährt in dieses Nobelviertel, das zu DDR-Zeiten schon zu den besseren Wohngegenden der Stadt gehörte. Will sie es nicht sogar? Einmal zu ihm nach Hause fahren?

»Du hattest einen weiten Schulweg«, fällt ihr ein.

»Na ja, ich konnte zwar nicht wie du direkt aus dem Bett ins Klassenzimmer fallen, aber so weit war es auch wieder nicht. Wenn du mit dem Rad auf der Hauptstraße fährst, bist du in zehn Minuten da.«

Das Haus ist viel kleiner und unauffälliger, als sie es sich vorgestellt hat. Es ist dunkel, das Licht der nächsten Straßenlaterne reicht kaum bis hierher, aber sie kann erkennen, dass der Garten nur mäßig gepflegt ist. Die Fassade hat ihre besten Zeiten auch schon lange hinter sich.

»Hier bist du also aufgewachsen.«

»Ja. Na los, kommt mit rein!«

Drinnen stehen alte Möbel, sorgsam arrangiert, die Bilder an der Wand passend ausgerichtet. Hier und da bedeckt zwar Staub die Oberflächen, aber von Chaos und Dreck keine Spur. Jakob hat völlig übertrieben. Es wirkt im Gegenteil so, als stünde und hinge alles schon ewig so an seinem Platz. Die eingestaubten Dinge scheinen vielmehr in einem Schlaf zu liegen, als hätte es die Wende nicht gegeben. Die Gegenstände wirken nicht wie Relikte, sondern wie triumphierende Überlebende.

Das Wohnzimmer ist weniger aufgeräumt – es steht benutztes Geschirr herum, hier und da türmen sich aufgeschlagene Fotoalben. Sita beschnüffelt alles, bis in die Ecken hinein. Jakob geht in die Küche. Annerose kann nicht glauben, dass ihr Jakob von früher hier gewohnt hat. Sie setzt sich auf den einzig freien Platz auf der Couch.

»Soll ich dir mein Zimmer zeigen?«, ruft er aus der Küche.

»Nein – das ist wirklich nicht nötig!«, antwortet sie gleich und versucht, unter dem spärlichen Licht der Wohnzimmerlampe etwas auf den herumliegenden Fotos zu erkennen, doch sie kann sich nicht recht darauf einlassen, es sind viel zu viele Eindrücke.

»Ich hätte nie gedacht, dass das mal passieren würde«, lacht er, »dass Anni Hildebrandt zu mir nach Hause kommt.«

Sie will sich zurücklehnen, aber ihr ganzer Körper ist so versteift, dass sie sich kaum bewegen kann. »Pölzl.«

Jakob kommt aus der Küche zurück und stellt für sich und Annerose Tassen auf den Couchtisch. »Was?«

»Pölzl. Annerose Pölzl.«

Dann setzt er sich und blickt sie irritiert an. Es muss ihm doch in den Sinn gekommen sein, als er sie über das Meldeamt nicht hatte finden können, dass sie geheiratet hat.

Jakob steht wieder auf und reicht ihr die Hand. »Annerose Pölzl also, freut mich! Jakob Mai!«

Annerose wird rot und gibt ihm widerwillig ihre Hand.

Aus der Küche pfeift der Wasserkessel.

»Weiß dein Mann, dass du hier bist?«, fragt er, während er hinübergeht.

»Wir sind schon lange geschieden«, ruft sie.

»Oh, das ...«, er stellt den frisch aufgebrühten Tee in einer schmuckvollen Kanne auf den Tisch.

»... braucht dir nicht leidzutun!«

»Na dann tut es mir auch nicht leid. Hast du Kinder? Also weitere Kinder?«

Soll sie ihm sagen, dass sie alles darangesetzt hat, zu verhindern, dass sie von Durs ein Kind bekommt? Sie schüttelt den Kopf.

»Schon verrückt, wie unterschiedlich unsere Leben verlaufen sind.«

»Ja, das stimmt.«

Er schenkt Tee ein, es dampft aus den Tassen und riecht nach Earl Grey. Wie er nimmt auch sie Milch dazu.

»Du weißt gar nichts über ihn?«, fragt er dann in einer bemüht wirkenden Beiläufigkeit.

Annerose schaut ihn skeptisch an. »Nein, Jakob, ich weiß gar nichts.«

»Ich habe lange darüber nachgedacht, warum es dir nichts ausmacht –«

»Jakob!«

»Nein, lass mich bitte ausreden. Das war jedenfalls mein Eindruck – dass es dir nichts ausmacht. Aber ich versteh dich jetzt besser. Du hast das Ganze nicht an dich rangelassen. Aus Selbstschutz.«

Sie schlürft vorsichtig etwas Tee. »Sita! Komm her und schnüffle nicht überall herum.«

»Das versteh ich ja. Man muss irgendwie damit umgehen. Aber ich komme nicht los von diesen Fragen.«

Sie streichelt den Hund, der seinen Kopf auf ihren Schoß gelegt hat. »Was bringt es, sich all diese Fragen zu stellen? Du hast schon recht, jeder etwa vierzigjährige Mann könnte unser Sohn sein. Aber jeder vierzigjährige Mann ist mir gleich fremd, verstehst du?«

»Aber er ist doch irgendwie … ein Teil von uns. Spürst du das gar nicht?«

Annerose versucht wieder, sich zurückzulehnen, aber ihre Verkrampftheit hält an. Zudem findet sie die Couch denkbar unbequem.

»Ich will wenigstens versuchen, etwas zu erfahren.«

»Auf dem Jugendamt wird man dir aber –«

»Ich weiß, ich weiß – man wird uns aller Voraussicht nach nichts sagen.« Er macht eine kurze Pause. »Aber ich will es versuchen. Ich kann nichts ungeschehen machen, ich kann kein guter Vater mehr werden. Immer war der Zeitpunkt falsch. Für Benjamin bin ich zu alt, für unseren Sohn war ich definitiv zu jung.«

»Ich bin sicher, dass du ein guter Vater bist, für die Kinder, die du mit deiner Frau hast. Das wird auch Benjamin noch erkennen. Für unseren Sohn ist es doch viel zu spät. Vielleicht … hoffentlich hatte er gute Eltern.«

Sie trinken still ihren Tee, bis Anneroses Blick auf ein aufgeschlagenes Fotoalbum fällt.

»Bist du das?«

»Ja, bei der Nationalen Volksarmee, das war kurz nach der Schule.«

»Du siehst komisch aus mit dem Schiffchen auf dem Kopf.« Sie weiß noch von Durs, dass man die Kopfbedeckung der NVA-Soldaten so nannte. Und sie würde am liebsten sagen: Man sieht ja kaum noch etwas von deinem schönen Haar. Aber in der Uniform gefällt er ihr sehr gut. Auf einem anderen Bild steht er in Uniform zwischen seinen Eltern. »Sie waren stolz auf dich, was?«

»Ja. Und ich habe es gehasst. Sie waren froh, dass ›das mit dem Kind‹ irgendwann passé war und dass mir für die Zukunft alles offenstand – in ihren Augen zumindest. Ich wäre damals lieber bei dir und dem Kind geblieben.« Er sieht sie an. »Was ist? Darf ich das nicht sagen? So war es, Anni.«

Sie blättert weiter in der Hoffnung, dass die nächste Seite weniger schmerzen wird. Bilder einer verkramten Wohnung mit vielen unterschiedlichen Gesichtern. Erste Bilder in Farbe, die Motive in ein angenehmes, sommerliches Licht getaucht. Unter den Gesichtern, die allesamt von langen Haaren umrahmt sind, erkennt sie Jakob, der von einer jungen, hübschen Frau geküsst wird.

»Ist das deine Frau?«

»Nein, das war vorher, eine Freundin.« Er ist verlegen. Er war begehrt, sie ist sich sicher.

»Du kannst das angucken und das hier auch.« Er hält ihr ein weiteres Fotoalbum hin. »Und das hier und das hier und das auch.«

»Jakob, ich kann die doch alle gar nicht halten!«

»Du kannst sie dir alle anschauen. Ja, mein Leben ging irgendwie weiter, aber irgendwie auch nicht.« Jakob nimmt ihr die Alben wieder ab und lässt sie behutsam auf den Boden fallen. »Ich bin da hängen geblieben, ein Teil von mir ist sechzehn geblieben und hat gehofft, dass ich dich und unser Kind finde.«

Annerose wird wieder warm. Sie steht auf, sie kann nicht mehr sitzen bleiben, alles ist ihr zu viel. Am liebsten würde sie rausgehen aus diesem Haus, doch sie schwankt. »Danke für den Tee, für diesen Abend, aber ich glaube, ich gehe jetzt lieber.« Sie putzt sich ihre Bluse ab und fragt sich, wovon.

Jakob steht ebenfalls auf. »Ich hab Angst, Anni.«

»Was? Angst?« Sie wankt einige Schritte zur Tür und muss sich am Türrahmen festhalten, um nicht umzukippen.

»Anni, ist alles in Ordnung?« Sita läuft aufgeregt um sie herum.

»Jaja, ich bin nur zu schnell aufgestanden.«

Er wartet einen Augenblick, und als sie den Türrahmen immer noch nicht loslässt, legt er ihr seine Hand auf den Rücken. »Hast du so was öfter?«

»Nein, eigentlich nicht. Ist schon gut, meine Kleine, wir gehen ja gleich.«

»Das geht doch nicht. Komm, wir legen dich hin.«

Die Situation ist Annerose unangenehm, sie versteht nicht, dass ihr Körper sich ihrem Willen so verweigert. Sie sieht, dass Jakob kurz überlegt, die Couch von all den Dingen freizuräumen, dann aber entscheidet, sie woandershin zu führen.

»Komm mit.« Er stützt sie und lenkt sie zur Treppe in diesem dunklen, schmalen Flur, durch den sie vorhin hereingekommen sind.

»Was, hoch? Nein, nein.« Sie versucht ihn abzuschütteln, doch taumelt sofort wieder.

»Es geht nicht anders. Die paar Stufen schaffen wir.« Es knarzt bei jedem Schritt.

Oben angekommen öffnet Jakob eine Tür und führt sie zu einem Bett, das mit dem Kopfende an der Wand und mit dem Fußende frei ins Zimmer steht. »Hier kannst du dich hinlegen.«

»Ist das dein Zimmer?«

Er knipst das Licht an und nickt verlegen.

Und dann sieht sie, wie er verschwindet. Sie versteht nicht, was mit ihrem Körper los ist, aber das Liegen tut ihr gut. Das Bett fühlt sich weich an. Es riecht ein wenig nach Muff. Die Gardinen am Fenster sind original, sie könnten ohne Weiteres seit vier Jahrzehnten hier hängen. Ein Kleiderschrank, ein Schreibtisch, dieses Bett – alles noch so, wie es auch damals in einem Jugendzimmer gestanden haben könnte. Wie sieht dieses Zimmer wohl bei Tageslicht aus? Der abgetretene Teppichboden muss einmal von einem leuchtenden Grün gewesen sein.

»Hier ist Wasser.« Er setzt sich neben dem Bett auf einen Stuhl.

»Danke.« Sie richtet sich auf, um zu trinken. »Es geht mir schon besser.«

»Bleib ruhig noch liegen. Kreislaufprobleme sollte man nicht auf die leichte Schulter nehmen.«

»Hast du hier deine Hausaufgaben gemacht?«

»Meine Hausaufgaben?« Er grinst. »Ja. Ich freue mich tatsächlich, dass du es mal siehst, mein Zimmer von damals.«

Hier hat er gelebt, als es passiert ist, als sie sich liebten, als sie schwanger wurde. Auch noch, als sie bereits die Schule verlassen hatte. Hier hat er gelebt, als er seinen Abschluss gemacht hat, womöglich auch, wenn er während seines Urlaubs von der NVA oder später in den Semesterferien zu Besuch war. Und immer hat er hier gesessen oder gelegen und sich gedacht: Ich habe ein Kind.

»Du wünschst dir wohl, Celine hätte mich nicht gefunden und wir würden jetzt nicht hier sitzen.«

Sie muss nicht lange überlegen: »Nein, das wünsche ich nicht.«

»Aber es ist dir alles zu viel, dir geht's nicht gut.«

»Es sind die weißen Hunde«, rutscht ihr, ohne nachzudenken, heraus.

»Weiße Hunde?«

Soll er sie doch für verrückt halten. Annerose liegt da, lächelt und streichelt seinen Arm.

»Annerose, Anni.« Er streichelt sie nun auch.

Die Fingerkuppen, die über ihre harte Haut fahren, sind die Jakobs – ihres Jakobs – sie kann es kaum fassen. »Es ist schön, dass wir wieder zusammengekommen sind.«

»Ja, das finde ich auch.« Er streichelt nun auch ihren Oberarm, ihr Gesicht.

Er ist verheiratet, meldet ihre Vernunft.

Noch ein einziges Mal, haucht ihr ihr Begehren zu. Jakob, der noch neben ihr auf dem Stuhl sitzt, lässt seine rechte Hand über ihren Oberkörper gleiten, kommt näher, umfasst sie mit dem linken Arm. Warum hat er ein so stark duftendes Rasierwasser benutzt? Zu gerne würde sie ihn, einfach nur ihn, riechen. Er legt seine Lippen auf ihre. Ganz kurz gestattet sie es sich, sie gestattet der Erinnerung an Jakob, sie noch einmal zu berühren, bevor sie ihre Hand hebt, um sie gegen seine Brust zu drücken.

»Was ist?« Er wirkt enttäuscht, als sie sich aufrichtet.

»Das … das geht doch nicht. Wir sind beide nicht klar.«

»Ich bin klar!«

Sie setzt ihre Füße auf den Boden und weicht seinem Blick aus. »Das bist du nicht. Jakob, es ist schon spät. Kannst du mich und Sita nach Hause fahren?«

Er lehnt sich zurück. »Ich dachte, dich muss niemand nach Hause bringen.«

Sie reißt unwillkürlich ihre Augen auf. »Was? Du bringst mich nicht nach Hause?«

»Natürlich bring ich dich nach Hause. Wenn ich davon überzeugt bin, dass du das wirklich willst.«

Annerose geht langsam zu seinem Schreibtisch herüber. Es ist still zwischen ihnen beiden. Ihre Fingerspitzen, die sie auf einen alten Briefumschlag legt, sind kalt, ihre Handinnenflächen warm und feucht.

»Du … du bist erst seit ein paar Tagen wieder da?«

»Ja, und? In ein paar Tagen bin ich wieder weg.«

»Wir sind nicht mehr die, die wir einmal waren.«

»Wenn wir andere sind, sind wir zwei, die sich gerade kennengelernt haben und die sich gut finden.« Jakob stellt sich dicht hinter sie.

Sie dreht sich weg, will ›Unsinn‹ sagen.

»Im Grunde bin ich noch der, der ich damals war. Der so gerne mit seiner Anni gekuschelt hat.«

Sie verbirgt ihr Lächeln und hört, wie er sich auf das Bett legt.

»Wir tun damit niemandem weh, wenn wir uns noch mal zusammen hinlegen.«

Sie dreht sich zu ihm und sieht ihn an, wie er daliegt, die Arme hinter dem Kopf verschränkt, wie sein Pullover etwas hochgerutscht ist, sich ein Streifen seiner Haut zeigt und unterhalb der Gürtelschnalle eine deutliche Wölbung sichtbar wird.

»Ich … ich muss nach Sita schauen.« Annerose flüchtet an

ihm vorbei, über den Flur die Treppe hinab. *Wo bist du nur? Warum ist hier nur alles so schummrig beleuchtet? Sita, du willst sicher nach Hause, ja, lass uns nach Hause gehen.* Doch ihre Gedanken driften immer wieder hinauf, ihre unruhigen Hände wollen sich auf dem Streifen seiner von Kleidung freigelegten Haut niederlassen. »Sita, wo bist du denn?« Anders als erwartet liegt sie da, im Wohnzimmer, neben der Couch, friedlich zusammengerollt und sieht sie nicht einmal an. Seine Lippen haben sich so gut angefühlt. Seine Bartstoppeln grenzen direkt an seine Lippen, was dem Kuss eine herbe Note verliehen hat. Sie will ihn schmecken. Noch einmal. Sita schläft tief.

Wenn sie sich jetzt schon so sehr nach ihm sehnt, wie soll es ihr erst in ein oder zwei Stunden gehen?

Jede Stufe, die sie wieder hinaufgeht, versucht sie Argumente heraufzubeschwören, sie formuliert Erklärungen, warum sie jetzt wirklich gehen müsse, warum sie sich beide wehren müssen gegen diesen Impuls. Es leuchtet aus seinem Zimmer in den Flur, bald kann sie durch den Türspalt seine Beine sehen. Kein einziges Argument hat die letzten Schritte überdauert. Sie will raus aus dem Aquarium, sie will raus aus ihrer Wohnung, hinunter von den dahinwehenden Bahnen, herunter von dem Stuhl, auf dem sie so lange hat sitzen müssen, sie will auch nicht in ihr altes Zimmer zurück, in dem sie es so oft getan haben, nein, sie will aufbrechen aus all diesen Zimmern und Orten und noch einmal über diese Treppe hinaufgehen in sein Zimmer, in dem sie sich zu ihm legen kann und sogleich seine Lust spürt. Er öffnet nicht einmal seine Augen, als sie sich etwas ungelenk und so zittrig, als friere sie, neben ihn legt. Sie legt ihre Wange an seine Brust. »Dein Herz schlägt so ruhig. Meins springt gleich aus mir heraus.« Sie spürt seine Hand an ihrem Rücken, die sogleich hinabgleitet und nach seiner Anni sucht. Der aufdringliche Duft seines Rasierwassers ist endlich verflogen.

Noch beim Einschlafen hat sie sich gewünscht, an seiner

Brust aufzuwachen, doch als sie aufwacht, liegt er nicht mehr neben ihr. Das Licht hat seine Farbe verändert. Ein schmaler, aber kräftiger gelber Streifen teilt den alten, blassgrünen Teppichboden und sogar einen Teil des Schreibtischs. Sie setzt sich auf. Hier hat er also seine Hausaufgaben gemacht.

»Anni«, hört sie durch den Türspalt, und er kommt mit einem liebevoll befüllten Tablett zu ihr ans Bett. Jakob trägt Boxershorts, und auch wenn er versucht, ihre Aufmerksamkeit auf den Kaffee, die Croissants und die Marmelade zu lenken, bleibt ihr Blick unablässig an seinen starken Schultern, seinem dunklen Brusthaar haften. »Wie geht es den weißen Hunden?«

Sie lächelt. »Die haben sich beruhigt.« Sie hatte angenommen, dass sein schmales Jugendbett für sie beide zu eng sein würde, doch das war es nicht. Vorsichtig schiebt sie sich neben ihn in den Sitz, damit die Bettdecke nicht von ihrer Brust rutscht. Warum geniert sie sich so – er hat sie doch in der Nacht nackt gesehen. Nach so vielen Jahren hat er sie an sich gedrückt, als hätten sie beide lediglich die Sommerferien getrennt, er hat sie ausgezogen und keinerlei Vergleich zu ihrem früheren Aussehen angestellt – er hat sie geliebt, wie sie war – ihren Körper, der mit der spannungslosen Haut und den Falten so ganz anders ist als der der früheren Annerose. Und es ist ihr nun, als hätten sie ihre beiden jüngeren Ichs und das, was diese damals miteinander geteilt haben, überschrieben mit einer neuen Erfahrung. Sie beißt vom Croissant ab, das ihr ganz wunderbar schmeckt.

»Ich habe ihr unten aufgemacht.«

»Du hast was? Wem aufgemacht?«

»Sita! Ich habe Sita die Tür zum Garten aufgemacht und sie hat sich sehr gefreut, ist gleich rausgelaufen.«

»Ich habe sie glatt vergessen. Kannst du das glauben?«

»Ja, das kann ich.« Er zwinkert ihr zu und beißt vom Croissant ab.

Ob er auch so empfunden hat, nicht mit der Person von damals, sondern mit jemand anderem geschlafen zu haben? Während der ersten Berührungen noch hatte sie nach Ähnlichkeiten gesucht, Ähnlichkeiten zwischen dem jungen und dem heutigen Jakob, Übereinstimmungen zwischen dem, was er damals getan hat, und dem, was er nun tat. Aber die Erinnerungen an damals, an ihr junges Liebesspiel – so weiß sie nun – haben sich inzwischen mit sentimentalen Wünschen, Sehnsüchten und anderen Bildern, anderen Erfahrungen gemischt. Sie hat sich nach einiger Zeit gut auf den Jakob einlassen können, der ein anderer geworden ist, der kräftiger und behaarter ist als damals, der einen kleinen Bauch bekommen hat. Einzig ein winziger Fleck, ein unauffälliger kleiner Leberfleck oberhalb seines Bauchnabels ist geblieben. Sie kann den Gedanken nicht verscheuchen, dass dieser Fleck all die Jahre und Jahrzehnte nur darauf gewartet hat, wieder von ihr geküsst zu werden.

»Ich esse zum Frühstück eigentlich nie etwas. Aber jetzt habe ich solchen Hunger, entschuldige.« Mit der einen Hand hält sie das übrig gebliebene Ende ihres Croissants, die andere Hand ruht hinter seinem Gesäß. Zu gerne würde sie ihn wieder anfassen.

Er steht auf und geht zum Fenster, um in den Garten zu sehen.

»Kannst du sie sehen?«

Er grinst. »Ja, sie schnüffelt überall herum. Hoffentlich pinkelt sie die Blumenrabatten voll und macht auch schön ihr Geschäft in die Büsche.«

»Jakob!«

Jakob setzt sich wieder neben sie. »Was denn? Kennst du das, wenn du auf jemanden sauer bist, es aber keinerlei Möglichkeit gibt, dass du demjenigen deinen Groll, deine Wut vermitteln kannst?«

»Ich weiß nicht.«

»Ich bin seit damals sauer auf sie. Ich hab es ihnen erzählt, gleich nachdem du mir gesagt hast, dass du schwanger bist.«

Annerose wird warm, aber es ist diesmal eine angenehme Wärme.

Er lehnt sich in die Kissen. »Als Kind verlässt du dich darauf, dass die Eltern dir helfen, wenn du dir das Knie aufgeschürft hast, oder? Ich konnte mit allem zu ihnen kommen. Ich war das einzige Kind, immer gut behütet. Aber als ich das erzählte, sind sie verstummt. Sicher, es war weit mehr als ein aufgeschürftes Knie. Ich konnte ihnen noch lange ansehen, wie sie hofften, ich hätte das nie gesagt oder nur einen schlechten Scherz gemacht. Ich fragte sie, was wir denn da jetzt machen könnten, ich wollte dir, euch, ja helfen, dabei sein.«

Die Tasse in Anneroses Hand wird schwer.

»Sie fragten sich und mich, wie so etwas nur passieren konnte, wie deine Mutter das nur zulassen konnte, sie schoben alle Verantwortung auf dich und deine Familie ab. Wenn ich sagte, dass es um ihr Enkelkind gehe, widersprachen sie mir. Du willst nicht wissen, was sie dir unterstellt haben. Wenn ich sagte, dass ich dich sehen und mit dir sprechen wollte, untersagten sie mir das. Na ja, so ging ich heimlich zu dir. Ich hab dir davon erzählt.«

»Sie hatten Sorge um deine Zukunft.«

Er lehnt sich wieder nach vorne, legt seine Hand auf ihren Rücken. »Bist du gar nicht sauer?«

»Was würde das bringen?« Sie weiß, dass seine Eltern aufgrund ihrer Parteizugehörigkeit einer gewissen Doktrin zu folgen hatten.

»Wie haben sie sich gefreut, dass mein Leben weiterging, Schulabschluss, Armee, irgendwann hatte ich eine andere Freundin. Sie dachten sicher: Jetzt ist der Albtraum vorbei. Aber in mir hat das immer weitergearbeitet.«

Sie legt ihre Hand auf seine, als könne sie ihn damit trösten und als wäre er es, der zu trösten sei.

»Die Wende war eine große Genugtuung für mich. Das System, das sie so liebten und in das sie sich so schön eingefügt hatten, brach mit einem großen Knall zusammen. Die Genugtuung darüber war deutlich größer, als wenn Sita jetzt da unten in den Garten scheißt, das muss ich schon zugeben.« Er scheint überrascht, dass Annerose lachen muss. »Dir hat die Wende ja auch getaugt«, fügt er hinzu und Annerose versteht, dass er damit den Satz meint, den sie auf dem Domplatz ausgesprochen hat: dass das Kind einfach dageblieben sei, in diesem Land, das es nun nicht mehr gibt. Er beginnt seine Kleidung zusammenzusuchen, wodurch sofort etwas von der Intimität verschwindet.

Es war ein Donnerstag, fällt ihr ein, mitten in der Woche. Trotz der offenbar weltverändernden Bilder im Fernsehen war sie ins Bett gegangen, schließlich musste sie am nächsten Morgen den Laden aufmachen. Sie hatte nicht darüber nachgedacht, wie es sein würde, sie hatte es sich auch gar nicht vorstellen können. Es stand in der Zeitung, aber es dauerte, bis sie die Tragweite dieses Ereignisses richtig verstand. »Ich war froh, als die Wende kam, ja. Wegen einiger Sachen war ich unglücklich gewesen in der DDR. Wegen dem, was man mir – uns – dort angetan hatte. Auch weil mein Ex-Mann endlich seine Stunde gekommen sah, zu gehen, war ich dann froh. Aber ich hatte auch große Angst. Was hatten die uns nicht alles eingeimpft über den Westen, über den Kapitalismus. Ich hatte mich gerade so schön eingearbeitet in dem Konsum in der Dahlienstraße. Kanntest du den? Ich war da gerade erst richtig angekommen.« Sie sieht zu, wie er sich die Hose anzieht, den Gürtel schließt und zu lächeln versucht. Da ist er wieder, der Leberfleck.

»In der Dahlienstraße? Ich weiß nicht genau.«

»Jedenfalls war das bald nach der Wende vorbei.« Sie muss an ihre zahlreichen erfolglosen Bewerbungen als Verkäuferin denken. Es fehlte ihr die Ausbildung. Mit dem Eintrag, dass sie im Jugendwerkhof eingesessen hatte, war ihr eine Ausbildung zu DDR-Zeiten verwehrt geblieben. Auch danach schien ihr das Stigma einer Verbrecherin anzuhaften. So hatte sie immer nur als Helferin irgendwo arbeiten können. Einmal hatte man sie vertretungsweise im Verkauf eingesetzt, am Ende aber gesagt, sie lächele zu wenig, sei nicht freundlich und zuvorkommend genug. Sie hatte die vielen unbekannten, gierigen Menschen einfach nicht anlächeln können, obwohl sie das Geld, das sie mit einer Vollzeitstelle verdient hätte, sehr gut hätte gebrauchen können. »Das mit dem Konsum war vorbei, vieles andere war vorbei. Das weißt du ja. Na ja, man richtet sich dann so ein, nicht wahr?«

Er hebt die Schultern, wirkt ernüchtert. »Keine Ahnung. Wovor hast du eigentlich Angst, Anni?«

Ihr ist nicht recht klar, was er mit seiner Frage meint, dennoch antwortet sie: »Ich weiß nicht.« Und das Vertrauen, das sie inzwischen zu ihm hat, lässt sie unvermittelt antworten: »Aber ich habe Angst, ja.«

Etwas später kommt Annerose in die Küche hinunter und tritt an die Tür, die nach draußen in den Garten führt. Sita taucht neben ihr auf und lässt sich über den Kopf streicheln.

»Sieh ihn dir nur an«, sagt sie mit Blick auf Jakob, der mit einem Kehrblech durch das schon vor Monaten gefallene Laub im Garten watet. »Ich könnte mich sofort wieder mit ihm hinlegen«, flüstert sie Sita zu. Sich diesem Gedanken hingebend wartet Annerose, bis Jakob wieder an die Gartentür kommt. Einen langen Moment steht er einfach nur da, aufrecht, und schaut anscheinend ins Leere – als sei ihm gerade eben, im Garten seiner Eltern nach den Hinterlassenschaften eines Hundes suchend, bewusst geworden, was sie in der vergangenen Nacht getan haben. Endlich kommt er wieder zu sich.

»Sita hat ganz schön reingehauen.«

»Du hast Hundefutter da?«

»Wir haben improvisiert.« Er zwinkert dem Hund zu. »Ich hatte noch gekochten Reis und Gemüse. Keine Sorge, ich kenne mich aus, wir haben in England auch einen Hund.«

»Danke! Ich hab gar nicht daran gedacht. Was bin ich für eine schlechte Hundesitterin.«

Er lässt sich auf die Sitzbank am Küchentisch fallen. »Anni … Ich … ich schaffe das nicht alleine.«

Da ist es wieder, das leidige Thema. Und diese Schwäche, die nicht zu ihm passen will. Aber nicht nur deshalb wünscht sie, er hätte das nicht gesagt. Müde setzt sie sich zu ihm. Eines weiß sie sicher: Sie kann ihn nicht als Unbeteiligte begleiten, nur um ihm eine Stütze zu sein. Aber ihn als die zu begleiten, der das alles auch widerfahren ist, erscheint ihr unvorstellbar. Ihre Hände greifen nach der Zuckerdose, die in der Mitte des Tisches steht. »Dann tu es nicht, geh nicht hin.«

»Nicht gehen?«

»Ja. Einfach nicht gehen.«

»Anni, ich weiß nicht, was du dir vorstellst – ich mache das doch nicht für mich. Und du sollst das auch nicht für dich machen.« Seine Sätze kosten ihn viel Kraft. »Wir müssen es machen, für ihn. Es ist unsere Pflicht.«

Pflicht – nicht auch noch das. Auch wenn sie den Sinn seiner Worte versteht, kann sie ihn nicht auf sich beziehen. Und sie zweifelt daran, dass er ganz ohne Eigennutz handelt. Er wird die Rechnung, die sie irgendwann für sich aufgemacht hat, nicht verstehen, er rechnet anders und bürdet ihr seine Logik auf.

»Ich habe auch Angst, Anni.«

Vor ihrem inneren Auge sieht sie sich mit Jakob zum Jugendamt gehen, und ihr wird wieder warm, ihre Hände werden zittrig. Haben wir wirklich die gleiche Angst? »Was ist, wenn ...«, beginnt sie, da rutscht ihr die Zuckerdose aus der Hand, und die Zuckerwürfel fallen auf die Wachstuchtischdecke. »Oh, entschuldige. Was ist, wenn sich herausstellt«, sie beginnt, einen Würfel nach dem anderen in die Dose zurückzulegen, »dass er bei Funktionären gelandet ist und heute ganz eigenartig tickt? Was, wenn er von einem schrecklichen Kinderheim ins nächste gekommen, von einer furchtbaren Familie zur nächsten gereicht worden ist und einen ganz schlimmen Hass auf uns entwickelt hat?« Würfel für Würfel landet wieder in der Dose. »Einen Hass auf mich?«

Jakob schweigt.

»Ich habe mich damals von all dem, von dieser Geschichte, abgewandt. Ich habe ihn nie gesucht. So viele Eltern haben gleich nach der Wende nach ihren Kindern gesucht. Wie soll ich diesem Vorwurf standhalten? Ich habe mir einfach immer nur gewünscht, das Ganze wäre nie passiert. Was bin ich für eine Mutter?« Sie schämt sich ihrer Tränen nicht. »Ich habe nur an mich gedacht und dass mein Leben ruiniert ist. Du und Celine, ihr habt ja recht.«

»Du warst vollkommen traumatisiert, Annerose. Niemand, der nicht erlebt hat, was du erlebt hast, kann sich ein Urteil erlauben. Celine nicht, ich nicht, unser Sohn nicht.« Er sieht in den Garten hinaus. »Wir wissen doch gar nicht, ob er uns Vorwürfe machen würde. Vielleicht versteht er uns und sieht ein, dass wir genauso Opfer des Systems waren wie er.«

Den letzten Würfel legt sie behutsam zu den anderen und fragt: »Was, wenn er gestorben ist? Damals schon? Oder eben erst, in dieser Woche?«

Er atmet schwer. »Das ist alles möglich. Ebenso, dass wir nichts erfahren.« Jakob streichelt Sita. »Aber weißt du, was auch möglich ist? Dass er am Leben ist und sich freut.«

»Sich freut?«

»Ja, nach all den Jahren seine leiblichen Eltern kennenlernen zu können.«

Annerose sagt nichts, legt irgendwann den Deckel zurück auf die Zuckerdose. »Ich weiß noch nicht, ob ich dich begleiten kann. Ich fühl mich gerade so erschlagen von all dem.«

Er sieht sie warm an. »Ist schon gut.«

Als Annerose an der Haustür steht, dreht sie sich noch einmal zu Jakob um. Ihre Umarmung möchte sie sich einprägen, noch immer spürt sie seine Körperwärme. Wie sie blickt auch Sita zu Jakob. Annerose muss schmunzeln. »Na komm, meine Kleine.«

Auf dem Weg nach Hause versucht sie sich vorzustellen, es sei Frühling, der Frühling ihrer Jugend, ihre Zeit mit Jakob. Was wäre das gewesen, hätte sie einfach so bei ihm zu Hause sein können und würde nun zu sich spazieren, vielleicht im Hopserlauf. Doch es gelingt ihr nicht. Auch wenn sie sich an noch so viele Momente erinnert, die ihr diese Zeit so gegenwärtig machen, sie kann sich das Bild nicht anders und auch nicht schöner malen. Sie konnte nie zu ihm gehen. Es gab schon so bald keine Leichtfüßigkeit mehr in jener Zeit. Es war unmöglich für sie, Jakob und das Kind.

Schade.

In ihrer Wohnung riecht es eigenartig. Schnell macht Annerose aus, dass es der Blumenstrauß in der Küche ist, den ihr Celine vor mittlerweile vier Wochen geschenkt hat. Die Stängel vergammeln bereits, die Blütenblätter der Tulpen sind alle abgefallen. Allein der Ginster und die Freesien wollen ihre Blüten, auch wenn sie schon etwas welk werden, nicht verlieren. Sie öffnet die Fenster und lässt die frische Luft dieses Winternachmittags herein.

Alle Stühle stehen am Tisch.

Sofort fällt ihr wieder der neue Wandkalender in der Küche auf. Sie erinnert sich daran, dass sie noch vor einer Woche froh war, dass das neue Jahr ohne notizwürdige Ereignisse begonnen hat. Abgesehen davon, dass sie gar nicht in Worte fassen könnte, was dann doch alles geschehen ist, so böte der neue Kalender ohnehin nicht genug Platz. Sie nimmt dennoch einen Stift in die Hand und verzeichnet zum gestrigen Freitag ein ›J‹. Nach kurzem Zögern malt sie noch ein kleines Herz dazu.

Endlich ist der Abend gekommen. Wie sehr brennt sie darauf, Celine alles zu berichten und sie um Rat zu fragen. Zum ersten Mal lässt sie einen Videoanruf auf ihrem Telefon zu, und nach kurzer Zeit erscheint Celines Gesicht auf dem Bildschirm – im Hintergrund sitzt ihr Freund Anders auf einer Couch.

»Anni! Hey, schön, dich zu sehen!«

»Hallo Celine!« Annerose schwenkt das Telefon so, dass

Celine auch Sita sehen kann, die in ihrem Korb liegt, und überlegt währenddessen, wie sie Celine dazu bewegen kann, aus dem Zimmer zu gehen oder Anders hinauszuschicken.

»Sita, meine Süße!«, freut sich Celine. »Schön, dass ihr wieder beisammen seid! Ähm ja, wie du siehst, ist mein Plan aufgegangen.«

»Ja, das kann man sehen. Ich freue mich für euch. Hallo Anders!«

Er winkt in die Kamera. Er wirkt sehr freundlich.

»Du glaubst nicht, wie schön es hier ist! So viele kleine, bunte Häuser. Anders hat mir schon ein bisschen was gezeigt, aber viel Zeit hatten wir dafür noch nicht.« Celine zwinkert überdeutlich.

»Das freut mich für dich, für euch!«

»Oh, Anni. Ich weiß noch gar nicht, ob ich zurückkommen kann.«

Annerose reißt die Augen auf. »Was?«

»Ach, das war doch nur Quatsch, Anni! Aber du hättest dein Gesicht eben sehen sollen.« Dann gibt sie Anders einen Kuss. »Wir wollen nichts überstürzen. Und sag mal, wie war es mit Jakob?«

Annerose kann ein Lächeln nicht unterdrücken. »Er hat mir geholfen, Sita zu suchen, und dann, na ja, haben wir bei Heiko noch etwas getrunken.«

»Anni! Was?« Endlich wendet sie sich ihrem Anders zu, gibt ihm noch einmal einen Kuss und bittet ihn, sie kurz alleine zu lassen. Anders winkt Annerose noch einmal zu und geht aus dem Bild.

»Ich –«

»Nein, warte!«, hält Celine sie auf. »Jetzt lass mich dich mal genau anschauen, halt das Handy mal ein bisschen weiter weg, jetzt mal näher … Anni, Anni! Ihr habt doch wohl nicht …?«

Jetzt muss sie lachen. »Was meinst du denn?«

»Du weißt genau, was ich meine! Na, das ist ja ein Ding.«

»Ja, das ist ein Ding. Das ist wirklich ein Ding … Nach all diesen Jahren.« Und dann erzählt sie ihr von dem Abend und der Nacht in Jakobs Elternhaus, von heute Morgen, der Unterhaltung. »Er wünscht sich, dass ich mit ihm mitgehe, aber ich … du weißt …«

Celine blickt zu Boden. »Ja, ich weiß. Ich glaub, dass er das auch alleine schafft.«

»Wirklich?«

»Natürlich. Aber ich hab schon mal gesagt, dass euer Sohn ein Recht hat, von euch beiden zu erfahren.«

»Ich weiß.«

»Denk einfach noch mal drüber nach. Du, ich muss jetzt wieder. Ich bin aber Montagabend wieder da.«

Und dann verabschieden sie sich, und Annerose ahnt schon, dass sie in der folgenden Nacht kein Auge zumachen wird. Später fragt sie sich, ob sie vergessen hat, Celine zu sagen, dass sie nicht will, dass Jakob wieder nach England geht. Aber nein, vergessen hat sie es nicht. Doch hätte sie den Satz wirklich ausgesprochen, wäre er auf die Realität geprallt und an ihr zerschellt, er wäre umgekippt wie die Zuckerdose.

Annerose füllt Hundefutter in Sitas Napf, wobei ihr einfällt, dass sie selbst seit dem Croissant am Morgen nichts mehr gegessen hat. Sie durchstöbert ihren Vorratsschrank und entscheidet sich für Geschnetzeltes aus der Assiette. Wie schön wäre es, mit Jakob zusammen zu essen. Es wäre nicht nur schön, es wäre sogar möglich! Er ist in der Stadt, seine Eltern sind nicht da, sie hat frei von der Arbeit, und doch bringt sie es nicht fertig, ihn einzuladen. Und auch er meldet sich nicht bei ihr. Sicher sitzt er im Wohnzimmer, geht die Fotoalben durch, sortiert die Dinge, die er mitnehmen will, wenn er das Land wieder verlässt.

Sie muss daran denken, was seinen Eltern bevorsteht. Wenn es bei ihr so weit ist, dass sie nicht mehr alleine leben kann, wird sie vielleicht eine Kiste packen, die man ihr erlauben wird mitzunehmen. Dann wird eine Firma kommen, die sich auf Wohnungsauflösungen spezialisiert hat, und ihre ungeliebten Möbel hinaustragen und all den Plunder, der übrig geblieben ist, auf den Sperrmüll schmeißen. Ihr graut gar nicht vor dieser Vorstellung, alles Materielle erscheint ihr irrelevant.

Das Geschnetzelte schmeckt nicht, nach wenigen Bissen schiebt sie den Teller weg. Früher als sonst geht sie an den Barschrank und findet wider Erwarten noch eine gute Flasche Obstler. Sofort erinnert sie sich an den Alten und öffnet das Fenster, sieht in die Dunkelheit hinaus. Wie gerne würde sie sich jetzt neben ihn setzen und sich sein Gerede anhören, doch sie hat ihn seit jener Nacht vor einem Monat nicht mehr gehört. So schenkt sie nur sich selbst ein Gläschen ein und setzt sich vor das stumm geschaltete Fernsehbild, die Schnauze des Hundes auf ihrem Schoß. »Was machen wir bloß, meine Kleine? Was machen wir?«

Die Welt um sie herum fühlt sich am nächsten Morgen eigenartig an. Dumpf drängt das Geräusch einer anfahrenden Straßenbahn an ihr Ohr, verschmiert wirkt das Sonnenlicht, das sich durch die Wolkenlücken zwängen will. In ihrer Hand spürt sie die Hundeleine, die sie so fest wie möglich hält, dabei macht Sita keine Anstalten, einen anderen Weg einzuschlagen als sie. Wann hat sie das letzte Mal eine ganze Nacht lang nicht geschlafen? Mit jedem Schritt wird das Milchglas durchsichtiger, aber ihre Beine, die sie über die vielen Pflastersteine in die Altstadt tragen sollen, bleiben schwer und wollen ihr den Aufstieg zum Dom verweigern. Sie spürt es, lehnt sich aber dagegen auf. »Komm schon«, sagt sie und schleppt sich schließlich Stufe für Stufe mit dem Tier hinauf.

»Du musst ganz leise sein, hörst du?«

Und Sita folgt, sie schleicht ganz dicht neben Annerose in

die Kirche hinein und blickt sogar ganz ehrfürchtig drein, während sie sich über den kalten Boden führen lässt. Nur ein paar wenige Menschen sind hier, sie sitzen verteilt im Mittelschiff. Sie nimmt auf einer der Holzbänke Platz und versteckt den Hund im Schatten.

Ich bin nicht gekommen, um zu beten, das brauchst du dir nicht einzubilden. Ja, hier ist Annerose, du hast mich lange nicht mehr gehört. Sie kann ihre Gedanken kaum ordnen, aber die harte Rückenlehne zwingt sie, sich zu sammeln.

Der Altar ist für den heutigen Sonntagsgottesdienst geschmückt. *Vierzig Jahre, ja? Und das hier soll endlich die Antwort sein? Dass du mir Jakob zurückbringst, ihn zu mir legst wie eine verbotene Frucht? Wir haben die Prüfung nicht bestanden, ich habe die Prüfung nicht bestanden. Alle verlangen etwas von mir, verlangen dies und verlangen das, und ich, bin ich nicht noch betrunken? Ich bin fertig und denke die ganze Zeit: Es ist zu spät.* Sie wischt sich die Augen.

Sita ist wach und ungewöhnlich still.

Du hast das alles nicht zu verantworten, das muss ich selbst tun – ich weiß das. Aber du hast Celine geschickt, anders kann es nicht sein. Du hast sie geschickt und hast damit alles durcheinandergebracht. Ich hatte nicht mehr vor, an ihn zu denken, und du weißt, warum. Du warst dabei. Du hast gesehen, wie sie ihn mir weggenommen haben, wie sie mich fortgeschickt haben. Wie Mutti mir noch den anderen Arm abgenommen hat, wie sie mir im Schloss noch ein Bein abgenommen haben. Wie mich alle, alle zerteilt haben. Du hast gesehen, wie ich mich später mühsam selbst wieder zusammengeflickt habe.

»Entschuldigen Sie bitte!«

Annerose erschrickt fürchterlich.

»Entschuldigen Sie, aber Sie können doch hier nicht mit einem Hund rein!«

Soll sie sich blind geben? Nein, in einer Kirche will sie nicht lügen. »Entschuldigen Sie, wir sind hier gleich fertig.« Die Dame, die wohl zum Dompersonal gehört, geht wieder weg.

»Jetzt willst du mich hier wieder rausschicken, so ist das also«, flüstert Annerose. »Aber du hast ja recht.« *Ich bin verantwortlich. Du hast damals gesehen, dass ich es wusste. Ich wusste, was passieren kann, wenn ich mit ihm schlafe. Du hast gesehen, dass ich es trotzdem wollte. Ich wollte ein Kind mit ihm. Ein Baby, halb Jakob, halb ich. Und du hast mir diesen Wunsch erfüllt. Ich hab dir gedankt. Es hätte alles so schön werden können. Hast du nicht gewusst, dass wir es nicht behalten dürfen? Du musst es doch gewusst haben!*

Wieder wischt sie sich mit dem Taschentuch die Augen.

»Ich muss Sie jetzt wirklich bitten!«

Und nun willst du es uns zurückgeben, nach vierzig Jahren? Was willst du uns zurückgeben? Welche Nachricht werden wir erhalten?

Die Dame berührt Annerose nun am Arm und lässt nicht locker.

Da faltet Annerose ihre Hände, lässt sich auf das Kniebrett fallen und schließt die Augen. »Bitte mach, dass unser Sohn nicht gestorben ist.«

Die Dame tritt sofort einen Schritt zurück, Sita steht auf.

»Bitte lass ihn ein gutes Leben haben. Er hat keine Schuld.« Sie müsste sich die Nase putzen, kann und will ihre Hände aber nicht wieder auffalten. So schnieft sie auch noch: »Und vergib mir meine Schuld.« Dann bekreuzigt sie sich und öffnet wieder ihre Augen.

Die Knie tun ihr weh und die Sonne blendet sie, als sie die Stufen zum Marktplatz hinuntergeht. Fast meint Annerose, der Weg hinunter sei schwerer als der hinauf. Sie will nur noch schlafen, auch wenn sie befürchtet, dass es ein quälender Schlaf voll wirrer Träume werden würde.

»Anni!«

Auch er hat nicht geschlafen, das sieht sie sofort.

»Jakob, ich kann nicht mehr«, sagt sie und fällt weinend in seine Arme.

»Du bist ja völlig fertig. Komm erst mal rein.« Wieder

kümmert er sich um sie, tröstet sie und rechnet überhaupt nicht damit, dass sie ihm gleich sagen wird, dass sie es gewollt hat damals, dass sie das Kind wirklich gewollt hat. Und noch weitere Wahrheiten brechen aus ihr heraus, unter Tränen und stoßweise erzählt sie Jakob von ihrer sogar vor sich selbst verheimlichten, tief vergrabenen Freude über die Schwangerschaft und die Geburt des Kindes. Als er sie in das Bett in seinem Jugendzimmer legt, lässt sie ihn auch von ihrem Zwiegespräch im Dom wissen und von ihrer Hoffnung, dass es dem Sohn gut gehe.

Dann sitzt Jakob wieder bei ihr, wieder wie an einem Krankenbett. Sie sagt nur: »Ich bin so unendlich müde.« Der Geruch im Zimmer kommt ihr gar nicht mehr muffig vor.

Und dann ist ihr Schlaf tatsächlich traumlos, ihr Körper liegt einfach nur da und kann wieder zu sich kommen.

Irgendwann dringen Stimmen an ihr Ohr. Draußen ist es schon wieder dunkel, das verrät der kleine Spalt zwischen den Vorhängen am Fenster. Es ist Jakobs Stimme, die sie sogleich beruhigt. Zumindest im ersten Augenblick, denn er macht einen aufgeregten Eindruck – ganz so, als diskutiere er mit jemandem. Schimpft er nur den Hund, der etwas umgestoßen hat? Als sein lautes Sprechen anhält, setzt sie sich auf und geht dann zur Zimmertür, um besser hören zu können. Erst als sie sie öffnet, kann sie seine Worte deutlich verstehen.

»Habt ihr auch nur die geringste Ahnung, was das mit ihr gemacht hat? Was das alles nach sich gezogen hat?«

»Jetzt stell uns doch nicht an den Pranger! Wir haben das doch nicht entschieden!«

Anneroses Körper gerät sofort in eine Art Schockstarre. Jakobs Eltern sind im Haus! *Wie lange hab ich denn nur geschlafen? Und warum streiten sie sich?*

»Ihr habt davon gewusst! Wenn Vater nicht langsam seinen Verstand verlieren würde und es ihm eben nicht rausgerutscht wäre, hätte ich nie erfahren, was ihr die ganze Zeit über gewusst habt.«

»Junge, du redest hier mit deinen Eltern!«

»Schöne Eltern hab ich da!«

Es klatscht laut. Annerose zuckt zusammen. Hat Jakob eine Ohrfeige bekommen? Ihrer Hoffnung, dass es sich um einen Traum handeln könnte, stehen zu viele zu real wirkende Eindrücke entgegen. Der Türrahmen, an den sie sich drückt, ist einfach zu hart, die Luft zu muffig.

»Was hättest du schon davon gehabt, das zu wissen? Wir wollten doch nur, dass du endlich wieder zur Besinnung kommst!«, ruft seine Mutter.

»Ich habe Annerose geliebt!«

Ihre Fingernägel wollen ins Holz eindringen, doch der alte Lack ist zu hart. Sie fühlt Glück und Unglück zugleich, sie fühlt sich auf eigenartige Weise ertappt, unten können sie vermutlich längst ihren Herzschlag hören.

»Liebe ... Was weiß man mit sechzehn schon von Liebe!«

»Die Liebe ... ach ja, die Liebe!«, singt der Vater.

Jetzt fasst sich Annerose, liest – bei offener Tür – ihre Kleidung auf und zieht sich an. Was ist Jakobs Vater herausgerutscht? Was haben seine Eltern die ganze Zeit über gewusst? Sie versteht nicht, warum ihre Anwesenheit einen solchen Aufruhr verursacht. Fürchten sie, dass er seine Frau wegen ihr verlässt? Annerose will hinuntergehen und sich ihnen vorstellen – sie will Jakobs Eltern beruhigen und ihnen sagen, dass sie nichts zu befürchten haben. Und dann will sie dieses Haus für immer verlassen.

»Ihr habt nicht die geringste Ahnung, was sie durchgemacht hat! Habt ihr ... könnt ihr euch nur annähernd vorstellen, wie ...«

»Das musst du nicht uns erzählen, sondern ihrer Mutter! Die hat den Ausreiseantrag für sich und ihre Tochter gestellt – nicht wir.«

Das Wort Ausreiseantrag gerät sofort wie ein Pfropfen in Anneroses Luftröhre, sie muss husten und versucht, wieder Luft zu bekommen.

»Nein, natürlich nicht ihr! Ihr würdet ja am liebsten heute noch in der DDR leben! Ich bin so froh, dass alles so gekommen ist, vor allem, dass ich so weit von euch wegziehen konnte.«

Nach wenigen Sekunden bekommt Annerose wieder Luft, muss sich aber noch an den Türrahmen stützen. Ein Teil von ihr würde am liebsten durch das Fenster hinunter in den Garten steigen und alles Gehörte vergessen, doch ein stärkerer Teil will die zu den Stimmen gehörenden Gesichter sehen, endlich einmal Jakobs Eltern gegenüberstehen.

»Wer kommt da?«, hört sie die ältere Männerstimme fragen, als sie die knarzenden Treppenstufen hinuntergeht.

»Das hab ich dir doch vorhin schon gesagt«, antwortet Jakob. »Annerose. Annerose hat hier geschlafen.«

»Annerose? Aaah ... ist das meine Geliebte?«, fragt Jakobs Vater.

Als Annerose unten in der Küche ankommt, ist es totenstill.

Jakob ist unrasiert, sieht zerzaust, gleichzeitig aufgeregt und erschöpft aus, wie übernächtigt. Er stellt ihr seine Eltern nicht vor.

»Frau Mai, Herr Mai«, sagt Annerose, ohne der alten, dünnen Frau und dem augenscheinlich gebrechlichen, auf der Bank sitzenden Mann, der kaum aufsehen kann, die Hand zu geben. Sie sehen viel unscheinbarer und kleiner aus, als sie sie sich immer vorgestellt hat. Sie greift nach der Hundeleine, die über der Stuhllehne hängt.

»Ihr Hund ist in unserem Garten«, erklärt Frau Mai in so abschätzigem Ton, als handele es sich bei Sita um einen Parasiten und bei Annerose um eine Bedienstete.

Jakob legt seine Hand auf ihre Schulter, sie kann die Wärme durch ihren Pullover spüren. »Hat meine Mutter wirklich einen Ausreiseantrag gestellt?«

»Anni.«

»Fragen Sie Ihre Mutter«, antwortet Frau Mai schnippisch.

»Tote können nicht mehr sprechen«, antwortet sie und fügt dann an: »Ich glaube nicht, dass das stimmt. Meine Mutter hat gern in der DDR gelebt.«

»Sind Sie sicher? Offenbar wusste sie die Lebensqualität in unserem Arbeiter- und Bauernstaat gar nicht zu schätzen.«

»Sie müssen sich irren.«

In fast spöttischem Ton antwortet Frau Mai: »Mein Mann hat den Antrag damals selbst gesehen – kein Zweifel!« und wendet sich dann ihrem Sohn zu. »Aber er hat ihn nur gesehen! Ansonsten hatte er – hatten wir – nichts weiter damit zu tun.«

»Ich könnte kotzen!«, ruft Jakob. Sein Vater sitzt wie geistesabwesend da und blickt vor sich hin.

»Ich verbitte mir, dass du so mit uns redest! Junge, was hättest du mit dieser Information denn schon anfangen können!«

»Das hättet ihr schon mir überlassen können! Stattdessen habt ihr einfach zugesehen, wie die Hildebrandts schikaniert wurden!«

»Schikaniert? Pah! Der Frau Hildebrandt war nicht daran gelegen, ihre Tochter zu einer aktiven Erbauerin des Sozialismus zu erziehen. Denn sie war's ja selbst nicht. Die wollten rübermachen!«

Annerose zieht sich mit zittrigen Händen ihren Mantel an. »Ich wollte das nicht! Ich wusste noch gar nicht, was ich wollte! Ich hatte ja nicht die geringste Ahnung, dass ich in einem System gelebt habe, in dem all das möglich war, was man uns dann angetan hat.«

»Wir haben nichts getan!«, sagt Frau Mai mit Nachdruck

und geht zur Tür, die in den Garten führt, um mit Abscheu nach draußen zu sehen.

»Ihr habt wirklich nichts getan«, entfährt es Jakob. »Ihr habt – spätestens, als ich euch erzählte, dass Anni nicht mehr zur Schule kam – von dem Unrecht gewusst. Ihr konntet doch eins und eins zusammenzählen.«

»Wie oft sollen wir es dir noch erklären? Wir wollten nur das Beste für dich.«

»Ich hätte jetzt gerne meinen Hund zurück.« Als sie kurz zu Jakobs Vater sieht, formt sich in ihr eine Vorstellung davon, wie er einmal ausgesehen haben mag. Ihr kommt plötzlich das Bild der grau in grau gekleideten Männer in den Sinn, über das die dummen Puten von der Arbeit gelacht und sich gefragt hatten, ob diese Männer hinter jeder Ecke gestanden und heimlich Notizen gemacht hatten.

Frau Mai geht einen Schritt zur Seite und öffnet die Tür, um sie hinter Annerose rasch wieder zu schließen.

»Anni, warte! Ich komme mit dir! Ich hole nur noch meine Tasche.«

Annerose legt Sita die Leine an und versucht, sich im Dunkel des Gartens zu orientieren. Jakob steht vor ihr, sein Herz schlägt schnell, sie kann es ihm ansehen. Er fährt sich mit der Hand durch die wirren Haare.

»Nein, Jakob. Ich …« Und dann lehnt sie ihren Kopf – noch ein letztes Mal – gegen seine Brust und versucht, sich selbst davon zu überzeugen, das Richtige zu tun. »Ich muss jetzt allein sein.«

»Ich kann mit denen heute Nacht nicht unter einem Dach schlafen.«

»Das versteh ich.« Sie sieht ihn nicht an, um seine Enttäuschung nicht sehen zu müssen. Sie versucht, sich die Berührung einzuprägen, als er ihr über den Rücken streichelt.

Dann verlässt sie das Grundstück.

Zimmer 0.04

Zu Hause angekommen, setzt sich Annerose in die Mitte des Wohnzimmers. Obwohl die Heizung aufgedreht ist, bleibt es kalt. Es ist ihr egal, auch das Licht hat sie nicht angemacht. Alles, was bleibt in der kalten Dunkelheit, an diesem ewigen Sonntag, ist die Frage: Was wäre gewesen, wenn …?

Wenn sie keine neue Vorgesetzte bekommen hätte? Oder eine, die sich nicht weiter mit den Regalauffüllern abgegeben und kein Wort mehr gesprochen hätte als nötig? Die Annerose in Ruhe gelassen und nicht überredet hätte, mit zur Weihnachtsfeier zu kommen?

Wenn sie mit ihrem Fertigessen vor dem Fernseher gesessen hätte, während die Kollegen den Anlass nutzen, sich mal wieder einen hinter die Binde zu kippen?

Wenn sie sich über den draußen herumkrakeelenden Alten zwar aufgeregt, sich dann aber wieder ins Bett gelegt hätte?

Wenn sie weiterhin nachts immer wieder aufstehen würde, sich einen Schnaps einschenken und eine Zigarette anstecken würde, aber ohne zu wissen warum?

Sie schüttelt den Kopf.

Es bleibt die Gewissheit, dass eine kleine Änderung im immer gleichen Ablauf alles verändern kann.

Wahr ist: eine Berührung an der Schulter von einer Wildfremden auf der Arbeit; nur wenig später im Bett der Jugendliebe aufwachen, in dem man den halben Tag verschlafen hat; erfahren, dass die eigene Mutter einen Ausreiseantrag gestellt hat und deshalb das gesamte weitere Leben so gelaufen ist, wie es gelaufen ist. Wütend sein auf eine Frau, die nicht mehr lebt. Bis zur Ohnmacht wütend sein auf ein

System, das gar nicht mehr besteht und noch immer solche Schatten wirft.

Eine alte Kerze brennt, der Hund schläft in seinem Korb an der immer leeren Wand. Annerose stellt zwei Gläschen auf den Tisch und schenkt ein. Einen Moment lang zögert sie, laut zu sprechen, aber sie überwindet sich.

»Mutti. Wie konntest du mir das verheimlichen? Du hättest es doch sagen können, als wir eben vom Arzt wieder nach Hause kamen. Oder als ich den ganzen Sommer über zu Hause war.« Sie trinkt einen der Schnäpse. »Du hättest doch sagen können: ›Anni, ich will hier weg!‹ Mutti, ich habe nichts geahnt! Hast du das die ganze Zeit im Kopf gehabt, dass wir abhauen sollen? Wie konntest du das für dich behalten? Hast du ernsthaft geglaubt, dass sie uns gehen lassen? Wann hast du mir das denn sagen wollen? Auf dem Weg nach drüben?« Annerose schnappt nach Luft. »Und sag mal, hab ich wirklich alles schlimmer gemacht mit dem Kind? Hab ich dir einen Strich durch die Rechnung gemacht?« Sie schenkt sich einen Schnaps nach, lässt das Glas ihrer Mutter unberührt. »Oder hast du den Ausreiseantrag erst gestellt, nachdem wir vom Arzt zurückgekommen waren? Mutti, hast du gewollt, dass wir woanders neu anfangen? Hast du mich und das Kleine schützen wollen?« Sie ärgert sich, dass sie nicht nachgefragt hat, wann genau der Antrag gestellt worden war. Jakobs seniler Vater hätte es aber vermutlich ohnehin nicht mehr sagen können. »Und es ist auch egal. Es ist egal.«

Annerose steht auf und setzt sich auf den Stuhl gegenüber, ihr Blick fällt auch von hier auf das Kerzenlicht. »Es ist egal. Die haben uns nicht gehen lassen und hätten uns auch nie gehen lassen. Hatten sie vorgeschlagen, dass wir das Kind behalten dürften, wenn wir den Ausreiseantrag zurückziehen?« Sie kippt den Schnaps hinunter. »Oder hatten sie ihn schon längst abgelehnt?«

Sie drückt ihre Augen zu, denn sie will weinen, doch es kommt einfach keine Träne. »Mutti. Vielleicht hast du die Adoptionspapiere unterschrieben in der Hoffnung, wir beide dürften dann ausreisen. Vielleicht haben sie dich aber auch gezwungen, für dich den Stift geführt? So oder so, du hast unterschrieben. Und mich haben sie weggebracht. Und als ich wiederkam, wollte ich kaum noch mit dir reden. Mutti, ich wollte nicht mehr, du hattest mir zu sehr wehgetan. Ich hab mich zu Durs gerettet, hab zumindest gedacht, ich hätte mich gerettet.«

Wieder setzt sie sich auf den Platz gegenüber, schenkt nach. »Und dann war ich noch mal bei dir, in diesem Heim, wo du schon gar nicht mehr richtig du selbst warst. Vielleicht bist auch du in diesem Land geblieben, das es heute nicht mehr gibt, Mutti. Warum hast du mir denn nicht mal da gesagt, dass du einen Ausreiseantrag gestellt hast? – Du hast recht, was hätte das gebracht? Es hätte nichts gebracht. Es ist auch egal, wann du den Antrag gestellt hast. Ob du ihn jemals zurückgezogen hast. Es ist nicht zu ändern.«

Und dann kann sie doch endlich weinen und lächelt dabei sogar, denkt an ihre Mutter und daran, wie es gewesen wäre, hätten sie wirklich frei leben können.

Annerose hat nicht die geringste Ahnung, wie spät es ist. »Bist du noch wach?«

»Ja, bin ich, Anni. Kann ich doch zu dir kommen?«

»Nein. Jakob, wir haben uns hinreißen lassen.«

»Ich würde dich so gerne sehen.«

Sie beißt sich auf die Lippen und tippt: »Du willst vor allem weg von deinen Eltern«, aber dann löscht sie den Satz wieder. »Jakob, wann ist morgen der Termin? Kannst du mich abholen?«

Der Morgen erscheint ihr dann wie ein später Abend – von Minute zu Minute ist ihr anders, kalt, heiß, müde, wach. Im Morgengrauen war sie mit Sita und ihren Gedanken noch einmal spazieren, nun liegt die Hündin zufrieden da.

Zumindest Jakob scheint etwas geschlafen zu haben. Er sieht zwar freundlich zu ihr herüber, aber es ist klar, dass etwas kaputtgegangen ist.

»Bist du nervös?«

Annerose seufzt. »Ich laufe die ganze Zeit wie auf Scherben.«

Jakob fährt quer durch die ganze Stadt und sagt nichts mehr, bis sie im Parkhaus des Amts ankommen. »Dann wollen wir mal.«

Sie folgt ihm und versucht sich vorzustellen, das alles hier ginge sie nichts an, sie begleite ihn nur, um ihn zu unterstützen – in der Hoffnung, dass sie das ein wenig beruhigt.

Annerose folgt Jakob durch endlose, labyrinthische Gänge. Mehrfach laufen sie trotz der Wegweiser in die falsche Richtung. Alles in diesem riesigen Gebäudekomplex sieht gleich aus, hellgrau gestrichene, versiegelte Wände, versiegelter Linoleumboden wie in einem Krankenhaus. Warum hat der Mensch etwas geschaffen, das so kalt und glatt ist?

Jakob fragt einen älteren Mann, der mit einem Stapel Akten an ihnen vorbeigeht, wo sich das gesuchte Zimmer befindet. Der Mann dreht sich halb im Gehen um. Er trägt eine Hornbrille und ein verblichenes Karohemd. Annerose schaudert es. Nur widerwillig und ungenau gibt er ihnen Auskunft: »Irgendwo da hinten.« Seine Stimme ist blechern, sein Blick bleibt kurz an Annerose haften. »Einfach immer den Schildern folgen!«

Annerose ist froh, als der Mann weitergeht. »Jakob, der Mann eben, der sah aus … Also ich hab das Gefühl, dass der damals dabei war, als ich zu Hause abgeholt wurde.«

»Aber Anni, das kann nicht sein. Das ist über vierzig Jahre her!« Jakob zieht sie weiter.

»Und wenn der damals gerade erst angefangen hat?«

Er hält an und schaut ihr in die Augen. »Wenn er wirklich einer von denen ist, die dich damals abgeholt haben, würde ich ihm gern eine reinhauen! Soll ich?«

Annerose muss lächeln. »Ich meine, was ist, wenn wir jetzt an jemanden geraten, der damals da mitgemacht hat? Der noch immer auf deren Seite steht?«

»Die Wahrscheinlichkeit ist doch sehr gering. Es wird schon gutgehen!«

Das Zimmer 0.04 ist hell und nichtssagend eingerichtet, wahrscheinlich exakt wie Zimmer 0.01, 0.02 und 0.03. Die einsam auf dem Kunststofffensterbrett stehende Orchidee kann nur ein Geburtstagsgeschenk gewesen sein – etwas anderes lässt sich beim Anblick des Mitarbeiters und des Zimmers nicht vorstellen. Annerose hatte mit einer Frau gerechnet, vielleicht darauf gehofft. Der Mitarbeiter ist jung, kann also unmöglich damals bei der Jugendhilfe gearbeitet haben und sitzt hinter einem großen Schreibtisch. Sein Haar ist streng nach hinten gekämmt, sein Gesicht bartlos. Er trägt eine eckige Brille, sein Blick ist unstet.

Annerose bittet Jakob, sich auf den Stuhl am Fenster zu setzen, um selbst links neben ihm bei der Tür Platz nehmen zu können.

»Guten Tag. Ich werde zu Beginn unseres Gesprächs erst einmal Ihre Personalien notieren«, sagt der Mann in sachlichem Ton.

»Danke, dass Sie uns so schnell einen Termin verschaffen konnten. Mein Name ist Jakob Mai, ich habe die Anfrage gestellt. Ich bin der Kindsvater.« Er schiebt ihm seinen Personalausweis hin.

»Und wer ist Ihre Begleiterin?«

»Annerose Pölzl.«

Der Mitarbeiter notiert zunächst die Namen und sieht dann beide fragend an.

»Sie ist die Mutter.«

Mit unruhiger Hand reicht sie ihm ebenfalls ihren Ausweis. »Geborene Hildebrandt, geboren am 7. Dezember 1963.«

Er macht eine weitere Notiz. Es ist für einen Moment sehr still im Zimmer, alle schauen auf das Papier, auf das der junge Mann schreibt. Mit einem Mal durchfährt Annerose eine in diesem Moment völlig unpassende Rührung. Es sind ihre Namen, die zwar auf dem Kopf stehen, aber eben dort, nebeneinander auf dem Papier hingeschrieben wurden. Zum ersten Mal wurden sie – Annerose und Jakob – bei einer offiziellen Stelle zusammen dokumentiert. Ihre Lippen würden sich am liebsten öffnen, um einen Schrei der Freude auszustoßen, zum ersten Mal wird ihre Elternschaft greifbar.

»Herr Mai, Sie haben – mit Verweis auf den Namen Hildebrandt – eine Anfrage bezüglich eines Kindes gestellt, das im Oktober 1980, kurz nach seiner Geburt, hier in der Stadt zur Adoption freigegeben wurde.

»*Freigegeben* wurde – das klingt nett.«

»Anni, ist schon gut.« Jakob legt seine Hand auf ihre und nickt dem Mann zu.

»Es ist gut, dass Frau Pölzl, geborene Hildebrandt, ebenfalls anwesend ist, denn sonst dürfte ich Ihnen keine Auskünfte erteilen. Ihr Name ist in der Akte an keiner Stelle vermerkt.«

Obwohl nichts anderes zu erwarten war, sehen sich die beiden betroffen an. Jakob alleine hätte also nicht das Geringste erfahren. Aber offenbar *gibt* es Auskünfte, die der Mann erteilen kann.

»Wir haben eine Akte im Archiv gefunden.«

Annerose hält kurz den Atem an und spürt, dass Jakob es auch tut. Ist es diese Akte in einem altrosa Hefter, die der

Mann da vor sich liegen hat? Steht darin geschrieben, was mit ihrem gemeinsamen Sohn geschehen ist?

»Aber leider können wir Ihnen keine Einsicht in besagte Akte gewähren.«

»Damit haben wir schon gerech–«

»Junger Mann«, unterbricht Annerose ihn, denn sie befürchtet plötzlich, dass Jakob zu schwach auftreten und ihr Interesse nicht nachdrücklich genug durchsetzen wird. Sie holt tief Luft. »Bevor Sie hier eine Entscheidung fällen, darf ich Ihnen kurz etwas erzählen?«

»Frau Pölzl, es geht hier gar nicht darum, eine Entscheidung zu fällen.«

Sie hebt den Finger. »Ganz kurz nur.« Und nachdem der Mann genickt hat, fährt sie fort: »Junger Mann, wir waren damals sechzehn Jahre alt, ich weiß nicht, ob darüber etwas in der Akte steht. Ich war also noch nicht mündig, als ich schwanger war. Man hat mich aus der Schule herausgenommen. Ich war dann zur Geburt in dieser Frauenklinik da oben an der Universität. Man hat es mir auch da nicht leicht gemacht – das können Sie mir glauben. Ich habe unter größten Schmerzen diesen kleinen Jungen geboren. Sie haben mir dann das Kind, das ich acht Monate in mir getragen habe, einfach weggenommen. Sie ahnen nicht, welches Leid das ausgelöst hat. Die Unterschrift, die dafür nötig war, habe nicht ich geleistet!«

»Das hat ihr damaliger, gesetzlicher Vormund getan – das Dokument liegt uns in Kopie vor.«

»Ja. Ich wurde gar nicht gefragt.« Annerose steht von ihrem Stuhl auf. »Meiner Mutter wurde die Unterschrift höchstwahrscheinlich auch nur abgepresst, weil sie einen Ausreiseantrag gestellt hatte, wie ich jetzt erst erfahren habe. Ich möchte, dass Sie sich das klarmachen.«

»Frau Pölzl, es ist mir durchaus klar, dass es damals solche Fälle –«

»Solche Fälle? Hören Sie, ich bin danach sogar inhaftiert worden, hab auf einem Jugendwerkhof eingesessen – mein Leben war die Hölle!«

»Anni!« Wieder versucht Jakob, sie zu beruhigen.

»Das war ein Verbrechen! Ein Verbrechen, verstehen Sie das? Alles ist völlig willkürlich passiert.«

»Ich verstehe Ihre Position durchaus.« Der junge Mann zieht die Augenbrauen hoch. Er weicht von seinem Standpunkt nicht ab. Die Akte vor ihm bleibt unberührt. Er öffnet sie nicht.

»Nein, ich glaube, Sie verstehen das nicht. Wie könnten Sie das auch verstehen?« Sie wischt Jakobs Hand von ihrem Arm. Sie will sich nicht wieder setzen. »Sie selbst waren damals doch noch Quark im Schaufenster!« Der junge Mann schaut entrüstet, aber Annerose kann sich nicht bremsen.

»Frau Pölzl, von Willkür kann aus Sicht der damaligen Entscheidungsträger in der Weise nicht gesprochen werden, als ihre Mutter ja nach dem Paragrafen 249 StGB der DDR als verurteilt galt.«

»Meine Mutter wurde verurteilt? Paragraf 249? Nach diesem Asozialen-Paragrafen? Wie bitte? Wann?«

»Darüber gibt die Akte, die uns vorliegt, keine Auskunft. Zum Zeitpunkt der Adoptionsfreigabe lagen Frau Hildebrandts Verurteilung und ihre Unterschrift vor. Der Entscheidung wurde auf dieser Grundlage Folge geleistet.«

»Hören Sie«, schaltet sich nun Jakob ein. »Paragraf 249? Im Ernst? Diese Begründung kann nur an den Haaren herbeigezogen sein. Ich kannte die Familie. Frau Pölzls Mutter war alleinstehend und hat gearbeitet, sie hat alles Menschenmögliche für ihre Tochter getan. Das waren keine Asozialen!«

»Das ist doch alles nur passiert, weil meine Mutter einen Ausreiseantrag gestellt hat! Und dann die sechzehnjährige Tochter, die ein Kind bekommt, die damit eine Gefahr für die öffentliche Ordnung darstellt. Das hat denen doch alles in die Hände gespielt. Durch diesen Gummi-Paragrafen 249 konnten die alles machen, was sie wollten! So muss es gewesen sein!«

»Das kann ich nicht beurteilen, das entzieht sich –«

»Ganz richtig, Sie waren nämlich noch gar nicht auf der Welt damals. Es *war* Unrecht, was da passiert ist, was uns passiert ist! Bitte lassen Sie uns die Akte lesen, wir wollen endlich erfahren, was mit unserem Sohn passiert ist.« Annerose setzt sich wieder, ihre Finger bohren sich in die Armlehnen. Sie kann nichts dagegen tun.

»Frau Pölzl, Herr Mai, persönlich stimme ich Ihnen absolut zu. Es war Unrecht, was da geschehen ist. Nur leider wurde das im Einigungsvertrag von 1990 nicht in dieser Weise anerkannt. Die Entscheidungen der Gerichte und Verwaltungen der DDR galten fort. Weiterhin – das betrifft das Kind – gelten, jetzt benutze ich mal diesen Terminus, ›Zwangsadoptierte‹ bis heute nicht als Opfer der DDR-Diktatur.«

»Das ist doch nicht zu fassen!«, ruft Annerose. »Hören Sie sich reden?«

»Annerose, er hat das doch nicht entschieden.«

»Bis 1993 hatten Sie die Möglichkeit, Ihren Fall überprüfen und gegebenenfalls aufheben zu lassen.«

»Bis 1993? Gegebenenfalls?« Annerose kocht vor Wut. Sie hält ihm entgegen, was sie darüber gehört und gelesen hat; dass Akten vernichtet wurden und dass nach der Wende für die Bearbeitung mitunter Leute zuständig waren, die sich schon zu DDR-Zeiten darum ›verdient‹ gemacht hatten. Aber es nützt nichts. Der junge Mann sieht sie mit großen Augen an. Er ist nicht nur von seinem Alter her ganz weit entfernt von dem, worum es hier geht. Fakt ist, sie hat es damals nicht versucht. Wahrscheinlich hätte ihr in diesen drei Jahren bis 1993 ein genauso korrekter Mitarbeiter wie dieser hier gegenübergesessen und die Adoption einfach rückgängig gemacht. Sie hat ihre Chance versäumt. Annerose muss daran denken, dass ihr damals überhaupt nicht in den Sinn gekommen war, Informationen einzuholen. Sie hatte nur abschließen wollen mit diesem Kapitel ihres Lebens. Sie hatte versucht, zur Ruhe zu kommen, den Schmerz zu vergessen, den Verlust nicht mehr zu spüren. Und sie begreift, dass ihr Leben genau damals begann so zu werden, wie es heute ist.

Der junge Mann faltet seine Hände über der Akte in Altrosa. »Sie haben von dieser Möglichkeit offenbar keinen Gebrauch gemacht. Darf ich bezüglich der Verurteilung Ihrer Mutter auf der Grundlage des Paragrafen 249 StGB der DDR fragen, ob Ihre Mutter einen Antrag auf Rehabilitierung gestellt hat? Wie lange war sie inhaftiert?«

Annerose weiß nicht, wie ihr geschieht, sie weiß nichts davon, dass ihre Mutter inhaftiert war – möglich wäre es schon, vielleicht als sie selbst auf den Jugendwerkhof kam? Was der Mann nur von ihr denken muss, dass sie das nicht weiß, dass sie sich nie engagiert hat. Wie könnte sie ihm nur all das verständlich machen, was nicht in die Muster von Paragrafen, in die Felder von Formularen hineinpasst? Annerose schüttelt wieder den Kopf. »Ich weiß es nicht. Meine Mutter ist tot.«

»Das tut mir leid.«

»Wie Sie verstehen werden, benötigt jeder Mensch unterschiedlich viel Zeit, um etwas aufzuarbeiten. Frau Pölzl und ich sind eben erst jetzt hier. Aber wir sind hier. Für unseren Sohn.«

Annerose gefallen die Worte, die Jakob gewählt hat, und sie sieht den Beamten mit großer Hoffnung an.

»Wie gesagt, ich verstehe Sie beide sehr gut und würde Ihnen auch gerne helfen. Aber die von Ihnen gewünschten Auskünfte zum Zweck eines möglichen Adoptionsaufhebungsverfahrens –«

»Aber es geht uns doch gar nicht um eine Auf...he...bung«, stottert Annerose, »wir wollen nur wissen –«

»Auch ohne diesen Zweck können von unserer Seite – zum

heutigen Zeitpunkt – die gewünschten Auskünfte nicht erteilt werden. Die gesetzlichen Grundlagen hierfür sind noch nicht geschaffen.«

Anneroses Gesicht ist puterrot, aber es ist ihr egal. Am liebsten würde sie dem Mann die Akte entreißen und damit aus dem Amt laufen. »Was sind Sie nur für ein bornierter –«

»Annerose! Jetzt halte dich zurück! Entschuldigen Sie bitte.« Jakob bemüht sich, einen sanften Ton anzuschlagen. »Sie sagten: Die gesetzlichen Grundlagen hierfür seien *noch* nicht geschaffen?«

»Richtig. Es wurde bereits von einem der neuen Länder ein Gesetzesentwurf angeregt, der darauf ausgerichtet ist, dass Bürgerinnen und Bürger wie Ihr Kind, aber auch Sie beide, das Recht auf Auskünfte und Akteneinsicht erhalten.«

»Ja und?«

»Leider hat der Gesetzesentwurf im Bundesrat zunächst keine Mehrheit gefunden. Es gibt aber auch immer wieder Petitionen von Initiativen engagierter Eltern, denen Ähnliches widerfahren ist. Es besteht also durchaus die Möglichkeit, dass irgendwann –«

»Irgendwann?« Annerose hat größte Mühe, ihren Ton zu mäßigen. Schon reißt sie sich wieder zusammen. »Wann … wann wird es dieses Gesetz geben? Wann bekommen wir unser Recht?«

»Das kann ich Ihnen vor dem Hintergrund dessen, was ich Ihnen gerade erläutert habe, zum jetzigen Zeitpunkt nicht sagen.«

Sie drückt sich den Handrücken gegen die Stirn.

»Danke für die Auskunft«, sagt Jakob und nickt mit einem freundlichen Lächeln. »Ich möchte Sie trotzdem inständig bitten, uns wenigstens mitzuteilen, ob unser Sohn lebt.«

Nachdem der junge Mann nicht gleich etwas sagt, sondern anscheinend überlegt, schiebt Annerose nach: »Bitte entschuldigen Sie, wenn ich … ich bin einfach so aufgebracht.

Niemand kann sich vorstellen, wie das damals alles war und was das für ein Gefühl ist, vor Ihnen zu sitzen, der die Akte da vor sich hat und sie nicht öffnen ... kann.«

Der junge Mann atmet tief durch. »Das ist nicht die Akte zu Ihrem Fall.«

»Nein?«

»Nein. Und ich verstehe Sie gut. Aber ich darf Ihnen keine Informationen weitergeben.« Dann stockt er, als ob er noch etwas sagen will. Annerose und Jakob halten die Luft an. »Hören Sie ... ich glaube nicht, dass ich meine Befugnisse überschreite, wenn ich Ihnen mitteile, dass ...«

»Was?«

»... dass es schon einmal eine Anfrage zu dem Fall gegeben hat. Von wem, darf ich Ihnen aus Datenschutzgründen nicht mitteilen.«

»Von ... unserem Sohn?«, fragt Jakob sekundenschnell.

»Wie gesagt, ich darf Ihnen nichts mitteilen. Die Anfrage erfolgte allerdings schon vor zwölf Jahren.«

»Vor zwölf Jahren ... hat unser Sohn hier angefragt? Sich nach uns erkundigt?«

Als der Mitarbeiter nichts antwortet, die beiden aber wortlos anschaut, laufen Jakob Tränen über die Wange.

»Mehr darf ich Ihnen nicht sagen.«

Wie gern würde Annerose wissen, wie ihr Sohn heißt, welchen Namen er – von wem auch immer – erhalten hat. »Seine Anfrage ist also in die Akte eingegangen. Geht unsere heutige Anfrage ebenfalls dort ein?«

»Die Akte ist geschlossen.«

»Aber Sie wussten doch, dass er hier war.«

»Es wird sicher ein Vermerk gemacht, Anni«, sagt Jakob und wischt sich die Tränen vom Gesicht.

Der junge Mann schließt den oberen Knopf seines Jacketts, er will den beiden damit wohl klarmachen, dass das Gespräch beendet ist.

»Wir werden warten, bis es das Gesetz gibt. Aber das wird wohl noch lange dauern.«

Der Mann hebt die Augenbrauen.

»Sie haben uns sehr geholfen. Ich habe 1980 seine ersten Schreie gehört und dann nie wieder etwas. Heute habe ich erfahren, dass er nach mir und Jakob gefragt hat. Ich bin Ihnen sehr dankbar. Ich möchte Sie nur noch um eines bitten.«

»Frau Pölzl.« Er richtet sich in seinem Stuhl auf, als wolle er aufstehen.

»Wir würden ihm gerne eine Notiz hinterlassen, auf dem unsere Adressen stehen. Nur für den Fall, dass er noch einmal anfragt. Nur eine kleine Notiz!«

Der Mann lässt Luft durch seine leicht geöffneten Lippen, es klingt fast wie ein Pfeifen. Erst öffnet er wieder den obersten Knopf seines Jacketts, dann nickt er leicht.

Aufgeregt fingert Jakob nach einem Stück Papier in seiner Tasche und reicht es Annerose.

»Nein, schreib du zuerst.«

Während der junge Mann irgendetwas in seinen Computer tippt, schreibt Jakob seine Adresse auf das Blatt Papier. In Dover lebt er also – sie hat noch nie von diesem Ort gehört. Dann reicht er ihr das Blatt herüber.

Nachdem auch sie ihre Adresse aufgeschrieben hat, sieht sie Jakob fragend an. »Wir können ihm doch nicht nur unsere Adressen hinterlassen.« Sie fühlt einen Druck, der nicht nur von dem Beamten, der sicher gleich den nächsten Termin hat, herrührt. Es ist der Druck, nach all den Jahren die ersten Worte finden zu müssen. Sie rückt mit dem Stuhl so nahe es geht an Jakob heran und beginnt mit fester Hand zu schreiben:

»Wir, Annerose und Jakob, können leider nur eine kurze Nachricht hinterlassen. Wir würden dir gerne …«

»… unsere Geschichte erzählen«, ergänzt Jakob.

»Wir wüssten gerne, ob es dir gut geht, wo du lebst.«

»Ja, das ist gut. Schreib noch: *Du kannst dich jederzeit bei uns melden.*«

»Wir freuen uns darauf. Annerose und Jakob. So?«, fragt sie ihn. Jakob nickt. Sie ist erleichtert, dass sie die Nachricht zusammen geschrieben haben – alleine hätte sie es nicht geschafft.

Der junge Mann nimmt das Blatt entgegen.

»Haben Sie vielen Dank«, sagen sie gleichzeitig im Aufstehen und bemerken, dass sich der Gesichtsausdruck des Mannes für einen Moment aufhellt.

Die Tür nach draußen öffnet sich automatisch, ihre erhitzten Gesichter treffen auf kalte Luft.

»Bereust du es, mitgekommen zu sein?«

»Nein«, antwortet sie, ohne nachzudenken. »Ohne mich hättest du offenbar gar nichts erfahren.« Annerose versucht zu lächeln. »Bereust du es, diesen Termin gemacht zu haben?«

»Nein. Ich habe ein bisschen das Gefühl, als hätten wir Kontakt mit ihm gehabt.«

»Ich weiß nicht. Ich habe immer irgendwo in meinem Hinterkopf gedacht, ich könnte Kontakt zu ihm aufnehmen, wenn ich es nur wollte. Und jetzt erfahre ich, dass ich es nie gekonnt hätte! Na ja, außer vielleicht Anfang der Neunziger, für diese ganz kurze Zeit.« Durch ihren Kopf kreist die Frage, warum das Gesetz, das ihnen als Eltern wieder ein Grundrecht zurückgegeben hätte, nicht zustande gekommen ist. Wer kann etwas dagegen gehabt haben und warum?

Dann denkt sie an ihre Mutter, die vermutlich nie den Versuch unternommen hat, sich rehabilitieren zu lassen von der Verurteilung durch diesen menschenverachtenden Paragrafen.

Und zuletzt bleibt diese Gewissheit: Ihr Sohn und wohl

auch sie beide als Eltern gelten bis heute offiziell nicht als Opfer der DDR-Diktatur.

»Was dir und uns damals passiert ist, war ein Skandal. Aber was seither passiert ist – oder eben nicht passiert ist, ist auch ein Skandal«, sagt Jakob.

»Man hat so viel versäumt. Ich habe so viel versäumt. Aber ich war damals und all die Jahre seitdem in so einem sonderbaren Zustand. Ich hätte es nicht gekonnt, nicht fertiggebracht, auch nur irgendetwas zu unternehmen.« Sie zeigt ihm ihre Hände. »Ich konnte nichts machen.«

Nach einer Weile des Schweigens sagt Jakob: »Ob ich jemals wieder einen Briefkasten werde öffnen können, ohne daran zu denken, dass da vielleicht ein Brief sein könnte?«

Annerose nickt.

»Ich werde wohl nicht mehr umziehen dürfen«, meint Jakob und sieht sie vielsagend an.

Sie will ihn nicht fragen, ob er seiner Frau von ihrer Nacht erzählen wird. Es ist seine Sache, wie er damit umgeht. Annerose sieht auf den Boden zwischen ihm und sich, es ist wohl nur ein Meter, aber ihr scheint, als wäre dieser eine Meter nie wieder überwindbar.

»Und was wirst du jetzt machen?«

»Ich glaube, ich will schlafen.« Nun gelingt es ihr, zu lächeln. »Ich will eine Annonce aufgeben auf dieser Suchseite.«

»O ja, mach das.«

»Ich will mich erkundigen, ich will mehr erfahren.«

»Ja.«

Überlegt er, sie zu fragen, ob er einen späteren Flug nehmen soll? Es waren besondere Tage mit ihm. Annerose spürt ihn noch auf ihrer Haut, selbst seine Berührungen im Amtszimmer sind tief in sie eingegangen. Aber ihre Zeit ist vorbei.

»Ich fahr dich noch nach Hause.«

An Anneroses Wohnhaus angekommen, geht Jakob um

das Auto herum, kommt noch einmal auf sie zu, um sie zu umarmen. Sie versucht, sich seinen Geruch einzuprägen, aber sein Parka ist geschlossen. Dennoch atmet sie tief ein, ganz so, als sei es das letzte Mal, dass sie etwas von ihm aufnehmen kann.

Sein Blick, als er wieder am Steuer sitzt, ist wehmütig. Dann startet er den Motor und fährt davon.

Nach Hause

»Frau Pööööölzl«, ruft ein Kind durch den Hausflur.

Annerose lässt vor Schreck fast die Hundeleine fallen. »Was ist denn?«

»Frau Pölzl, beißt Ihr Hund?«

Sie lächelt das kleine Mädchen an. »Nein, Sita beißt nicht. Magst du sie mal streicheln?«

Sita lässt die Annäherungsversuche – wenn auch mit Skepsis – ruhig über sich ergehen.

Annerose öffnet den Briefkasten. Es ist inzwischen März, aber die tägliche Anspannung beim Umdrehen des kleinen Schlüssels und dem Öffnen der Briefkastentür will nicht vergehen. Heute liegt nur ein Werbeblatt im Fach, das sie gleich wegwirft. Vor zwölf Jahren hat er versucht, Kontakt aufzunehmen. Da kann es doch gut und gerne noch einmal ein paar Jahre dauern, bis er es wieder tut. Dennoch bekommt Annerose in der letzten Zeit deutlich mehr Post als früher. Vor ein paar Wochen hat sie eine Postkarte von Jakob herausgefischt. Sie hat gleich geahnt, dass das Kartenmotiv seine Wahlheimat Dover und den Hafen der Stadt zeigt. Ob ihr das etwas sagen sollte? Deutet das Bild eines Hafens nicht auf Ankunft und Abschied hin? Annerose hatte sofort gemerkt, dass er den Text für die Karte mehrfach geschrieben haben musste, jedes Wort schien wohlüberlegt, auch wenn er inhaltlich sehr oberflächlich blieb. Er dankte ihr für diese besondere Woche, die ihm immer noch nachhinge. Er fragte nach Celine und Sita und wie es ihr, Annerose, gehe. Er nannte sie nicht ›Anni‹ und sie fragte sich gar nicht, warum. Er würde sich »sofort wieder bei ihr melden, wenn …« und wünsche sich das ebenso von ihr. Dem Impuls des Augenblicks nachgebend hatte sie an der Karte gerochen, aber keinen besonderen Duft daran feststellen können. Nun klemmt die Karte hinter ihrem Kalender an der Wand, und nicht selten gleitet ihr Blick dorthin, zum Hafen von Dover.

Und dann, während sie in den Fahrstuhl steigt, der sie in den 5. Stock bringt, denkt sie an den Brief. Sie nennt ihn für sich selbst, aber auch Celine gegenüber nur ›den Brief‹.

Kurz nach Celines Rückkehr aus Dänemark hatten sie sich zusammen hingesetzt und eine Anzeige für die Suchseite formuliert, über die sich Kinder und ihre Eltern wiederfinden können, denen Ähnliches widerfahren ist wie ihr und ihrem Sohn. Der Verein, der die Seite betreut, hatte sich direkt bei Annerose zurückgemeldet und Rückfragen gestellt. Dann war die Anzeige auf der Seite erschienen, und schon eine Woche später hatte sie jenen Brief erhalten, in dem sie ein Journalist um ein Gespräch bat. Sofort hatte sie Widerwillen in sich gespürt. Sie erinnerte sich an den jungen Mann, der sie auf dem ehemaligen Jugendwerkhof nach ihrem Namen gefragt hatte, der war doch auch Journalist gewesen. Er schrieb, dass ihn der Fall sehr interessiere und er darüber schreiben wolle. Über sie und ›ihren Fall‹ berichten – wie sollte das gehen? Sie kann ihre Geschichte ja kaum selbst begreifen, hat selbst erst begonnen, sich ihrer Vergangenheit zu stellen und einige Zusammenhänge in Erfahrung zu bringen, um alles besser verstehen zu können. Aber all die Dinge, die im Winter ans Licht gekommen sind, haben ihr gezeigt, dass es zu viele Unklarheiten gibt und weiterhin geben wird. Sie wird darüber nicht reden können. Doch seit dem Tag auf dem Amt bewacht Annerose ihren Briefkasten, oft fragt sie sich auch – beim Weg zur Arbeit, bei einem Spaziergang mit Sita –, ob ihr Sohn vielleicht nur eine Straße weiter seiner Wege geht, ob er hier lebt, hier, wo alles seinen Anfang genommen hat.

Sie betritt ihre Wohnung. Auch Celine wusste nicht, was Annerose mit dem Brief des Journalisten anfangen sollte, und so landete er in der Schublade in der Schrankwand, in der sie ungeliebte Post aufbewahrt: Behördenbriefe, Bescheide, so etwas. Celine war dafür, dem Journalisten zu antworten, nachzufragen, was er mit ihrem Fall machen wolle, aber das widerstrebte Annerose, und es widerstrebt ihr noch immer. Eines Tages wird sie antworten, aber der Moment ist noch lange nicht da. Viel eher kann sie sich vorstellen, Kontakt mit einer Initiative aufzunehmen und sich über die Petition zu informieren, von der der Mitarbeiter auf dem Jugendamt geredet hatte.

Sie hat auch einen Termin bei ihrer Anwältin gemacht, die ihr schon bei den Antragsformalitäten für das Gericht geholfen hat. Es gibt Tage, da kocht es in ihr hoch, da würde sie am liebsten alle anklagen, die ihr Leid zugefügt haben; alle, die bei der Verurteilung ihrer Mutter auf der Grundlage dieses Gummiparagrafen beteiligt waren, alle, die dafür gesorgt haben, dass sie und womöglich auch ihre Mutter inhaftiert wurden und alle, die mitgeholfen oder auch nur zugesehen haben, wie man ihr das Kind weggenommen hat. Aber dann führt sie sich vor Augen, dass das nicht möglich ist. Es ist einzig realistisch, eine strafrechtliche Rehabilitierung aufgrund ihres erzwungenen Aufenthaltes im Jugendwerkhof zu erwirken, vielleicht auch ihre Mutter von der Verurteilung wegen asozialen Verhaltens rehabilitieren zu lassen – wenngleich sie hierfür noch recherchieren muss, ob ihre Mutter überhaupt inhaftiert war und ob sie sie auch posthum rehabilitieren lassen kann.

Annerose schaut aus dem Küchenfenster, neben ihr hängt der Kalender, hinter den sie die Postkarte von Jakob gesteckt hat. Sie fühlt sich wie gelähmt. So glücklich es sie macht, dass sie Jakob wiedergefunden hat, so tief schmerzt ihre neue Wut über das Unrecht, das ihnen widerfahren ist. Dann schaut sie auf den Hafen von Dover. Ihre Wut soll sie nicht beherrschen. Ihre Muskeln lockern sich, und sie wird allmählich wieder ruhig.

Am nächsten Tag beschließt sie, mit Sita nicht nur um die Wohnscheibe zu gehen. Das angenehme Wetter lädt dazu ein, eine größere Runde zu drehen. So spaziert sie mit ihr bis in die Dahlienstraße, wo sie gleich ein angenehmes Gefühl überkommt, denn hier steht ein ganz besonderes Gebäude. Obwohl es sich stark verändert hat, erkennt sie es sofort wieder. Nach der Wende war ein anderes Geschäft in den Flachbau des Konsums eingezogen, nun ist er zu einer Garage umfunktioniert worden. Sie geht ganz nah an die Mauern heran. Was aus dem alten Konsum geworden ist, lässt sich nur mit Mühe mit ihren Erinnerungen übereinbringen. Unter dem neuen Putz steckt noch das alte Gebäude, der Dreh- und Angelpunkt ihres früheren Lebens. Doch so richtig will es ihr nicht wieder gelingen, einen Fuß in die vergangenen Tage zu setzen. Vielleicht liegt es auch an dem frühlingshaften Licht? Die Farben in ihrer Erinnerung sind andere, weniger strahlend. »Was waren das für schöne Zeiten«, erklärt sie Sita auf dem Rückweg, »An so vielem hat es uns gemangelt. Wie wäre das gewesen, hätten wir damals so eine Warenlieferung bekommen wie heute in der Drogerie. Ach, wir wären umgefallen vor Staunen und hätten die Regale vollgepackt. Aber weißt du, es ging auch so. Wie konnten wir uns über dies oder das Wenige freuen. Und wie zufrieden waren Heidrun und ich doch meistens, wenn wir abends den Laden zugeschlossen haben.«

Heidrun. Es wäre schön, Heidrun einmal wiederzusehen, mit ihr zu sprechen über damals, aber auch über heute, das würde ihr gefallen. Sie weiß noch nicht, wie, aber sie beschließt, etwas in die Wege zu leiten, um Heidrun zu finden. Vielleicht sollte sie Celine fragen – Celine, die bereits Jakob wiedergefunden hat.

Wieder zu Hause angekommen, trottet Sita zielstrebig zu ihrem Schlafkorb und legt sich hin. Annerose hat gerade kurz verschnaufen können, da klingelt es an der Tür, es ist Celine. Celines neue Frisur erscheint Annerose immer noch fremd, obwohl sie ihr Haar bereits seit ein paar Wochen etwas kürzer und dunkler trägt – Annerose kann sich einfach nicht daran gewöhnen. André habe eine ›Eingebung‹ gehabt, doch das glaubt Annerose nicht. Es muss etwas anderes dahinterstecken.

»Was hast du denn da unter dem Arm? Ist das etwa für mich?«

Celine überreicht ihr ein verpacktes, gar nicht mal so kleines Bild. »Ich hab es schon eine Weile, aber immer wieder vergessen, es dir mitzubringen.«

Annerose erinnert sich an die Dekoration in Celines Wohnung und bekommt Angst, dass es etwas Ähnliches sein könnte.

»Ich hab es direkt vor mir gesehen, wie genau dieses Bild an deiner leeren Wand hängt!«

Annerose sagt ihr nicht, dass die Wand für sie nie leer gewesen ist. Aber sie kann Celine auch nicht zurückhalten, gleich einen Nagel in die Wand zu schlagen. Das geht ihr eigentlich zu schnell, aber sie lässt sie aus Freundschaft gewähren. Nach kurzer Zeit hängt dann das von einem Kunststoffrahmen eingefasste Bild an der Wand. Kurz darauf atmet sie erleichtert auf. Das Motiv gefällt ihr ausnehmend gut, auch wenn sie es ein wenig rätselhaft findet: Die Ansicht eines Frauenkopfs von hinten, man erahnt ein wenig das Gesicht, aber vielmehr sieht man das glänzende Haar, das zu einem Dutt zusammengebunden ist. Dann der Nacken – Annerose ist noch nie aufgefallen, wie schön ein Nacken sein kann. Es macht sie unruhig, nicht zu wissen, wie das Gesicht der Frau aussieht, wo sie hinschaut, wo sie sich genau befindet.

»Der Maler heißt Hammershøi, ein Däne. Und die Frau auf dem Bild ist seine Schwester Anna.«

»Na ja, zumindest ihr Hinterkopf.«

Annerose lehnt sich an Celines Schulter. Lange ruht ihr Blick auf dem Bild. Und dann ist sie über das, was er nicht gemalt hat, fast froh. »Danke.«

Beim Kaffeetrinken sagt Annerose: »Jetzt ist es schon wieder zwei Monate her, dass du in Dänemark warst.«

Celine nickt. Wieder will sie nichts erzählen, aber heute ist Annerose entschlossen, sie aus der Reserve locken.

»Weißt du, ich hatte ja mit vielem gerechnet, zum Beispiel damit, dass du sofort deine Koffer packen und Hals über Kopf auswandern würdest.«

»Anni, nein, bitte nicht heute.«

»Doch, heute! Du musst endlich mal darüber reden! Ich hatte wirklich gedacht, du würdest auswandern! Deine Augen haben so geleuchtet! Oder dass Anders gleich mit dir zurückkommt, ihr hättet problemlos zu zweit Platz in deiner Wohnung. Aber nein, du scheinst nach deinem Wochenende in Dänemark von mehr Zweifeln erfüllt als vor deiner Abreise. Was ist denn nur passiert?«

Celine steht auf und tritt nah ans Bild heran, betrachtet es noch einmal. »Na gut, du Nervensäge. Anders und ich waren die ganze Zeit zusammen, das weißt du ja, und es war wirklich so schön, dass ich bei ihm bleiben wollte.«

»Das ist doch wunderbar! Da haben wir es doch! So fühlt sie sich an, die erste große Liebe, Celine!«

Celine wendet sich vom Bild ab und setzt sich auf den Boden, legt ihre Hand auf Sitas Rücken. »Ich hab plötzlich nur gedacht: Was, wenn er es ist? Wenn Anders der Richtige ist?! Das hat mir den Hals zugeschnürt. Und ich hab nur noch Erleichterung gefühlt, als ich wieder wegfuhr. Was ist denn nur mit mir?«

»Hat er sich seitdem bei dir gemeldet?«

»Ständig.«

»Du gehst nicht ran und antwortest nicht, stimmt's?«

»Ja. Können wir jetzt bitte nicht weiter darüber reden? Wir müssen außerdem zur Schicht.«

Für den Wintermantel ist es inzwischen zu warm. Annerose riecht noch einmal an ihm, aber nein, da ist nichts mehr. Sie zieht sich ihren alten Anorak an und schaut noch einmal zu Sita, die zufrieden neben Celine schläft. »Ich bin bald wieder zurück, meine Kleine!«, sagt sie und hilft Celine auf.

Mehr als die Blumen, die in den Vorgärten und auf den Balkonen sorgsam arrangiert werden, gefallen ihr die kleinen, wild wachsenden Blumen, die hier und da bereits anfangen zu knospen. Dieser Frühling fühlt sich anders an als die der letzten Jahre.

Auf dem Weg zur Drogerie fragt Celine: »Hast du es dir jetzt überlegt?« Sie hat Annerose schon vor einer ganzen Weile vorgeschlagen, sich für sie einzusetzen, dass sie einmal eine ganze Schicht als Kassiererin zur Probe arbeiten dürfe.

»Ich weiß noch nicht.«

Sie betreten die Drogerie. »Aber Anni, ich versteh nicht, warum du dich so zierst. Du würdest viel mehr Geld verdienen!«

Celines Vertrauen in sie gibt Annerose ein gutes Gefühl.

»Dazu brauchst du keine abgeschlossene Ausbildung. Ich bin sicher, du kannst das.«

Annerose rühren Celines Worte. Wie nah sie sich in den vergangenen drei Monaten und neun Tagen gekommen sind. Die Kolleginnen und Kollegen an der Kasse sind nett. Wenn sie aber an die nicht enden wollenden, gesichtslosen Kundenströme und die wohl auch hier geltende Pflicht zu lächeln denkt, weiß sie wieder, dass ihr der Preis zu hoch ist. »Ich … ich überleg's mir noch!« Annerose spürt Celines Hand auf ihrer Schulter und genießt den sanften Druck, der von ihr ausgeht.

Gerade will Annerose sie wieder auf Anders ansprechen, da wird Celine über Lautsprecher gerufen, um den Eingang der Warenlieferung zu überprüfen.

Die Stunden in der Tiernahrungsabteilung gehen heute schnell vorbei. Fast muss sie lächeln über die seichte Einkaufsmusik, die wie immer durch die leeren Gänge hallt.

»Sagt mal, weiß jemand, ob das Rattenfutter aus dem Sortiment genommen wurde?«

Aus einer anderen Abteilung ruft es: »Du meinst Rattenköder, Annerose?«

»Nein, Rattenfutter! Scheint raus zu sein. Aber wir hatten das mal da.«

»Rattenfutter! Die sind doch bekloppt da oben!«, ruft die Kollegin zurück.

Beim Spiegeln der Futterdosen für Hunde schaut Annerose nach Sorten, die Sita schmecken könnten. Sie weiß inzwischen, dass sie am liebsten Rindfleisch frisst.

»Soll ich dir mit den Babyartikeln helfen?«, fragt sie einige Zeit später Celine, die sich über Anneroses Hilfe freut. Während sie die kleinen Gläschen und Döschen einräumt, steckt Annerose die Preise.

Da beginnt Celine ganz unverhofft: »Ich hatte übrigens nicht das Gefühl, dass du ihn sonderlich mochtest.«

Annerose lächelt. »Zugegeben, am Anfang nicht besonders. Aber inzwischen … ich finde, das passt gut mit euch.«

»Ach Anni, da ist doch gar kein ›uns‹ mehr. Ist vielleicht auch besser so.«

Da stellt sie sich vor Celine und nickt. »Ich sag dir mal eins: Ich versteh ja, dass dir mulmig ist, wenn es ernst wird mit jemandem. Das ist in Ordnung. Es ist sogar in Ordnung, wenn du sagen würdest: Ich will deshalb nichts Ernstes.«

Celine bläst die Backen auf.

»Aber: Hattest du in diesem Jahr schon ein Date?«

»Nein. Ich hab ja auch gar keine Zeit.«

»Unsinn. Sonst hattest du doch auch immer Zeit für so was. Und Anders, hat er eine andere?«

»Nein, ich glaub nicht.«

»Du denkst doch an ihn, oder?«

»Na ja, klar, ab und zu. Das wird schon irgendwann aufhören.«

Annerose zieht eine Augenbraue hoch. »Und wenn ich dir sage, dass das nicht aufhören wird?«

Celine schiebt Annerose zur Seite, um weiter einzuräumen. »Dann … was weiß ich! Aber was ist denn die Alternative? Mit ihm zusammen sein, und dann geht's doch in die Brüche? Oder noch besser: Wir kriegen ein Kind und dann geht's in die Brüche?«

Annerose lacht laut auf. »Du denkst also schon an ein Kind, interessant! Celine, jetzt mal im Ernst: Niemand weiß vorher, ob etwas funktioniert oder nicht. Eine Garantie gibt dir niemand.«

»Und was ist, wenn mir nach einiger Zeit ein anderer besser gefällt?«

»Dann musst du das für dich klären. Es gibt so viele Dinge, die passieren können.« Sie greift nach Celines Hand, die gerade eine weitere Palette Babynahrung auspacken will. »Aber du siehst vor lauter Befürchtungen gar nicht, dass es auch passieren kann, dass alles gut läuft! Dass ihr glücklich werdet! Dass es dir gefallen könnte, nach der Arbeit nach Hause zu kommen, und er hat das Abendessen gekocht oder was weiß ich …« Celine hebt an, etwas zu sagen, aber Annerose ist noch nicht fertig. »Eins musst du doch aus meiner und Jakobs Geschichte gelernt haben: Du und dein Anders, ihr seid frei. Ihr könnt überall leben: Hier in Deutschland, in Dänemark, in Frankreich … Ihr könnt machen, was ihr wollt – ihr braucht euch vor nichts zu fürchten. Jedenfalls vor nichts um euch herum.«

Celine schweigt. Erst nach einer Weile sagt sie: »Stimmt schon, irgendwo.« Und dann scheint sie das Einräumen ganz zu vergessen und sich dem Gedanken hinzugeben. »Da gehst du nichts ahnend mit deiner Freundin auf den Weihnachtsmarkt, um einen Glühwein zu trinken, und dann das!«

Annerose lacht.

»Er ist schon ein ganz feiner Kerl, glaub ich.«

»So ganz feine Kerle gibt's übrigens nicht an jeder Straßenecke und auch nicht an jedem Glühweinstand.«

»Oh Mann, Anni, bestimmt hast du recht. Aber du weißt schon, dass das womöglich heißt … dass … na, dass ich da wieder hochfahre. Und vielleicht wirklich nicht wiederkomme.« Bei diesem letzten Satz versagt Celine die Stimme.

»Ich hoffe doch, dass du … dass ihr uns hier ab und zu besuchen kommen würdet, mich und Sita.«

Celine umarmt Annerose lang und innig. Annerose genießt die Wärme, die von Celine ausgeht. Die Blicke ihrer Kolleginnen sind ihr egal.

Das Hochgefühl nach dem Gespräch mit Celine hält eine ganze Weile an, Annerose träumt sich auf dem Nachhauseweg selbst nach Dänemark, in ein Leben woanders. Immer wieder sieht sie kleine bunte Häuser vor ihrem inneren Auge und stellt sich vor, dass eines davon ihres wäre. In diesem Häuschen, so denkt sie weiter, als sie den Schlüssel ins Schloss ihrer Wohnungstür steckt, gäbe es nicht viel, nur sie und ein paar wenige Möbel und Tiere. Beim Ausziehen ihres Anoraks berührt etwas ihre Hand und sie erschrickt kurz. Es ist Sitas kalte Hundeschnauze, die sie daran erinnert, dass sie doch noch einmal hinausmuss. »Ach, Sita …« Sie lächelt, legt der Hündin die Leine an und geht mit ihr wieder hinaus in die Dunkelheit. »Na so was, es ist ja mit einem Mal ganz diesig geworden!«

Natürlich hätte sie Celine gern weiterhin bei sich, in ihrer Nähe – und doch ist sie sicher, ihr den richtigen Rat gegeben zu haben. »Und was sagst du dazu, meine Kleine? Celine muss doch zu ihrem Freund, wenn es sie glücklich macht, oder? Natürlich.«

Der im Licht der Straßenlaternen schimmernde Nebel lässt die Nacht heller erscheinen, als sie ist. Als sie sich wieder dem Hauseingang nähern, wühlt Annerose in ihrer Anoraktasche nach dem Schlüssel. In diesem Moment fällt ihr auf, dass jemand auf der Bank sitzt, auf der sie mit dem Alten gesessen hat. Ist er es? Warum ist er dann verstummt? Sie geht auf ihn zu und erkennt bereits nach wenigen Schritten, dass die Person eine andere Statur hat und um einiges jünger sein muss. Und wirklich ist es ein anderer Mann. Er sieht kurz zu ihr und Sita hinüber. Er hat dunkle, tief liegende Augen, einen erschütternden Blick.

»Keine Angst, die beißt nicht.«

Der Mann riecht streng, ungewaschen und nach Alkohol. Dennoch bleibt sie stehen. »Kann ich Sie kurz etwas fragen?«

Der Mann zuckt mit den Schultern.

»Hier saß im Sommer immer ein anderer Mann, letztes Jahr sogar bis in den Winter hinein. Der hatte so einen gelben Bart und hat immer gesungen. Er kam aus dem Norden.«

»Ach, der Hans.« Der Mann spricht unerwartet klar, mit einer ungewöhnlich hellen Stimme.

»Hans?« Ja stimmt, so könnte er sich genannt haben. »Ich hab ihn schon länger nicht mehr gesehen. Ist er vielleicht zurückgegangen?«

Der Mann nickt und Annerose muss lächeln bei dem Gedanken daran, wie der alte Hans allein in einem Zugabteil sitzt, weil sich wegen seines Geruchs alle von ihm weggesetzt haben. Und wie er aus dem Zugfenster schaut auf die vorbeifliegende Landschaft, wie er der Küste immer näherkommt, wie sein Herz so schnell schlägt wie seit Langem nicht mehr.

Die Vorstellung vom Meer weckt in ihr eine Sehnsucht, auch einmal an einem Strand zu stehen und die feine Linie am Horizont zu betrachten, die Himmel und Wasser trennt.

»Der Hans ist nach Hause gegangen.«

Der Nebel, der sie, den Fremden und Sita umgibt, kriecht durch ihre Ärmelöffnungen. Sie lässt sich, ohne zu fragen, neben dem Mann auf die Bank fallen. »Hans ist tot?«

»Er ist nach Hause gegangen.« Er sagt das so, als könne, was er meint, wirklich ein Zuhause sein. Vielleicht hat er recht, vielleicht kann es das sein, für Hans.

»Wollen Sie eine Zigarette?«

Sie rauchen gemeinsam, wortlos. Sita liegt auf dem Boden vor der Bank.

»Kann ich ... Ihnen irgendwas bringen? Eine Decke? Einen Schnaps? Ich habe oben einen guten Obstler.«

Der Mann antwortet nichts.

»Sie wollen nur hier sitzen? Wo schlafen Sie denn?«

»Du quatschst ganz schön viel.«

»Ich dachte nur, dass Sie etwas brauchen könnten.«

»Ich will nur hier sitzen.«

»Und wohin ... wo gehen Sie hin, wenn Sie fertig sind mit dem hier Sitzen?«

»Ich such mir schon was.«

»Na gut, dann will ich Sie nicht weiter stören.«

»Die Bank hier ist für alle da. Jeder kann hier sitzen. Aber quatsch mich nicht voll.«

Annerose steht auf. »Wir kommen hier ab und zu vorbei. Sprechen Sie mich ruhig an, wenn Sie etwas brauchen.«

Darauf antwortet der Mann nichts mehr.

Annerose versteht nicht, warum sie der Tod von Hans so trifft. Nachdem sie die Wohnungstür hinter sich geschlossen hat, legt sie ihren Anorak über die Stuhllehne und geht spontan an ihr CD-Regal. Sie steht eine ganze Weile da und fährt mit ihren Augen über die Titel ihrer kleinen Sammlung. »Nein, ich wüsste doch, wenn ich eine Hans-Albers-Platte hätte. Schade, die hätte ich mir jetzt gerne angehört.«

Auch wenn sie die Nachricht über den alten Trunkenbold berührt hat, ist ihr nun gar nicht nach Stille, sie will jetzt Musik hören! »Vielleicht sollten wir da mal reinhören?« Sie greift nach der Hülle eines CD-Rohlings, auf dem mit Hand geschrieben steht ›Kalte Schnauze‹. Celine hat ihr diese CD nachträglich zum Geburtstag geschenkt. Wie erwartet befindet sich darauf diese elektronische Musik, von der sie doch eigentlich ahnen muss, dass sie Annerose nicht wirklich gefällt. Ein Verlegenheitsgeschenk. Aber es erinnert sie daran, wie sie in ihrer Jugend einmal eine Kassette mit einem ganz besonderen Mix für Jakob hatte zusammenstellen wollen. Dazu war es dann aber nicht mehr gekommen.

Sie will sich nach diesem anstrengenden Tag und der traurigen Nachricht auf die Couch fallen lassen, doch dann beginnt sie, sich langsam zu bewegen, erst nur den Kopf, dann den ganzen Oberkörper. Celine hat sehr ruhige Lieder ausgewählt, die ihr gut gefallen, die sie fühlen kann. Sie will nicht nachdenken, sondern sich diesem spontanen Bedürfnis zu tanzen hingeben, und setzt den rechten Fuß mal da hin, den linken Fuß mal dorthin. Sita sieht sich das alles aus sicherer Entfernung an und legt schließlich den Kopf wieder auf ihren Vorderpfoten ab. Nicht nachdenken funktioniert natürlich nicht, sie denkt, während sie sich hin- und herwiegt, an Hans und daran, was er über die weißen Hunde gesagt hat. Dass sie auf hoher See mitunter eine Gefahr für das Leben auf dem Boot sind. »Nicht nur da, Hans, nicht nur da ...«, sagt sie. Aber er hat auch gesagt, dass nach einem heftigen Sturm manchmal alles in eine bessere Ordnung gerät. Sie ist ihm dankbar für seine Worte, dafür, dass er mit ihr gesprochen hat. Endlich fühlt sie sich leichter, tanzt in immer größeren Kreisen. Als das erste Stück zu Ende ist, schaltet sich ihr Kopf wieder ein. Wie aus dem Nichts kommen ihr die Drohnen in den Sinn. Sie stellt sich vor, wie eines dieser Dinger an ihrem Wohnblock vorbeizieht, von draußen auf sie schaut und wie das aussehen muss, wie sie da tanzt, so ganz allein in ihrem Wohnzimmer. Und dann muss sie lachen, lauthals lachen, und stellt das erste Lied noch einmal an und diesmal sogar etwas lauter. Es ist ihr vollkommen egal, ob es irgendjemandem unter oder über ihr zu laut ist.

Dank

Danke Robert für deine Geduld und deinen Rat.

Danke Friederike Römhild für deine Expertise und die inspirierende Begleitung bei der Entstehung des Buchs.

Danke folgenden Personen und Institutionen, die mich aktiv bei meinen Recherchen für dieses Buch unterstützt haben:

Andreas Laake von der Interessengemeinschaft gestohlene Kinder der DDR, Thüringer Landesbeauftragter zur Aufarbeitung der SED-Diktatur, Bundesstiftung zur Aufarbeitung der SED-Diktatur, Sächsisches Staatsministerium der Justiz und für Demokratie, Europa und Gleichstellung, Landgericht Erfurt.

Danke der Stiftung Mitteldeutscher Kulturrat für die Unterstützung, besonderer Dank an Gerlinde Schlenker.

Inhalt